Jørn Lier Horst

Wisting und die Stunde der Wahrheit

PIPER

Zu diesem Buch

»Das Blaulicht auf dem Wagendach zuckte rhythmisch. Wisting hielt sich am Türgriff fest und biss die Zähne zusammen. Sein Kollege Haugen umklammerte das Steuer, denn das hohe Tempo ließ den Streifenwagen erzittern.
›Die haben sich den Nachttresor geschnappt‹, rief der Dienststellenleiter über Funk. ›Sie haben den Inhalt des Safes in einen schwarzen Ford Sierra umgeladen und entfernen sich jetzt vom Tatort.‹
Der Sierra mit den flüchtenden Bankräubern war schneller als der alte Streifenwagen. Doch was dem Corsa an Pferdestärken fehlte, wurde durch Haugens Fahrkünste wieder ausgeglichen. Plötzlich kamen jedoch die rechten Räder von der Fahrbahn ab, der Wagen geriet ins Schleudern, drehte sich um hundertachtzig Grad und kam schließlich zum Stehen. Nach kurzem Durchatmen lenkte Haugen den Wagen zurück auf die Straße, doch der Sierra war verschwunden.«

Jørn Lier Horst, geboren 1970 in Bamble, Norwegen, war Kriminalhauptkommissar bei der norwegischen Polizei, bevor er 2004 als Schriftsteller debütierte. Seitdem schrieb er sich mit seinen Romanen um den Polizisten William Wisting in die erste Liga der norwegischen Krimiautoren.

Jørn Lier Horst

WISTING

und die Stunde der Wahrheit

William Wistings allererster Fall

Kriminalroman

Aus dem Norwegischen von
Andreas Brunstermann

PIPER

Mehr über unsere Autorinnen, Autoren und Bücher:
www.piper.de

Von Jørn Lier Horst liegen im Piper Verlag vor:
Wistings Cold Cases:
Band 0: Wisting und die Stunde der Wahrheit
Band 1: Wisting und der Tag der Vermissten
Band 2: Wisting und der fensterlose Raum
Band 3: Wisting und der Atem der Angst
Band 4: Wisting und der See des Vergessens

Wistings schwierigste Fälle:
Band 1: Wisting und die Tote am Wegesrand
Band 2: Wisting und der ungewollte Verrat

Ungekürzte Taschenbuchausgabe
ISBN 978-3-492-32051-1
Mai 2024

Titel der norwegischen Originalausgabe:
»Når det mørkner«, Gyldendal, Oslo 2016

Redaktion: Annika Krummacher
Umschlaggestaltung: zero-media.net, München
Umschlagabbildung: Nordic Life / Terje Rakke / plainpicture
Satz: psb, Berlin
Gesetzt aus der Freight Text
Gedruckt von ScandBook in Litauen
Printed in the EU

»Meine Großmutter ist vor zwölf Jahren gestorben«, erklärte die Frau. »Mit siebenundneunzig. Mein Bruder hat ihr Haus übernommen. Es hatte die ganze Zeit leer gestanden, aber im Sommer haben wir mit der Renovierung angefangen.«

Wisting warf einen Blick auf die Uhr. Er musste gleich zu einer Veranstaltung, bei der die neuen Absolventen der Polizeihochschule zu ihrem bevorstehenden praktischen Jahr begrüßt werden sollten. Als er jedoch am Telefon den Namen der Frau erfahren hatte, die unten am Empfang stand und nach ihm fragte, hatte er sie zu sich heraufschicken lassen.

»Wir haben einen an Sie adressierten Brief gefunden«, fuhr die Frau fort und nahm einen Umschlag aus ihrer Handtasche. Sie legte ihn auf den Tisch und schob ihn Wisting zu. In großen runden Buchstaben stand sein Name auf dem Umschlag, anscheinend mit zitternder Hand geschrieben.

»Der muss für Sie sein, meinen Sie nicht?«

Wisting zog den Brief zu sich heran. Der Umschlag war vergilbt und spröde. Seine Gedanken wanderten dreißig Jahre zurück.

»Doch, der ist wohl für mich«, sagte er und nickte.

»Sie hatte ihn in einem Bilderrahmen hinter einem Foto meines Großvaters versteckt«, erklärte die Frau. »Wo auch sonst, nicht wahr?«

Wisting wog den Brief in der Hand. Er war ungeöffnet.

»Sie haben ihn also nicht gelesen«, konstatierte er.

»Er ist nicht für mich bestimmt«, erwiderte sie lächelnd. »Nicht alle in meiner Familie sind unredlich.«

»Danke«, sagte Wisting und erwiderte das Lächeln.

Die Frau erhob sich. Ihr Auftrag war ausgeführt. Mit dem Brief in der Hand begleitete Wisting sie zur Tür. Sobald er allein war, setzte er sich und schlitzte den Umschlag auf.

Er enthielt zwei Blätter, die mit unterschiedlichen Handschriften beschrieben waren. Wisting las beide und spürte, wie sich irgendwo in seinem Hinterkopf etwas löste. Dann faltete er die Blätter wieder zusammen und legte sie zurück in den Umschlag, ehe er sich auf den Weg zu den wartenden Absolventen machte.

Die Luft im Konferenzraum war warm und stickig. Jemand hatte ein Fenster geöffnet, doch draußen schien es noch schwüler zu sein.

Der Leiter der Polizeistation bat ihn auf das Podium. Erst als Wisting vor den jungen Kollegen stand, fiel ihm auf, dass er noch immer den Brief in der Hand hielt.

Er ließ den Blick über die erwartungsvollen Gesichter gleiten, während er die gleiche Einführungsrede herunterleierte, die er seit fünfzehn Jahren hielt.

Zehn Absolventen in frisch gebügelten Uniformhemden waren gekommen, sechs Männer und vier Frauen. Eine von ihnen war die Enkelin des Mannes, der einst die jungen Kollegen willkommen geheißen hatte, als Wisting selbst bei der Polizei anfing. Ihr Name war Maren Dokken. Er wusste nicht, um welche der vier Frauen es sich handelte, und suchte nach Familienähnlichkeiten, fand aber nichts. Gleichwohl nahm er an, dass es die blonde Frau mit dem Pferdeschwanz und den vollen Lippen war, die auf einem Stuhl ganz vorn saß. Die Absolventen sollten auch einige Wochen in der Kriminalabteilung hospitieren. Dort würde ihnen nahegebracht werden, was Ermittlungsarbeit in der Praxis bedeutete.

Als er seine übliche Rede beendet hatte, blieb Wisting stehen und schlug mit dem Umschlag leicht auf seine Handfläche. Der Dienststellenleiter sah ihn an und wartete offenbar darauf, dass er vom Podium herunterkam.

»Ich würde gern ...«, sagte Wisting plötzlich. »Ich würde Sie alle gern einladen, mit mir gemeinsam ein fast hundert Jahre altes kriminalistisches Rätsel zu lösen.«

33 Jahre zuvor

1

Der Automat spuckte die Bankkarte wieder aus.

Vorübergehend außer Betrieb stand in großen weißen Buchstaben auf dem grünen Bildschirm.

Wisting drehte sich zu Ingrid um, die mit dem Kinderwagen hinter ihm stand.

»Der hat anscheinend kein Geld mehr«, sagte er und blickte auf die belebte und weihnachtlich geschmückte Einkaufsstraße.

Ingrid lächelte, legte den Kopf in den Nacken und spähte in den winterlich dunklen Abendhimmel. Es hatte ganz leicht zu schneien angefangen. Winzige, papierähnliche Flocken, die in der Luft fast stillzustehen schienen.

»Wir können ja Waffeln essen, wenn wir nach Hause kommen«, sagte sie.

Wisting steckte die Bankkarte zurück in seine Geldbörse. Viel war ohnehin nicht mehr auf seinem Konto. Bald wäre er wohl gezwungen, ein paar zusätzliche Schichten einzulegen, dachte er.

Er legte einen Arm um Ingrid und übernahm den Kinderwagen mit der anderen Hand. Die Zwillinge waren schon fast ein halbes Jahr alt. Thomas schlief bereits, Line war immer noch wach. Sie blinzelte und versuchte zu begreifen, was um sie herum vorging.

Wisting schob den Wagen durch die Tollbodgate und lenkte ihn dann zu dem mit Kopfsteinpflaster belegten Platz unterhalb der Kirche, wo der große Weihnachtsbaum leuchtete.

Die meisten Verkäufer auf dem Weihnachtsmarkt trugen

rote Mützen, an ihren Ständen duftete es nach Glühwein, frischen Waffeln und süßem Brei mit Zimt. Eine als Wichtel verkleidete Orchestertruppe hockte in einem offenen Oldtimer und spielte Weihnachtslieder.

»Das ist ja Ruperts Packard!«, rief Ingrid und zeigte auf den alten Wagen.

»Er spielt Trompete«, sagte Wisting lächelnd und deutete auf den Mann auf dem Fahrersitz, der einen falschen Bart und eine Zipfelmütze trug.

Sie blieben eine Weile stehen und lauschten der Musik.

Rupert Hansson war ein Freund von Ingrids Vater. Er hatte bei ihrer Trauung in der Kirche ein Trompetensolo gespielt und sie danach in seinem Oldtimer herumgefahren. Der Wagen war feuerwehrrot, mit grünen Ringen um die verchromten Radkappen, und war für die Hochzeit mit Birkenlaub und weißen Bändern geschmückt worden.

»Bin gespannt, ob der später auch anspringt«, meinte Wisting und rieb sich die kalten Hände.

Ingrid beugte sich über den Kinderwagen und überzeugte sich, dass die Zwillinge gut eingepackt waren, ehe sie sich dicht neben Wisting stellte und den Kopf an seine Schulter lehnte.

Rupert Hansson entdeckte sie und hob die freie Hand zum Gruß. Wisting winkte zurück, und Hansson signalisierte ihnen mit einer Geste, hinterher auf ihn zu warten.

Als das Wichtelorchester zu Ende gespielt hatte, drehte Rupert sich zu den anderen Musikern um und verkündete anscheinend das Ende der Vorstellung.

Wisting und Ingrid traten näher. Rupert stieg aus dem Oldtimer und spähte in den Kinderwagen.

Line hatte eine Hand unter der Decke hervorgeschoben und winkte mit ihrem Fäustling, während Thomas neben ihr tief und fest schlief.

»Das erste Weihnachten mit den Kleinen«, meinte Rupert und sah zu Ingrid. »Das wird bestimmt schön.«

»Wir freuen uns schon«, gab sie lächelnd zurück.

Wisting machte einen Schritt auf den Oldtimer zu.

»Ich dachte immer, das wäre ein Auto für den Sommer«, sagte er.

»Ist es auch«, entgegnete Rupert mit einem Lächeln. »Aber das hier hat Tradition. Wir spielen immer auf dem Weihnachtsmarkt.«

Er griff nach einem Instrumentenkasten, der vorn auf dem Boden des Wagens lag, stellte ihn auf den Sitz und öffnete ihn.

»Ich würde dich gern was fragen«, sagte er, während er die Trompete in den Kasten legte.

»Was denn?«, fragte Wisting.

»Ob du herausfinden kannst, wem die alte Scheune draußen an der Tveidalskreuzung gehört.«

Wisting versuchte, sich den Ort vorzustellen, konnte sich aber an keine Scheune erinnern.

»Da steht eine Scheune?«

»Die ist mehr oder weniger baufällig«, meinte Rupert. »Noch so einen Winter mit viel Schnee wird sie wohl nicht überleben.«

Wisting schob die Hände in die Jackentaschen.

»Weshalb möchtest du denn wissen, wem sie gehört?«

»Da drinnen steht ein alter Wagen«, erwiderte Rupert. »Ich suche nämlich nach einem neuen Restaurierungsobjekt.«

»Gibt's kein anderes Haus in der Nähe?«, fragte Wisting. »Jemanden, den du fragen kannst?«

Rupert schüttelte den Kopf.

»Ich dachte, du könntest das vielleicht für mich herausfinden«, fuhr er fort. »Ihr bei der Polizei habt doch bestimmt alle möglichen Register für solche Sachen.«

»Das Grundbuchamt ist für so etwas zuständig«, erklärte Wisting. »Du könntest dich dort hinwenden.«

»Was für ein Auto ist denn das überhaupt?«, wollte Ingrid wissen.

»Ich weiß es nicht genau«, erwiderte Rupert. »Angeblich ein alter Minerva.« Plötzlich wurde ihm klar, dass weder Wisting noch Ingrid je von der Automarke gehört hatten. »Das war ein belgischer Hersteller«, erklärte er. »Ist noch vor dem Krieg Konkurs gegangen. Das erste Automobil von König Haakon war ein vierzylindriger Minerva von 1913.«

»Sind die selten?«

Rupert nickte.

»In Norwegen hat es nicht viele davon gegeben. Der Wagen des Königs ist vermutlich irgendwann verschrottet worden. Jedenfalls weiß niemand, wo er abgeblieben ist.«

»Wie hast du denn von dem Wagen in Tveidal erfahren?«

»Das ist eher so ein Gerücht«, fuhr Rupert fort. »Einer von den Jungs im Club hat mal von seinem Onkel gehört, dass der Wagen irgendwann in dieser Scheune abgestellt und mit einer Plane zugedeckt worden sei. Und da soll er also seitdem stehen.«

»Wann soll das gewesen sein?«

»Irgendwann in den Zwanzigerjahren.«

Wisting hob die Augenbrauen.

»Soll das heißen, dass er sechzig Jahre da gestanden hat?«

Rupert nickte eifrig.

»Wenn das stimmt, kann der noch im Originalzustand sein.«

Wisting hatte sich nie besonders für Autos interessiert. Er und Ingrid fuhren einen sechs Jahre alten Volvo. Allerdings interessierte ihn, wieso dieses seltene Fahrzeug in einer Scheune verstaut worden war und dort wie ein Geheimnis gehütet wurde.

»Hast du Lust, mit mir zusammen da hinzufahren, um einen Blick in die Scheune zu werfen?«, fragte Rupert.

»Mit dem da?«, fragte Wisting und zeigte auf den alten Packard.

Rupert lachte.

»Nein, der wird nachher auf den Hänger gehoben«, erwiderte er und zeigte auf den Parkplatz, wo ein Landrover mit Transportanhänger stand.

Wisting sah hinüber zu Ingrid und den Kindern. Die Händler auf dem Weihnachtsmarkt hatten schon angefangen, ihre Buden zu schließen.

»Ein andermal«, sagte er.

»Fahr ruhig mit«, meinte Ingrid und fegte etwas Schnee vom Verdeck des Kinderwagens. »Ich kann auch allein mit den Kindern nach Hause fahren.«

Anscheinend dachte sie das Gleiche wie er: dass sie Rupert Hansson einen Gefallen schuldeten. Weder für das Ständchen in der Kirche noch für die Fahrt zum Festlokal hatte er Geld annehmen wollen.

»Ich bringe dich später auch nach Hause«, versicherte Rupert.

»In Ordnung.«

Wisting fischte die Autoschlüssel aus der Hosentasche und reichte sie Ingrid. Bevor die nächste Nachtschicht anfing, musste er unbedingt noch ein paar Stunden schlafen. Doch ein kurzer Ausflug nach Tveidal würde wohl nicht zu viel Zeit beanspruchen.

Ingrid nahm die Schlüssel und küsste Wisting auf die Wange.

»Die Waffeln stehen bereit, wenn du nach Hause kommst«, sagte sie lächelnd.

Die Räder des Kinderwagens hinterließen schmale Spuren im Schnee, als Ingrid ihn vor sich herschob.

Rupert ging los, um den Landrover zu holen. Wisting half ihm dabei, den Anhänger dicht an den alten Packard heranzumanövrieren. Dann befestigten sie die Hebevorrichtung und hievten den Oldtimer auf die Ladefläche.

Wisting nahm auf dem Beifahrersitz des Landrovers Platz.

»Ich fahre erst mal nach Hause und stelle den Hänger ab«, sagte Rupert.

Wisting nickte.

Auf dem Helgerovei fuhren sie in westliche Richtung. Der Schnee fiel jetzt dichter, gleichzeitig schien es etwas wärmer geworden zu sein. Ein paar Autos hatten im feuchten Schnee auf der Fahrbahn dunkle Spuren hinterlassen.

Bei Nalum bog Rupert ab und fuhr rückwärts vor eine frei stehende Garage. Eine Frau erschien hinter einem Adventsstern in einem Fenster und sah zu ihnen heraus.

Wisting stieg aus und öffnete das große Tor. Rupert fuhr den Landrover rückwärts in die Garage, stieg dann ebenfalls aus und koppelte den Hänger ab. Zwei Minuten später waren sie zurück auf der Landstraße.

Rupert schaltete das Radio ein. Der Empfang war schlecht, in den Lautsprechern rauschte es.

»Die Lokalstation kann ich hier draußen nicht mehr empfangen«, sagte er und drehte den Sendersuchknopf weiter, bis er den NRK gefunden hatte. Dann dämpfte er die Lautstärke und drehte sich zu Wisting hin.

»Ich bin im Herbst da schon mal vorbeigefahren. Scheint lange her zu sein, dass jemand in der Scheune war. Inzwischen ist sie fast völlig überwuchert und von großen Bäumen umgeben.«

»Kann man denn überhaupt hineinkommen?«

»An der Tür hängt ein dickes Schloss«, erklärte Rupert. »Aber in der Bretterwand gibt es ein paar größere Ritzen.«

Er zeigte mit dem Daumen über seine Schulter.

»Ich habe Taschenlampen mitgenommen. Dann können wir hineinleuchten und sehen, ob irgendwas drinsteht, was nach einem Oldtimer aussieht.«

Fast eine Viertelstunde fuhren sie schweigend weiter. Dann bog Rupert in den Brunlanesvei ein. Nach etwa einem Kilometer tauchte die Kreuzung nach Tveidal auf. Er lenkte den Wagen auf einen Seitenweg. Das Licht der Scheinwerfer wurde von schlanken Baumstämmen reflektiert. Am Ende des kleinen Wegs lag eine leicht eingesunkene Scheune mit rostigem Wellblechdach.

2

Rupert Hansson streckte die Hand nach hinten aus und nahm zwei solide wirkende Taschenlampen vom Rücksitz. Dann öffnete er die Autotür, während der Wagen weiter im Leerlauf tuckerte.

Wisting stieg ebenfalls aus und warf einen Blick zurück auf die Hauptstraße. Das alte Gebäude war von dort aus kaum zu sehen gewesen.

Zwischen den Bäumen war der Boden noch schneefrei. Die beiden Männer folgten ein paar alten Wagenspuren bis zur Scheune. Im Scheinwerferlicht des Landrovers warfen ihre Körper lange Schatten.

Die komplette Ostwand und ein Teil des Daches waren von kahlen Kletterpflanzen überwuchert.

Von einer Scheune konnte eigentlich nicht die Rede sein, dachte Wisting. Es gab keinen Bauernhof in der Nähe, und das Gebäude erinnerte am ehesten an einen großen Geräteschuppen. Vielleicht war es einst für Traktoren und Geräte errichtet worden, die bei Waldarbeiten zum Einsatz kamen.

Mit dem Lichtstrahl der Taschenlampe zeigte Rupert auf die breite, zweigeteilte Tür. Daran verbolzt war ein dicker Eisenriegel, an dem ein massives Vorhängeschloss hing.

Wisting trat näher heran und untersuchte das Schloss. Seine Finger färbten sich braun, als er es anfasste, ein paar rostige Eisenspäne lösten sich und segelten zu Boden. Vermutlich hätte ein Schlag mit einem Hammer oder Stein ausgereicht, um das Schloss vom Riegel zu trennen.

Er wandte sich ab und folgte Rupert Hansson auf die Westseite der Scheune. Der Wald war bis zum Gebäude vorgedrungen, und sie mussten sich an dichtem Buschwerk vorbeidrücken.

Es gab keine Fenster in dem alten Gebäude, doch etwa in der Mitte der Westwand waren ein paar Bretter von einem umgestürzten Baum eingedrückt worden. Rupert hielt sich an einem Ast fest und kletterte den Baumstamm hinauf, der in der Westwand feststeckte. Wisting blieb unten stehen, während Rupert sich langsam vorwärtsbewegte und dann den Strahl seiner Taschenlampe in die Öffnung der eingedrückten Wand richtete.

Zwischen zwei Brettern weiter unten am Gebäude entdeckte Wisting einen Schlitz. Zwar war er zu schmal für die Taschenlampe, doch Wisting spähte mit einem Auge hinein und folgte dem Lichtkegel von Ruperts Lampe. Drinnen schien es sich um einen einzigen großen Raum zu handeln. Der Lichtstrahl streifte einen alten Pflug mit zwei Scharen, einen Pferdewagen, einen Holzschemel, eine Zinkwanne und eine Schubkarre ohne Rad. Von ein paar Dachbalken hingen Ketten und dicke Seile mit Flaschenzügen und Haken herab. An der gegenüberliegenden Wand lehnte eine Leiter. Ein Fischernetz mit zwei blassgrünen gläsernen Netzbojen hing lose von einer der Sprossen herab.

Der Lichtstrahl von Ruperts Lampe wanderte hierhin und dorthin. Für den Bruchteil einer Sekunde huschte er über die Innenseite der Scheunentür. Wisting glaubte eine Kette und ein Vorhängeschloss gesehen zu haben, als wäre die Tür auch von innen verschlossen.

Nun fiel der Lichtschein auf vier verdreckte Traktorreifen, die übereinandergestapelt waren. Ein paar Meter von seinem Standort entfernt konnte Wisting auf einem Fass eine Petroleumlampe erahnen.

Er ging ein Stück weiter, schob ein paar Äste zur Seite und entdeckte einen breiteren Bretterspalt. Mit seiner Taschenlampe leuchtete er die Innenseite der Scheunentür an. Er hatte richtig gesehen. Eine Kette war durch zwei Eisenringe geführt und mit einem Vorhängeschloss versehen worden.

Er leuchtete wieder die Petroleumlampe auf dem Fass an. Eine Streichholzschachtel lag daneben und noch etwas anderes, das er nicht identifizieren konnte.

»Hier hinten ist was!«, rief Rupert plötzlich.

Wisting folgte mit dem Strahl seiner Taschenlampe Ruperts Lichtkegel. Hinter ein paar alten Kartoffelkisten konnte er einen Teil einer verstaubten Leinwandplane sehen.

Rupert sprang von dem Baumstamm herunter.

»Lass uns mal weiter ums Haus herumgehen«, sagte er.

Sie bahnten sich einen Weg durch das dichte Gebüsch und kamen zur Rückseite des Gebäudes. Wisting hielt seine Lampe in einen Schlitz zwischen zwei Brettern und spähte erneut hinein. Es roch nach Fäulnis. Er sah die Kartoffelkisten und die von der Decke herabhängenden Seile, aber auch das längliche Objekt, das mit der Leinwandplane zugedeckt war.

»Könnte tatsächlich ein altes Auto sein«, sagte er und leuchtete die Konturen ab. Der hintere Teil schien erhöht zu sein, während der vordere wesentlich niedriger wirkte, wie die Frontpartie eines klassischen Oldtimers.

»Leuchte mal auf den Boden«, bat Rupert und spähte gleichzeitig durch einen kleineren Spalt in der Wand.

Wisting ließ den Strahl der Lampe hinabsinken. Die Plane reichte bis zum Boden, ganz hinten jedoch hing sie etwas schief und gab einen Spalt frei, der gerade groß genug war, um einen platten Autoreifen erkennen zu lassen.

3

Der Duft von frisch gebackenen Waffeln umfing Wisting, als er nach Hause kam. Er ging in die Küche und umarmte Ingrid zur Begrüßung.

»Hast du die Kinder schon ins Bett gebracht?«, fragte er.

»Thomas schläft«, sagte sie und nickte. »Line spielt im Laufstall.«

Er betrat das Wohnzimmer. Line lag bäuchlings auf einer Decke, umgeben von Rasseln und Schmusetieren. Sie stützte sich auf ihre ausgestreckten Arme und sah neugierig zu ihrem Vater.

Ingrid kam mit dem Teller voller Waffeln.

»Möchtest du Kaffee dazu?«, fragte sie.

Wisting schüttelte den Kopf.

»Ich muss noch etwas schlafen, bevor meine Schicht anfängt«, erwiderte er und hob Line aus dem Laufstall. Sie gluckste und strampelte mit den Beinen.

»Und? Habt ihr etwas herausgefunden?«, fragte Ingrid.

Wisting setzte sich.

»Da draußen steht tatsächlich ein alter Wagen«, sagte er und nahm Line auf den Schoß. »Rupert war Feuer und Flamme.«

Ingrid entzündete die erste Adventskerze auf dem Tisch und setzte sich Wisting gegenüber.

»Wisst ihr schon mehr über den Besitzer der Scheune?«

»Wir wollten uns eigentlich auf dem Bauernhof nebenan erkundigen, aber da gab es gerade so etwas wie eine Familienfeier, da haben wir es gelassen.«

»Es kann doch nicht so schwer sein, das herauszufinden?«

»Nein, das Problem ist nur, dass es keine offizielle Adresse gibt und dass wir weder die Flur- noch die Hofnummer kennen.« Er nahm sich eine Waffel. »Ich habe Rupert versprochen, nach meiner Schicht ins Gemeindebüro zu gehen und das Kartenwerk zu durchforsten.«

Eine Weile blieben sie sitzen und unterhielten sich, bis Ingrid die Kerze ausblies, Line von seinem Schoß nahm und hinausging, um die Windeln zu wechseln.

Wisting betrat den Raum, aus dem später einmal das Kinderzimmer werden sollte. Momentan befand sich dort eine alte Liege, die Gitterbettchen der Zwillinge standen noch im Schlafzimmer.

Er legte sich unter die Decke und stellte den Wecker, ehe er das Licht löschte und die Augen schloss.

Der Schlaf ließ auf sich warten. Wisting dachte an das Auto in der Scheune und an die Tür, die von innen verschlossen war. Rupert Hansson wollte nur den Besitzer des alten Wagens ausfindig machen und möglichst den Wagen kaufen. Wisting interessierte hingegen, wer den Wagen in die Scheune gestellt und unter einer Plane versteckt hatte. Und wie konnte es sein, dass die Scheunentür von innen und außen verschlossen war?

Eines der Kinder fing an zu weinen. Er konnte nicht hören, ob es Thomas oder Line war, und er wartete darauf, dass das Kind sich beruhigte, aber das Gegenteil geschah. Das Kinderweinen wurde lauter.

Er schlug die Decke zurück und stand auf. Ingrid saß mit Line an der Brust auf einem Stuhl. Thomas lag mit angezogenen Beinen auf der Decke und schrie, während er ungeduldig darauf wartete, dass er an die Reihe kam.

Wisting hob ihn hoch und legte den zarten Babykopf vorsichtig an sein mit Bartstoppeln übersätes Kinn. Das Weinen hörte auf. Thomas begann zu glucksen und lächelte ihn an.

Inzwischen lächelten die Kinder des Öfteren, und es waren keine zufälligen Grimassen mehr. Sie wuchsen und entwickelten eine Persönlichkeit. Wenn jemand zu ihnen kam, lächelten sie jetzt immer häufiger.

»Danke«, flüsterte Ingrid.

Line drehte den Kopf, um zu sehen, was vorging, und dabei tropfte ein bisschen Milch aus ihrem Mund.

»Sie ist fertig«, sagte Ingrid. »Nimmst du sie?«

Wisting legte ihr Thomas auf den Schoß und übernahm Line. Er lief mit ihr durchs Zimmer, wiegte sie hin und her und streichelte ihren Rücken, bis sie ihr Bäuerchen machte. Dann ging er mit ihr ins Schlafzimmer und legte sie vorsichtig ins Bettchen, bevor er zu seinem eigenen Schlafplatz zurückkehrte.

Er hatte den Eindruck, dass der Wecker genau in dem Moment klingelte, als er eingeschlafen war. Im Dunkeln tastete er danach, schaltete ihn schließlich aus und stellte die Füße auf den kalten Boden. Bevor er ins Bad ging und sich rasierte, schaute er zu Ingrid und den Kindern hinein.

Das Brotfach in der Küche war leer. Statt sich ein Butterbrot zu machen, nahm er eine Packung Knäckebrot heraus. Er aß eines davon ohne Belag, während er am Fenster stand und hinausblickte, der Rest der Packung landete in seiner Aktentasche.

Der angekündigte Schnee war mager ausgefallen, nur ein oder zwei Zentimeter. Das Thermometer am Fenster zeigte an, dass die Temperatur im Laufe der Nacht sogar leicht angestiegen war.

Um Viertel vor elf betrat er die Polizeidienststelle in der Prinsegate. Er ging in den Umkleideraum hinunter und zog sich seine Uniform an. Dann warf er einen Blick in den Spiegel und richtete seine Krawatte, ehe er wieder nach oben in den Dienstraum ging.

Der Leiter des Streifendienstes war schon da und hatte den

Kollegen der Spätschicht abgelöst. Erling Storvolden war ein kompakt gebauter Mann mit rundem Gesicht. In absehbarer Zeit würde er das Pensionsalter erreicht haben.

»Ist irgendwas passiert?«, fragte Wisting.

»Zwei Verkehrsunfälle«, erwiderte Storvolden. Er nahm seine Mütze, erhob sich vom Sofa und trat auf die Tür zu. »Es ist glatt da draußen.«

Wisting begab sich in die Küchenecke. Als Jüngster war er fürs Kaffeekochen zuständig.

Als der Kaffee fertig war, tauchte Per Haugen auf. Er war zwölf Jahre älter als Wisting und hatte bereits drei Streifen auf seiner Schulterklappe. Davon abgesehen war sein blaues Uniformhemd zerknittert und wies Flecken auf.

Erling Storvolden rief die beiden zu sich, um das Streifenprotokoll durchzugehen. Sie waren nur zu dritt: zwei Kollegen auf Streife und ein Dienstgruppenleiter.

Storvolden zündete sich eine Zigarette an und erklärte, dass keine besonderen Meldungen vorlägen.

Die letzten vierundzwanzig Stunden hatten mit einer Kneipenschlägerei begonnen, nach der ein vierundvierzigjähriger Mann in der Ausnüchterungszelle gelandet war. Ein angetrunkener Autofahrer war in der Kongegate angehalten worden, und die Kollegen von der Spätschicht hatten wegen eines häuslichen Streits nach Torstrand ausrücken müssen. In der Nacht waren ein paar Jugendliche in einem Keller geschnappt worden, als sie gerade einen Verschlag aufbrachen. Sie waren zur Polizeidienststelle gebracht und dann von ihren Eltern abgeholt worden. Am Sonntagmorgen war eine Meldung über einen vermissten Hund eingegangen, der restliche Tag war eher ruhig gewesen. Kurz nach zwölf war die Meldung über einen Diebstahl auf einer Baustelle eingegangen.

»Da wurde ein Radlader gestohlen«, las Storvolden aus dem Protokoll vor.

»Ein Radlader?«, wiederholte Haugen mit hochgezogenen Augenbrauen.

»Ein Volvo BM 1240«, entgegnete Storvolden und nickte. »Jemand hatte ihn abgestellt und die Schlüssel stecken lassen.«

»Wer um Himmels willen klaut einen Radlader?«, wunderte sich Haugen. »Das muss jemand im besoffenen Kopf ausgeheckt haben.«

Die drei Polizisten gingen weiter das Streifenprotokoll durch. Die Protokolle waren so etwas wie ein Zerrspiegel des Alltags in der Stadt: Diebstahl, Vandalismus, Betrug, Überfall, Fahren unter Alkoholeinfluss, Verkehrsunfälle, Bedrohungen, Personenschäden, Notunterbringungen, psychisch verwirrte Personen, Alkoholexzesse. Alles in allem nur die Schattenseiten des Lebens. Polizeiarbeit bedeutete eine Auseinandersetzung mit allem, was negativ, krank, destruktiv oder abseitig war. In vielerlei Hinsicht gefiel Wisting diese dunkle Seite. Er wollte zur Stelle sein, wenn er gebraucht wurde, wollte anderen Menschen helfen und die Gesellschaft sicherer machen. All das gab ihm das Gefühl, etwas Sinnvolles zu tun.

Storvolden beendete die Protokolldurchsicht und warf Haugen die Schlüssel für den Streifenwagen zu.

»Ihr solltet also Ausschau nach dem Radlader halten«, sagte er und grinste.

Dann drückte er seine Zigarette aus, drehte sich mit dem Stuhl zum Schreibtisch und spannte ein weißes Blatt Papier in die Schreibmaschine ein.

Bevor sie auf Streife fuhren, verbrachten sie eine Stunde auf dem Sofa im Aufenthaltsraum. Die Polizeidienststelle war mit einer nach Schweden ausgerichteten TV-Antenne ausgestattet, worüber die beiden Fernsehkanäle des Nachbarlandes empfangen werden konnten. Die Sendungen endeten später als die des NRK, und sonntags wurden öfter Spielfilme ausgestrahlt.

Wisting gefiel es eigentlich nicht, die Arbeitszeit vor dem Fernseher zu verbringen, doch war er der Jüngste in der Abteilung und somit nicht in der Position, alte Gewohnheiten zu hinterfragen und die Kollegen vom Sofa und auf die Straße zu scheuchen.

Viel lieber nutzte er die Zeit, um abgeschlossene Fälle und Gerichtsurteile aus dem Archiv zu studieren. Dadurch gewann er einen Überblick über das kriminelle Milieu vor Ort und konnte sich mit der Ermittlungsarbeit vertraut machen. Denn genau dahin wollte er, in die erste Etage, wo die Ermittlungsabteilung untergebracht war. Solange Ingrid die Zwillinge zu Hause versorgte, musste er mit der Bewerbung allerdings warten. Die Arbeit als Ermittler war zwar mit einer Gehaltserhöhung um zwei Stufen verbunden, aber durch den Wegfall von Abend-, Nacht- und Wochenendschichten würde er unterm Strich weniger verdienen, und noch dazu war der Zugang zu Überstunden begrenzt.

Erst um kurz vor eins erhob Haugen sich vom Sofa und erklärte, dass die Zeit für eine Runde mit dem Streifenwagen gekommen sei.

Wisting packte seine Sachen zusammen und schloss sie im Spind ein. Dann zog er sich die Uniformjacke über und folgte dem Kollegen in die Garage.

Haugen saß am Steuer. Er bog nach links ab, folgte der Prinsegate und fuhr dann durch die Thaulowkurve in die Storgate. Der Abendzug aus Oslo hatte gerade eine Handvoll Fahrgäste ausgespuckt. Haugen ließ den Streifenwagen langsam vorbeirollen. Wisting musterte die Gesichter. Er kannte viele von ihnen, und die wenigen fremden wirkten unauffällig. Haugen fuhr weiter, kreuz und quer durch die menschenleeren Straßen.

Das planlose Hin- und Herfahren mit dem Streifenwagen machte Wisting rastlos. Es trug weder zur Verbrechensvorbeugung bei, noch handelte es sich um Ermittlungen irgendwelcher Art. Sie fuhren einfach nur herum und warteten darauf, dass etwas passierte. Ein gewisses Maß an Präsenz auf den Straßen war sicher erforderlich, aber das Ganze könnte effizienter gestaltet werden. Zielgerichteter. Ein Großteil der Kriminalität in der Stadt schien sich auf bestimmte Gegenden zu konzentrieren und wurde von bestimmten Tätern verübt, häufig auch zu bestimmten Zeiten. Es gab Muster, die streng genommen leicht zu erkennen waren und es möglich gemacht hätten, den Verbrechern zuvorzukommen.

»Können wir mal durch die Hoffs gate fahren?«, fragte er.

Haugen beobachtete gerade einen streunenden Hund, der an der Bordsteinkante entlangstrich.

»Was gibt es denn da?«, fragte er, als sie den Hund passiert hatten.

»Ich weiß nicht«, erwiderte Wisting. »In der Gegend wurden schon viele Autos gestohlen. Die Meldungen kommen immer montagvormittags herein. Nach ein paar Tagen tauchen sie völlig ausgeschlachtet irgendwo wieder auf. Am häufigsten sind Autos von der Nachtschicht der Zinkfabrik betroffen.«

Per Haugen blickte ihn an. Ein wenig verwundert zunächst. Dann entblößte er die Zähne zu einem breiten Grinsen.

»Dann sehen wir uns das mal näher an«, sagte er und bog an der nächsten Ecke links ab.

Wenig später hatten sie die Hoffs gate erreicht. Auf der rechten Seite lagen die Handelsschule und das Fram-Stadion. Links befanden sich die Zweifamilienhäuser der städtischen Baugenossenschaft. Jedes zweite Fenster wurde von einem Adventsstern erhellt, in einigen Gärten waren die Bäume mit Lichterketten geschmückt.

Etwas weiter entfernt befanden sich die großen Wohnblöcke. In einer der Wohnungen lebte ein junger Mann Anfang zwanzig, der bereits für Autodiebstahl und Einbruch verurteilt worden war. Wisting hatte eine Notiz an die Ermittlungsabteilung geschrieben, wusste aber nicht, ob sich etwas daraus ergeben hatte.

Eine einzelne Straßenlaterne erhellte den Parkplatz vor der Zinkfabrik. Langsam fuhren sie an den Fahrzeugen der Arbeiter vorbei, die in der Nachtschicht tätig waren.

»Sieht alles ruhig aus«, meinte Haugen.

Wisting warf einen Blick auf die Uhr am Armaturenbrett. Es war kurz vor halb drei.

»Vermutlich sind wir noch zu früh«, sagte er und sah zu den Bahnarbeiterwohnungen auf der anderen Straßenseite hinüber. »Wir könnten da rüberfahren und eine Weile mit abgestelltem Motor warten«, schlug er vor.

Haugen verzog das Gesicht. »Wir werden uns den Hintern abfrieren.«

»Lass uns so lange bleiben, bis es anfängt, kalt zu werden«, meinte Wisting.

Haugen gab keine Antwort, ging aber auf Wistings Vorschlag ein und stellte den Wagen an einer Stelle ab, wo sie nicht sofort gesehen werden konnten. Dann drehte er den Motor aus. Das grüne Licht vom Display des Funkgeräts schimmerte im Dunkeln. Wisting nahm eine Zeitung und bedeckte das Funkgerät, sodass es im Wageninneren ganz dunkel wurde.

Ab und zu drangen Geräusche von der Schmelzhalle der Fabrik zu ihnen herüber. Ein Lieferwagen fuhr vorbei. Kurz darauf rollte ein Taxi in dieselbe Richtung.

Nach zwanzig Minuten wurde es ziemlich kalt im Auto. Wisting rieb sich die Hände. Im Grunde genommen kam es ihm genauso hoffnungslos vor, untätig in einem Wagen zu sitzen, wie ziellos durch die Straßen zu kurven.

»Wie viel Zeit wollen wir ihnen denn geben?«, fragte Haugen und unterdrückte ein Gähnen.

Wisting zuckte mit den Schultern.

»Noch ein bisschen«, erwiderte er und ließ den Blick über die Hoffs gate gleiten.

Die Straßenbeleuchtung warf einen matten Lichtschein auf den nassen Asphalt. Parkende Autos, Bäume und Mülltonnen erzeugten wirre Schatten.

An einem Briefkastenstativ schien sich etwas zu rühren. Wisting setzte sich auf. Vielleicht war es nur ein Windstoß gewesen, der durch die immergrünen Büsche gefahren war.

»Da!«, rief er, als ihm klar war, was er gesehen hatte.

Haugen blickte in dieselbe Richtung.

Ein dunkel gekleideter Mann trat zwischen den Wohnblöcken hervor und überquerte die Straße, während er sich umblickte. Dann lief er am Zaun entlang auf die Zinkfabrik zu.

Die Entfernung zwischen Streifenwagen und Fabrikparkplatz betrug knapp hundert Meter. Falls der Mann es auf eines der Fahrzeuge abgesehen hatte, würde er einen ordentlichen Vorsprung haben, wenn sie jetzt den Streifenwagen starteten und hinüberfuhren. Außerdem hätte er mehrere Fluchtwege, die sie per Auto nicht alle verfolgen konnten.

»Ich gehe mal rüber«, flüsterte Wisting, als ob der Mann ihn hören könnte.

Haugen nickte und legte die Hände aufs Lenkrad. Wisting drückte auf den Schalter, der verhinderte, dass die Innenbeleuchtung anging, und öffnete dann die Tür einen Spaltbreit.

Während er aus dem Wagen stieg, ertönte ein Krächzen aus dem Funkgerät.

»6-0-3, hier ist 2-0«, meldete sich Storvolden.

Haugen drehte das Gerät leiser, aber es war zu spät. Das Geräusch war in der Stille der Nacht gut zu hören gewesen. Der Mann blieb stehen und sah zu ihnen herüber.

»Fahrt sofort runter nach Stavern!«, ordnete Storvolden über Funk an, ohne eine Antwort abzuwarten. »Einzelheiten folgen.«

Haugen ließ den Motor an und erfasste den mutmaßlichen Autodieb im Licht der Scheinwerfer. Wisting setzte sich wieder in den Wagen und griff nach dem Mikro. Storvoldens Anweisung ließ vermuten, dass es sich um einen dringenden Einsatz handelte, einen Einbruch oder eine Gewalttat. Der Dienstgruppenleiter schien den Anrufer noch in der Leitung zu haben.

»Verstanden«, gab Wisting durch.

Der Streifenwagen nahm Fahrt auf. Der Mann auf der anderen Straßenseite drückte sich an den Zaun und blickte umher, als wollte er abschätzen, wohin er fliehen sollte. Doch er verharrte reglos. Wisting erhaschte einen Blick auf sein bleiches Gesicht, lange genug, um ihn wiedererkennen zu können. Dann legte er den Sicherheitsgurt an und schaltete das Blaulicht ein.

4

Haugen gab Vollgas und beschleunigte den Corsa bis in den hohen Drehzahlbereich. An der ersten Kreuzung geriet der Streifenwagen ins Schleudern. Die Fahrbahn war glatter, als Haugen erwartet hatte. Der Wagen rutschte seitlich weg und drohte schon, sich um die eigene Achse zu drehen. Doch Haugen konnte das Lenkrad herumreißen und das Auto wieder in die Spur bringen.

Der holprige Start hatte keine Auswirkung auf den Einsatz. Die Reifen drückten sich fest auf die Fahrbahn, und der Asphalt strömte wie ein dunkler Fluss unter der Motorhaube hinweg. Sie passierten die Storgate und bogen an der Eisenbahnunterführung links auf den Stavernsvei ab.

Das Funkgerät krächzte:

»6-0-3, hier ist 2–0.«

Wisting hatte das Mikro auf dem Schoß liegen.

»Wir hören.«

»Es ist der Radlader«, erklärte Storvolden über Funk. »Zwei Männer haben damit ein Loch in die Wand der Sparkasse gerissen. Der Anrufer befindet sich im ersten Stock des Nachbargebäudes und beobachtet alles. Der Fahrer ist maskiert, und ein weiterer Mann steht daneben und wartet anscheinend darauf, dass das Loch groß genug wird.«

Wisting spürte seinen Adrenalinspiegel ansteigen und bekam einen trockenen Mund.

»Sind sie bewaffnet?«, fragte er.

»Sieht nicht so aus«, erwiderte Storvolden.

»Wir sind bei Tenvik«, gab Wisting durch und blickte auf den Tachometer. »In vier Minuten sind wir vor Ort.«

»In drei«, berichtigte Haugen und drückte das Gaspedal durch.

»Ich hab den Anrufer in der Leitung«, erklärte Storvolden. »Die Typen sind noch immer zugange.«

Das Blaulicht auf dem Wagendach zuckte rhythmisch. Haugen umklammerte das Steuer so krampfhaft, dass die Fingerknöchel ganz weiß wurden. Wisting hielt sich fest und biss die Zähne zusammen. Er wusste nicht, was sie erwartete und wie sie damit umgehen sollten. Einem als Einbruchswerkzeug verwendeten Radlader hatten sie nicht viel entgegenzusetzen.

Das hohe Tempo ließ den Streifenwagen erzittern. An der letzten Hügelkuppe vor dem Zentrum von Stavern fehlte nicht viel, und sie wären abgehoben.

Storvolden meldete sich wieder:

»Die haben sich den Nachttresor geschnappt«, rief er. »Angeblich sind es zwei Männer. Sie haben den Inhalt des Safes in einen schwarzen Ford Sierra umgeladen und entfernen sich jetzt vom Tatort.«

Der Streifenwagen schoss um die letzte Hausecke. Der Straßenabschnitt vor ihnen war mit Baumaterial und Ziegelsteinen übersät. Ein großer Radlader mit heruntergesenkter Schaufel stand auf dem Gehsteig. In der Wand der Sparkasse, wo sich der Einwurfschlitz des Nachttresors befunden hatte, war ein großes Loch. Das Geräusch einer kreischenden Alarmsirene war zu hören.

Einer der Räuber knallte den Kofferraumdeckel zu und sprang in den Sierra, ehe der Wagen mit quietschenden Reifen von dannen schoss.

»Sind jetzt vor Ort«, meldete Wisting sich, während er die Uhrzeit notierte. Dann gab er das Kennzeichen des Fluchtautos durch.

Die Reifen drehten kurz durch, als Haugen das Gaspedal heruntertrat. Wisting stieß sich den Kopf am Autodach, als der Streifenwagen über ein paar Ziegelsteine fuhr.

Der schwarze Sierra war schneller als der alte Streifenwagen und gewann rasch an Vorsprung. Doch was dem Corsa an Pferdestärken fehlte, wurde durch Haugens Fahrkünste wieder ausgeglichen. In den Kurven kamen sie immer näher heran, während der Fluchtwagen auf den Geraden den Abstand wieder vergrößerte.

Wisting gab regelmäßige Positionsmeldungen an Storvolden durch, wusste allerdings, dass sie auf sich allein gestellt wären, wenn sie versuchen wollten, die Bankräuber aufzuhalten. Erst wenn sich die Verfolgungsjagd in einen anderen Polizeidistrikt verlagerte, bestand die Chance, dass eine Straßensperre errichtet oder eine Nagelkette ausgelegt werden würde.

Inzwischen hatten sie die engen Kurven kurz vor Askeskogen erreicht. Haugen schaltete herunter und lenkte den Wagen dicht am Straßenrand entlang, in der Hoffnung, den Vorsprung des Sierra zu verkürzen. Plötzlich kamen die rechten Räder von der Fahrbahn ab. Wisting rechnete schon fest damit, dass sie im Straßengraben landen würden, doch wie durch ein Wunder gelang es Haugen, den Streifenwagen zurück auf die Fahrbahn zu manövrieren, unmittelbar danach verlor er allerdings die Kontrolle über das Fahrzeug. Der Wagen kam erneut ins Schleudern, rutschte zur Seite weg, drehte sich um hundertachtzig Grad und kam schließlich zum Stehen.

Haugen fluchte, legte den Rückwärtsgang ein und wendete. Der Wagen schwankte für einen Augenblick hin und her, ehe die Reifen griffen. Als sie den kurvenreichen Straßenabschnitt passiert hatten und sich wieder auf gerader Strecke befanden, war der Sierra verschwunden.

»Wir haben den Sichtkontakt verloren«, gab Wisting über Funk durch.

Storvolden reagierte nicht. Vermutlich saß er am Telefon, um die Nachbardistrikte zu informieren.

Haugen hielt das Tempo, doch in dem Waldgebiet, das sie jetzt durchquerten, gab es ein Wirrwarr aus vielen kleinen, sich kreuzenden Wegen und Zufahrten. Es wäre für das Fluchtauto ein Leichtes, sich irgendwo dort zu verbergen.

Als sie zur Kreuzung bei Helgeroa kamen, fuhr Haugen langsamer und hielt schließlich an. Er fluchte abermals und schlug mit den Händen auf das Lenkrad. Der Geruch von verbranntem Gummi füllte das Wageninnere.

Wisting schaltete das Blaulicht aus.

Auf der Straße tauchten von rechts zwei Autoscheinwerfer auf. Haugen und Wisting beobachteten das näher kommende Fahrzeug.

»Anscheinend haben sie den Wagen gewechselt«, meinte Wisting.

»Meinst du?«, fragte Haugen.

Wisting nickte. Bei allen geglückten Raubüberfällen, von denen er gelesen hatte, war der Wechsel des Fluchtautos ein Bestandteil des Plans gewesen.

Der sich nähernde Wagen hatte die typische Form eines VW-Käfers.

»Glaubst du, das sind sie?«, fragte Haugen und grinste.

Der Wagen fuhr an ihnen vorbei. Das Innere wurden vom Scheinwerferlicht des Streifenwagens erhellt. Eine ältere Frau saß am Steuer. Sie drehte den Kopf und schaute mit großen Augen zu ihnen herüber.

Haugen wollte gerade den Wagen wenden, um zum Tatort zurückzufahren.

»Warte mal!«, sagte Wisting und zeigte nach Norden.

Am Nachthimmel zeichnete sich ein oranger Schimmer ab.

Haugen gab Gas, Wisting schaltete das Blaulicht wieder ein, und kurz danach überholten sie den grauen VW Käfer.

Das Feuer konnte nicht viel weiter als einen oder zwei Kilometer entfernt ausgebrochen sein. Der orange Widerschein wurde immer stärker.

Erst am Abend war Wisting dieselbe Straße entlanggefahren, auf dem Weg zu der Scheune mit dem alten Wagen.

Als sie die Tveidalskreuzung erreichten, bestätigten sich seine Vermutungen. Etwa auf halber Strecke zur Scheune stand ein brennendes Fahrzeug auf der unbefestigten Seitenstraße.

Haugen hielt den Wagen auf der asphaltierten Hauptstraße an, etwa dreißig Meter entfernt. Wisting sprang aus dem Wagen, rannte zum Kofferraum und nahm den Feuerlöscher heraus. Längliche, eisblaue Flammen schlugen aus den geborstenen Fenstern des schwarzen Sierra. Wegen der enormen Hitze konnte Wisting nicht näher ans Auto herankommen.

Er hörte, wie Haugen mit Storvolden sprach, ihn über das brennende Fluchtfahrzeug informierte und um Benachrichtigung der Feuerwehr bat.

Wisting schirmte die Augen mit der Hand ab. Das Licht des explosionsartigen Feuers war grell und intensiv. Dicke schwarze Rauchschwaden wirbelten auf und verloren sich in der nächtlichen Dunkelheit.

Die Flammen hatten schon auf die Vegetation übergegriffen, und eine knorrige Fichte brannte lichterloh. Die Entfernung vom brennenden Wagen zur Scheune entsprach in etwa dem Abstand zwischen dem Feuer und Wistings Standort. Es bestand durchaus die Gefahr, dass sich das Feuer noch weiter ausbreitete.

Haugen stieg aus dem Wagen und bedeckte notdürftig Mund und Nase mit einem Taschentuch. Auf der Straße hinter ihnen hatte der VW Käfer angehalten.

Sie konnten nichts anderes tun, als das Feuer aus einiger Entfernung zu beobachten. Der Wind wehte in Richtung der Scheune, die Flammen krochen immer näher heran.

Die ältere Frau stieg aus dem Käfer, und Wisting ging zu ihr.

»Wissen Sie vielleicht, wem die Scheune gehört?«, fragte er.

Im selben Moment explodierte etwas im Motorraum des brennenden Sierra, und eine heiße Druckwelle schlug ihnen entgegen.

Alle zogen sich weiter zurück, und Wisting wiederholte die Frage.

»Die gehört Knut Heian«, erwiderte die Frau. »Er wohnt gleich da drüben. Soll ich hinfahren und ihm Bescheid sagen?«

»Gern, vielen Dank«, sagte Wisting.

Die Frau setzte sich wieder in ihr Auto und fuhr los.

Die Intensität des Feuers nahm genauso schnell ab, wie sie zugenommen hatte. Die Scheune war jetzt außer Gefahr. Als das erste Löschfahrzeug nach zehn Minuten auftauchte, waren die Flammen schon fast von selbst erloschen. Das Wasser aus den Schläuchen ließ die letzten Reste der Flammen kurz aufblühen, ehe sie wie welke Blumen vergingen.

Ein paar Schaulustige hatten mit laufenden Motoren am Straßenrand angehalten, fuhren jedoch weiter, als die Dramatik des Ereignisses nachließ. Gefolgt von dem VW-Käfer näherte sich ein kleiner Lastwagen dem Ort des Geschehens. Beide Fahrzeuge hielten hinter dem Feuerwehrauto, und ein Mann in den Fünfzigern sprang aus dem Lastwagen. Seine Haare standen in alle Richtungen ab und verrieten, dass er aus dem Schlaf gerissen worden war.

Wisting ging ihm entgegen.

»Sind Sie der Besitzer des Grundstücks?«, fragte er.

Der Mann nickte und warf einen Blick über Wistings Schultern hinweg auf die Brandstätte.

»Ein paar Bäume und Büsche sind verbrannt«, erklärte Wisting. »Aber die Scheune hat es unbeschadet überstanden.«

Der Mann fuhr sich durchs Haar.

»Was ist denn überhaupt passiert?«, wollte er wissen.

Die Fahrerin des Käfers trat ein paar Schritte näher heran.

»Der Wagen wurde bei einem Einbruch in der Sparkasse Stavern benutzt«, erklärte Wisting. »Vermutlich hatten die Täter hier noch einen anderen Wagen stehen und sind mit dem verschwunden.«

Der Mann stellte sich neben Wisting, um einen besseren Blick auf das ausgebrannte Fahrzeug zu bekommen.

»Ist Ihnen in den letzten Tagen vielleicht etwas Besonderes aufgefallen?«, fragte Wisting. »Autos, die jemand hier abgestellt hat, oder etwas anderes?«

Der Mann schüttelte den Kopf.

»Ich benutze die Scheune gar nicht«, erwiderte er, ohne auf die Frage einzugehen.

Wisting wandte sich an die Frau mit dem VW Käfer und wiederholte seine Frage. Falls sie öfter hier vorbeifuhr, war ihr vielleicht etwas aufgefallen. Sie überlegte eine Weile, doch ihr fiel nichts ein.

Wisting zückte sein Notizbuch und schrieb Namen, Adresse und Telefonnummer der beiden Personen auf.

Haugen hatte die ganze Zeit mit den Feuerwehrmännern zusammengestanden und winkte Wisting jetzt zu sich.

»Die Feuerwehr sperrt die Zufahrt hier ab«, sagte er. »Storvolden hat die Kriminalabteilung alarmiert. Wir müssen jetzt zurück zur Sparkasse und den Tatort sichern, bis die Kriminaltechniker kommen.«

Kurz bevor sie aufbrachen, tauchte ein Fotograf von der Lokalzeitung auf. Wisting hatte Kopfschmerzen vom scharfen Brandgeruch. Seine Haare und die Uniform würden noch tagelang nach Qualm stinken.

»Es gibt zwei Alternativen«, meinte Haugen. »Entweder sind sie nach Westen gefahren, durch Tveidalen und rüber nach Telemark, oder in Richtung Norden auf die E18.«

Wisting stimmte zu, aber es gab noch eine weitere Möglichkeit: Vielleicht hatten die Täter Zuflucht an einem sicheren Ort in der Nähe gesucht. Unterwegs zu sein stellte immer ein gewisses Risiko dar. Insbesondere nachts, wenn nur wenig Verkehr herrschte, konnte man schnell entdeckt werden. Und mittlerweile mussten an den aus dem Distrikt hinausführenden Straßen Kontrollposten errichtet worden sein. Der Einbruch war äußerst professionell über die Bühne gegangen. Die Täter hatten anscheinend genau gewusst, was sie zu tun hatten.

Als Haugen und Wisting nach Stavern zurückkamen, fing es an zu schneien. Winzige Flocken, die durch die Luft wirbelten. Drei Angestellte der Sparkasse sammelten herumliegende Papiere und Dokumente von der Straße auf. Wisting erkannte den Sparkassenleiter Leon Prytz, der auf sie zutrat, als sie sich mit dem Streifenwagen näherten. Haugen blieb hinter dem Steuer sitzen, um Storvolden über Funk auf dem Laufenden zu halten, während Wisting ausstieg.

Von dem eigentlichen Nachttresor war nur noch verbogenes Metall übrig.

»Auf Raubüberfälle und Einbrüche sind wir ja gut vorbereitet«, stöhnte der Sparkassenleiter. »Aber nicht auf so etwas.«

»Von wie viel Geld reden wir denn in etwa?«, fragte Wisting.

Der Filialleiter zuckte mit den Schultern.

»Zurzeit ist viel Bargeld im Umlauf«, erwiderte er. »Die Menschen kaufen für Weihnachten ein. Viele Geschäftsleute hinterlegen vor dem Wochenende den gesamten Umsatz der vergangenen Woche im Nachttresor. Wir müssen abwarten, was die einzelnen Kunden in ihren Büchern vermerkt haben, ehe wir den genauen Betrag kennen.«

»Aber so ungefähr?«

Der Sparkassenleiter zögerte.

»Ich schätze mal, etwa zwei Millionen Kronen«, sagte er schließlich, »vermutlich noch etwas mehr.«

Wisting holte tief Luft und ließ sie dann langsam wieder ausströmen. Sein gesamter Jahreslohn betrug knapp einhundertzwanzigtausend. Zwei Millionen war viel. Und schnelles Geld für die beiden Täter.

»Wie funktioniert eigentlich so ein Nachttresor?«, wollte Wisting wissen.

»Im Prinzip nicht anders als ein Briefkasten«, erklärte der Filialleiter. »Die Geschäftskunden, die eine Vereinbarung mit uns haben, legen das Bargeld in einen versiegelten Umschlag und werfen ihn durch den Schlitz in der Hauswand. Dahinter ist so eine Art Schleuse, die verhindert, dass man den Umschlag wieder herausfischen kann. Auf der Innenseite befindet sich ein einfacher Metallschrank.«

»Ist der nicht verschlossen?«

»Doch, sicher. Ein verschlossener Schrank in einem verschlossenen Raum, aber es ist eben kein richtiger Safe oder Tresor. Wenn man sich erst mal durch die Wand gearbeitet hat, ist es verhältnismäßig einfach, den Metallschrank aufzubrechen.«

Wisting machte sich Notizen. Weder Sparkasse noch Polizei waren auf so ein Vorkommnis vorbereitet gewesen, allerdings hätten sie die Möglichkeit, dass so etwas geschehen könnte, in Betracht ziehen müssen. Ähnliche Vorkommnisse waren auch aus verschiedenen Orten in Ostnorwegen bekannt. Akershus, Asker, Bærum, Buskerud und Romerike – geografisch betrachtet also in der Umgebung der Hauptstadt. Das konnte auf eine organisierte Bande mit Hauptsitz in Oslo hindeuten, oder die Methode war von anderen Kriminellen kopiert worden. Sie alle hätten es kommen sehen müssen, dachte er, in etwa so, wie von einem Meteorologen erwartet wurde, eine Kaltfront vorherzusagen.

5

Wisting begann gegen halb sieben mit seinem schriftlichen Bericht. Zuvor hatte er den hinzugezogenen Ermittlern der Kriminalabteilung die Vorfälle mündlich geschildert.

Mit zwei Fingern bearbeitete er die Tastatur. Obwohl es ein standardisiertes Vorgehen gab, dauerte es um diese fortgeschrittene Tageszeit etwas länger, bis die Angaben auf dem Papier Form annahmen: Zeit und Ort der bei der Polizei eingegangenen Meldung, Durchführung des Einsatzes, was er gesehen und mit wem er gesprochen hatte und was die Gesprächspartner geäußert hatten. Hätte Wisting über den Ablauf der Ermittlungsarbeit zu entscheiden gehabt, hätte er sich zunächst um den schwarzen Sierra gekümmert. Der war zwar vermutlich gestohlen, doch immerhin etwas, womit man arbeiten könnte. Das Gleiche galt für den Radlader. Vielleicht hatte jemand auf der Baustelle, wo das Fahrzeug gestohlen worden war, etwas gesehen oder gehört. Womöglich hatten die Täter auch Spuren hinterlassen. Fluchtauto Nummer zwei war wahrscheinlich auch gestohlen, die Polizei brauchte daher eine aktuelle Liste mit gestohlenen Fahrzeugen. Wisting schloss den Bericht, indem er auf ähnliche ungelöste Fälle in anderen Polizeidistrikten hinwies.

Erst dreißig Minuten nach offiziellem Dienstschluss zog er das Blatt aus der Schreibmaschine und legte es der Ermittlungsabteilung ins Fach.

Als er nach Hause fuhr, war es immer noch dunkel. Nachtschichten um diese Jahreszeit waren mit ständiger Dunkelheit verbunden. Die Sonne ging erst auf, nachdem er sich irgendwann in den Morgenstunden hingelegt hatte, und sie war bereits untergegangen, ehe er am Nachmittag wieder wach wurde.

Zu Hause wurde er von Kindertränen begrüßt. Thomas lag heulend im Laufstall, während Line gestillt wurde. Er hob den kleinen Jungen hoch und setzte ihn sich auf den Schoß, aber sein Weinen ließ nicht nach.

»Er hört wohl erst auf, wenn er auch an die Reihe gekommen ist«, sagte Ingrid und lächelte.

Wisting sah ihr die Erschöpfung an und begriff, dass sie wohl auch nicht viel Schlaf bekommen hatte.

»Ich habe übrigens rausgefunden, wem die alte Scheune gehört«, sagte er und berichtete von den nächtlichen Ereignissen.

Nach einer Weile wurde Thomas ruhiger. Als Wisting sah, dass Ingrid für das nächste Kind bereit war, stand er auf und legte ihr Thomas auf den Schoß. Wisting übernahm Line, ließ sie an seiner Schulter ruhen und lief mit ihr durchs Zimmer.

»Hast du es Rupert schon erzählt?«, fragte Ingrid.

Wisting schüttelte den Kopf.

»Ich rufe ihn heute Nachmittag an.«

Line machte ein Bäuerchen, und warme Milch ergoss sich auf Wistings Schulter.

Ingrid lächelte.

»Sie muss ohnehin noch baden.«

Wisting ging ins Bad und legte seine Tochter auf den Wickeltisch. Sie beobachtete ihn, während er sein Hemd auszog und dann Wasser in die Babywanne einließ. Dann zog er die Kleine aus, hob sie hoch und setzte sie vorsichtig in das warme Badewasser. Line war begeistert, stieß einen Freudenschrei aus, strampelte mit den molligen Beinchen und schnappte nach Luft, als sie Wasser ins Gesicht bekam.

»Wann musst du wieder bei der Arbeit sein?«, rief Ingrid zu ihm herein.

Wisting versuchte, sich an den Schichtplan zu erinnern, während er seine Tochter gründlich wusch.

»In zwei oder drei Tagen«, erwiderte er und verspürte dabei ein gewisses Bedauern. Die Ermittlungen würden in den ersten Tagen auf Hochtouren laufen. Er wäre gern dabei gewesen, doch seine Arbeit war beendet, nachdem er den Bericht geschrieben hatte.

Er hob Line aus der Wanne und legte den kleinen nackten Körper an seinen Brustkasten. Mit der freien Hand nahm er sich ein Handtuch und legte es um seine Tochter. Kurze Zeit später lag sie satt, gebadet und mit frischen Sachen im Laufstall auf dem Rücken. Mit einiger Anstrengung rollte sie sich auf den Bauch und fing an, das Spielzeug um sich herum zu erforschen.

»Ich kümmere mich um Thomas«, sagte Ingrid und stand auf. »Leg du dich ruhig hin.«

Wisting ließ sich auf der Liege nieder, hatte aber plötzlich das Gefühl, in seinem Bericht etwas Wesentliches vergessen zu haben. Es quälte ihn so sehr, dass es eine ganze Weile dauerte, bis er schließlich einschlief. Als er sechs Stunden später wieder wach wurde, dachte er sofort wieder daran.

Er zog sich ein T-Shirt über und stellte fest, dass sein Oberkörper an den Stellen schmerzte, wo sich der Sicherheitsgurt während der Verfolgungsjagd zu fest gespannt hatte.

Es musste die ganze Zeit geschneit haben, während er geschlafen hatte. Draußen vor dem Küchenfenster fielen noch immer dicke Flocken vom Himmel.

Ingrid ging zum Briefkasten hinaus. Gerade schob der Zeitungsbote sein Fahrrad durch den Schnee. Normalerweise wurde die Zeitung spätestens um drei Uhr ausgeliefert, doch nun war es bereits kurz nach halb vier.

Wisting sah die Post durch, die schon auf der Anrichte lag, stieß aber auf nichts Interessantes.

Ingrid klopfte sich an der Treppe den Schnee von den Schuhen und kam herein.

»Es wurde schon in den Radionachrichten darüber berichtet«, sagte sie und legte die Zeitung auf den Küchentisch. Ein Foto der Sparkasse mit dem Radlader vor der zerstörten Seitenwand zierte die Titelseite.

Wisting zog die Zeitung zu sich heran und blätterte zu den betreffenden Seiten vor. Es gab mehrere Fotos von der Sparkasse und von dem Autobrand an der Tveidalskreuzung. Sie mussten aufgenommen worden sein, bevor es zu schneien angefangen hatte.

Er überflog den Zeitungsbericht, stellte aber gleich fest, dass die Journalisten auch nicht mehr herausgefunden hatten, als ihm von dem Fall bekannt war.

Ingrid setzte einen Topf Kartoffeln auf.

»Schlafen die Kinder?«, fragte er.

»Ja, endlich. Heute waren sie ziemlich anstrengend.«

»Leg dich doch nach dem Essen etwas hin«, schlug er vor.

Wisting blätterte weiter in der Zeitung. Es gab Fotos von Kindern, die bei der Eröffnung des Weihnachtsmarkts interviewt worden waren, die Ergebnisse der Sportveranstaltungen am Wochenende, und außerdem hatte die Zeitung einen mehrere Spalten langen Bericht über den polnischen Gewerkschaftsführer Lech Walesa gebracht, der sich nicht traute, nach Norwegen zu kommen, um den Friedensnobelpreis in Empfang zu nehmen. Auf der Lokalseite wurde von dem Mann berichtet, der nach einer Prügelei in der Innenstadt in der Ausnüchterungszelle gelandet war, man erfuhr von dem betrunkenen Autofahrer, dem häuslichen Streit und den auf frischer Tat ertappten Jugendlichen. Auch der Hund wurde erwähnt, der immer noch vermisst wurde. Ganz unten stand noch, dass bei der Polizei am Montagmorgen eine Anzeige wegen eines gestohlenen Ford Escort eingegangen sei, der vor der Zinkfabrik geparkt hatte.

Wisting seufzte, woraufhin Ingrid ihn fragend ansah. Er erzählte, wie er gemeinsam mit Haugen gerade den mutmaßlichen Autodieb observiert hatte, als die Meldung vom Einbruch in Stavern hereingekommen war.

»Wir hätten ihn schnappen können«, sagte er und schüttelte den Kopf.

Im selben Moment kam ihm ein Gedanke. Eines der bereits zuvor gestohlenen Fahrzeuge war ein relativ neuer Ford Sierra gewesen, also der gleiche Autotyp, den die Tresorräuber benutzt hatten. Er sprang vom Stuhl auf und eilte ins Wohnzimmer.

»Was hast du denn vor?«, fragte Ingrid.

»Ich muss nur telefonieren«, sagte er und setzte sich auf das Telefonbänkchen.

Er gab die Durchwahl der Ermittlungsabteilung ein und sah auf die Uhr, während er darauf wartete, dass jemand ranging. Die normale Arbeitszeit war zwar schon vorüber, aber Wisting bezweifelte, dass der Abteilungsleiter schon gegangen war.

Nach einer Weile wurde der Hörer endlich abgenommen. Ove Dokken meldete sich.

Wisting erklärte, wer er war.

»Mir ist da etwas eingefallen«, sagte er. »Vor zwei Wochen wurde in der Hoffs gate ein schwarzer Ford Sierra gestohlen. Gut möglich, dass dieser Wagen letzte Nacht verwendet wurde.«

»Wir haben alles unter Kontrolle«, erwiderte Dokken und schien das Gespräch schon wieder beenden zu wollen.

»War es derselbe Wagen?«, wollte Wisting wissen.

»Ja«, bestätigte Dokken. »Er hatte gestohlene Kennzeichen, aber Haber hat eine Fahrgestellnummer gefunden und sie überprüft.«

»Im Bereich der Hoffs gate sind in letzter Zeit viele Autos gestohlen worden«, fuhr Wisting fort. »Ich habe vor einer Woche schon einen Bericht darüber verfasst.«

»Den sehen wir uns noch an«, entgegnete der Abteilungsleiter.

»Gibt es sonst was Neues?«, wagte Wisting zu fragen. »Habt ihr schon Verdächtige?«

»Noch nichts Konkretes«, gab Dokken zurück. »Aber wir konzentrieren uns auf ein kriminelles Milieu in Groruddalen, im Osten von Oslo.«

Wisting überlegte, ob er seine beiden freien Tage erwähnen sollte und dass er im Bedarfsfall zur Verfügung stehen könnte, doch der Abteilungsleiter kam ihm zuvor.

»Das ist eine ziemlich ernste Sache«, erklärte er. »Wir koordinieren unsere Ermittlungen mit den anderen Polizeidistrikten, wo es ähnliche Einbrüche gegeben hat. Das hat der Generalstaatsanwalt entschieden, und die Kripo wird uns dabei unterstützen. Die schicken jetzt ihre besten Leute.«

Wisting hielt sich den Telefonhörer ans andere Ohr. Während er geschlafen hatte, war nur organisiert worden. Die eigentlichen Ermittlungen hatten noch nicht begonnen.

»Danke für den Anruf«, schloss Dokken.

Wisting war klar, dass sie keine Verwendung für ihn hatten, bat aber trotzdem um Rückmeldung für den Fall, dass er etwas tun könnte.

Ingrid lehnte am Türrahmen.

»Hast du Rupert schon angerufen?«, fragte sie.

An den Oldtimer hatte Wisting gar nicht mehr gedacht.

»Das mache ich nach dem Essen«, sagte er und erhob sich vom Telefonbänkchen.

Nach dem Abendessen suchte er die Nummer aus dem Telefonbuch heraus und rief Rupert an. Er erzählte von dem eigenartigen Zufall, dass das Fahrzeug der Bankräuber gleich neben der Scheune, die er und Rupert sich angesehen hatten, in Flammen aufgegangen war.

»Vielleicht ist das kein Zufall«, meinte Rupert. »Schließlich ist das ein idealer Ort, um sich zu verstecken.«

Wisting musste ihm recht geben.

»Der Zufall wollte aber außerdem, dass der Besitzer der Scheune vor Ort aufgetaucht ist«, fuhr er fort.

»Hast du ihn nach dem alten Wagen gefragt?«

»Nein, aber ich habe seine Telefonnummer«, erwiderte Wisting und streckte sich nach dem Notizbuch, das er auf die Kommode gelegt hatte. »Ich dachte, du würdest gern selbst mit ihm reden«, fügte er hinzu und las den Namen und die Nummer vor.

Rupert Hansson zögerte.

»Meinst du, ich kann ihn gleich anrufen, oder sollte ich vielleicht warten, bis etwas Gras über die Sache mit dem Raub und dem Feuer gewachsen ist?«

»Ich wüsste keinen Grund, warum du länger warten solltest«, sagte Wisting. »Aber ruf mich später an, damit ich weiß, was daraus geworden ist.«

Schon nach zwanzig Minuten rief Rupert zurück.

»Hast du morgen schon etwas vor?«, fragte er.

»Nein, ich habe frei«, erwiderte Wisting.

»Kannst du mit mir noch mal zu der Scheune fahren? Der Besitzer hat versprochen, um zwölf Uhr dort zu sein.«

Wisting musste nicht lange überlegen. Seine Neugier war schon längst geweckt.

6

Rupert Hansson und der Eigentümer der Scheune waren schon vor Ort, als Wisting von der Hauptstraße abbog. Knut Heian trug denselben Overall wie in der Nacht, als Wisting mit ihm gesprochen hatte. Er hatte den Weg, der zwischen den Bäumen zur Scheune führte, mit dem Traktor von Schnee befreit. Das ausgebrannte Autowrack war bereits abtransportiert worden, der Schnee hatte die meisten Spuren schon wieder verdeckt. Nur ein paar vom Feuer geschwärzte Baumstämme zeugten von dem Ereignis.

Wisting stieg aus dem Wagen, begrüßte die beiden Männer und folgte ihnen zur Scheunentür. Rupert hatte zwei Taschenlampen dabei, Heian hatte eine Axt mitgebracht.

»Ich konnte keinen Schlüssel finden«, erklärte er. »Ich bin hier seit fünfzehn Jahren nicht mehr gewesen. Mindestens.«

Er prüfte das Schloss, so wie Wisting es kürzlich getan hatte. Dann nahm er die Axt und schlug mit der Rückseite zu. Das Schloss sprang sofort auf. Er nahm es ab, legte die Axt weg und schob den großen Eisenriegel beiseite. Dann versuchte er die Tür zu öffnen, aber etwas auf der Innenseite hinderte ihn daran.

Wisting verschwieg, was er beim ersten Besuch durch die Ritzen in der Wand gesehen hatte.

»Das ist ja merkwürdig«, meinte Heian.

Rupert Hansson kam ihm zu Hilfe. Die beiden packten je eines der Türblätter und zogen aus voller Kraft.

»Da hängt eine Kette«, sagte Rupert und deutete auf den Türschlitz.

Knut Heian sah es ebenfalls und nickte.

»Halten Sie hier mal bitte«, sagte er und überließ Wisting die eine Seite der Tür. Dann griff er wieder zur Axt, hob sie über den Kopf und trieb sie mit einem zielgerichteten Schlag in die schmale Öffnung. Die Kette schepperte und schlug Funken, aber nichts geschah. Er unternahm einen neuen Versuch, aber erst beim dritten Schlag gab die Kette nach und fiel auf der Innenseite der Scheune zu Boden. Die Angeln quietschten, als die Tür einen Spalt geöffnet wurde.

Knut Heian überprüfte zunächst den Schaden am Axtblatt, ehe er die Tür weiter aufzog. Sie wurde vom Schnee blockiert, der sich zwischen Boden und Türkante befand.

Graues Winterlicht fiel in den großen Raum. Heian versetzte der auf dem Boden liegenden Kette einen Tritt, sagte aber weiter nichts.

Rupert Hansson schaltete die eine Taschenlampe ein und reichte die andere an Heian weiter.

Die Scheune enthielt mehr Schrott und Unrat, als Wisting und Rupert bei ihrem letzten Besuch von außen hatten sehen können. Überall befanden sich Kartons, Kästen und Fässer. Dinge, die übereinandergestapelt und verstaut worden waren, weggepackt und vergessen.

Wisting trat an das Fass mit der Petroleumlampe. Neben der Streichholzschachtel lagen dort ein Kugelschreiber und eine Ansichtskarte mit einem typischen Norwegenmotiv: Sonne, Meer und Felsenküste. Die Rückseite war leer.

Weiter drinnen in der Scheune stand ein Karren mit Heustangen, dahinter befanden sich ein Stapel Klappstühle, eine Zinkbadewanne und eine defekte Kommode. Ein paar Regale an der Wand waren mit Farbdosen, Glaskrügen, Lappen und rostigem Werkzeug angefüllt.

»Als Kinder haben wir hier drinnen gespielt«, erklärte Heian. »Allerdings stand hier früher nicht so viel Zeug herum. Die Scheune wurde überwiegend zum Trocken von Gras verwendet.« Er zeigte auf die Balken unter der Decke. »Auf die sind wir immer hochgeklettert und haben dann so lange gegeneinander gekämpft, bis einer verlor und ins Heu fiel«, fuhr er fort und quetschte sich an zwei Kartoffelkisten vorbei. »Und mit denen hier haben wir Labyrinthe oder mehrstöckige Häuser gebaut.«

»Wann war das denn?«, fragte Wisting.

Knut Heian fuhr sich mit der Hand durchs Haar.

»Muss Anfang der Dreißigerjahre gewesen sein«, erwiderte er.

»Hat der Wagen damals schon hier gestanden?«, fragte Rupert und leuchtete mit der Taschenlampe tiefer in den Raum hinein.

Heian nickte. »Der hat hier gestanden, solange ich mich zurückerinnern kann. Wir sind öfter unter die Plane gekrochen und haben uns hinter das Lenkrad gesetzt. Meine Beine reichten nicht bis zu den Pedalen, selbst wenn ich mich ganz weit auf dem Sitz vorgeschoben habe.« Er lachte. »Vermutlich war ich damals fünf oder sechs, es muss also in den Dreißigern gewesen sein. Auf jeden Fall lange vor dem Krieg.«

»Und der Wagen hat seit damals immer hier gestanden?«, hakte Rupert nach.

»Was anderes ist mir nicht bekannt«, antwortete Heian. »Das ganze Land hier hat früher meinem Onkel gehört, er hat überwiegend Holz produziert. Mein Vater hat den Hof 1954 übernommen. Deshalb hat die Scheune hier auch ungenutzt gestanden. Wir haben genügend andere Scheunen auf unserem Grund, die hier wurde einfach nicht gebraucht.«

Eine Wellblechplatte sperrte einen Bereich der Scheune ab. Heian packte sie und schob sie zur Seite. Auf dem Boden gleich dahinter lag eine fleckige, verschmutzte Matratze mit einer ausgeblichenen Wolldecke, die jemand am Fußende zusammengelegt hatte.

»Hat hier jemand übernachtet?«, fragte Wisting neugierig.

Heian versetzte der Matratze einen leichten Tritt. Im Schein der Taschenlampe wirbelte eine Staubwolke auf.

»Das muss dann aber schon länger her sein«, erwiderte er.

Wisting warf einen Blick auf die Türöffnung und die auf dem Boden liegende Kette. Dann beugte er sich hinunter und hob die Wolldecke an. Eine Zeitung und ein paar Magazine lagen darunter. Ohne sich etwas davon anzusehen, ließ er die Decke wieder fallen und folgte den anderen. Heian räumte ein paar leere Fensterrahmen zur Seite, um an den alten Wagen heranzukommen. Die über den Wagen ausgebreitete Leinwandplane war eingestaubt und voller Vogeldreck. Heian reichte Wisting die Taschenlampe und fasste die Plane mit beiden Händen. Zuerst zog er sie ein Stück zu sich heran, dann schlug er sie zur Seite um.

Die drei Männer verharrten reglos, bis der Staub sich gelegt hatte.

Unter der Plane war ein klassischer Oldtimer zum Vorschein gekommen, mit abgerundeten Formen, geschlossener Karosserie, lang gezogener Motorhaube und breiten Trittbrettern. Er war verbeult, schmutzig und sah mitgenommen aus, weit entfernt davon, perfekt zu sein. Der Lack war einmal schwarz und glänzend gewesen. Inzwischen war das Metall korrodiert, und große Bereiche waren von einem weißen, salzähnlichen Belag überzogen. An einigen Stellen gab es sogar Löcher.

Das linke Vorderrad war morsch. Die Spurstange war vor lauter Rost irgendwann eingeknickt, sodass sich der Wagen zu einer Seite hin abgesenkt hatte. Was von der Felge noch übrig war, wurde von grünem Moos bedeckt.

Wisting ging näher heran und leuchtete ins Wageninnere.

Das graue Glas war mit Spinnweben verhangen, und an den Sitzen hatten sich anscheinend Mäuse gütlich getan. Die Füllung war verschwunden, und ein paar Spiralfedern waren durch das fleckige Leder gedrungen.

Wisting trat einen Schritt zurück und betrachtete das Fahrzeug aus einigem Abstand. Der linke Kotflügel wies eine Beule auf, doch offenbar war der Wagen fahrtüchtig gewesen, als er in die Scheune gestellt worden war.

»Was für ein Wagen ist das?«, fragte Knut Heian.

»Das ist ein Minerva«, erwiderte Rupert. »Ich habe Fotos davon gesehen. Ist etwa 1915 gebaut worden.«

»Keine Kennzeichen«, stellte Wisting fest.

Die anderen nickten.

Rupert trat an die Motorhaube.

»Darf ich?«, fragte er und legte die Hand auf den Griff, mit dem die Haube geöffnet wurde.

»Aber natürlich«, sagte Heian und nickte, ehe er näher trat.

Ein scharrendes Metallgeräusch war zu hören, als Rupert die Motorhaube öffnete. Der Motor sah recht einfach aus. Ein gegossener Motorblock aus Eisen, mit Benzinleitung, Kolben, Kühler, morschem Keilriemen und jeder Menge Kabeln.

»Na, wie sieht's aus?«, fragte Wisting.

Rupert untersuchte ein paar der Motorteile.

»Gar nicht mal so schlecht«, sagte er und drehte sich zu Heian um. »Sind Sie daran interessiert, den zu verkaufen?«

Knut Heian lächelte.

»Na, jedenfalls habe ich kein Interesse, den weiter in der Scheune herumstehen zu haben«, erwiderte er. »Allerdings bin ich mir nicht sicher, ob ich Ihnen den Wagen überhaupt verkaufen kann. Denn streng genommen gehört er mir ja nicht.«

Wisting warf einen Blick in den Motorraum.

»Findest du irgendwo eine Motornummer, Rupert?«, fragte er.

Rupert nahm die Taschenlampe in die andere Hand und beugte sich erneut vor.

»Schauen wir mal ...«, murmelte er.

Wisting wandte sich an Heian.

»Sie sagten, der Wagen habe hier gestanden, solange Sie zurückdenken können«, meinte er. »Aber wissen Sie vielleicht auch, wie er hier gelandet ist?«

Heian fuhr sich abermals durchs Haar.

»Eigentlich nicht«, erwiderte er. »Aber als mein Vater das alles 1954 übernahm, war der Wagen einmal Thema. Mein Onkel Harald lebte damals noch, es ging um die Unterbringung des Wagens, eine Vereinbarung, die mein Großvater irgendwann getroffen hatte.«

»Und wissen Sie vielleicht, mit wem?«

»Nein, und außerdem sollte auch nicht darüber gesprochen werden. Es wurde immer ein Geheimnis daraus gemacht. Ich habe nie gehört, wer den Wagen ursprünglich hierherbrachte oder warum er hier gelandet ist, aber Großvater wurde offenbar gut dafür bezahlt.«

»Lebt Ihr Großvater noch?«, fragte Wisting.

Heian quittierte die Frage mit einer gewissen Belustigung, und Wisting begriff, dass der Großvater schon weit über hundert sein müsste, wenn er tatsächlich noch leben sollte.

»Wie hieß er denn?«, wollte Wisting wissen.

»Peder. Peder Heian. Mein Onkel Harald hat erzählt, dass er meinen Großvater einmal nach dem Wagen gefragt hat, aber keine Antwort bekam. Mein Großvater wurde total wütend, so wütend, dass Harald die Sache nie wieder angesprochen hat.«

»Und wie sind Sie hier als Kind rein- und rausgekommen?«, fragte Wisting.

»Da oben befindet sich eine Klappe«, sagte Heian und zeigte an die Decke. »Wir sind an der Außenseite eine Leiter hochgestiegen, haben sie hinter uns durch die Öffnung gezogen und sind dann innen wieder hinuntergeklettert.«

Wisting schaute hoch. Die Öffnung war verschlossen. Auf der Innenseite befand sich ein Balken, auf dem genügend Platz war, damit ein paar Jungen dort stehen und eine Leiter hereinziehen konnten.

»Jetzt wollen wir mal sehen«, meinte Rupert Hansson, der einen alten Lappen gefunden hatte, mit dem er im Motorraum herumwischte.

»Hier ist die Nummer!«, rief er schließlich und las eine Ziffernreihe vor, die in den Motorblock eingelassen war.

Wisting zückte sein Notizbuch.

»Noch einmal, bitte«, sagte er und schrieb mit, während Rupert die Zahlen ein zweites Mal vorlas. Einige davon waren schwierig zu erkennen, und es dauerte eine Weile, bis er sicher war, dass er sie richtig entziffert hatte.

»Irgendwo muss es ja ein Register geben«, meinte Wisting.

»Das Kraftfahrzeugregister geht bis ins Jahr 1899 zurück«, entgegnete Rupert. »Es wurde von der Polizei in Oslo eingeführt.«

»Was ist denn mit der Fahrgestellnummer?«, fragte Wisting. »Wo könnten wir die finden?«

»In der Regel irgendwo beim Fahrersitz«, erwiderte Rupert und öffnete die Tür. Er beugte sich vor und inspizierte den Fußboden.

»Da ist sie auch schon«, sagte er und zeigte auf eine an der Karosserie befestigte Metallplatte.

Wisting bat ihn, sie laut vorzulesen. Die Nummer bestand aus lediglich fünf Ziffern: 55356.

Rupert Hansson setzte sich hinter das Lenkrad und betrachtete die Armaturen. Neben ihm stieg Knut Heian auf das Trittbrett.

»Wie viel ist der wohl wert?«, fragte er.

Rupert zögerte die Antwort hinaus.

»Schwer zu sagen«, sagte er dann. »Das ist ja ein Restaurierungsobjekt. Ich weiß von einem Bekannten, der so etwas vor ein paar Jahren gemacht hat. Es war ein alter Riley Pathfinder. Ich glaube, er hat fünfzigtausend Kronen für den Wagen bezahlt, musste aber noch viel mehr ausgeben, um ihn wieder instand zu setzen.«

Knut Heian befeuchtete die Lippen mit der Zunge, als ob er probieren wollte, wie es sich anfühlte, fast ein halbes Jahresgehalt zu verdienen.

Wisting wollte schon erzählen, was er von Rupert wusste, dass König Haakon den gleichen Wagen gefahren hatte. Doch er ließ es sein. Wenn die beiden Männer einen Verkaufspreis aushandelten, könnte sich diese Information womöglich als Preistreiber erweisen.

Noch immer mit der Taschenlampe in der Hand ging er um den Wagen herum und inspizierte die Beule an der Seite. Der Wagen war anscheinend gegen irgendetwas gefahren. Der Kotflügel war eingedrückt und die Karosserie an der Seite aufgerissen. Offenbar hatte der Zusammenstoß einen Riss im Achsschenkel hervorgerufen, der den Wagen später einfach zusammenbrechen ließ.

Wisting fuhr mit der Hand über den Kollisionsschaden, um zu prüfen, wie tief der Riss war. Gleich oberhalb des hinteren Radkastens entdeckte er ein Loch. Es war völlig rund und etwas zu klein, um den Finger hindurchstecken zu können.

Er öffnete die hintere Tür und beugte sich hinunter, während er die Taschenlampe direkt vor das Loch hielt. Der Lichtstrahl ging durch die Karosserie und fiel auf einen Riss in der Rückenlehne des hinteren Sitzes.

Wisting betrachtete das Loch eingehend, bis ihm schließlich klar wurde, was er da eigentlich sah. Es war ein Einschussloch.

7

Der hintere Teil des Wagens war noch von der Plane bedeckt. Wisting zog sie zur Gänze herunter und inspizierte die Karosserie erneut. Es gab kein Austrittsloch. Was bedeutete, dass die Kugel noch im Wagen steckte. Im Inneren der Rücklehne.

Wisting legte die Plane zurück und ließ sie so über den hinteren Radkasten herunterhängen, dass sie das Einschussloch verdeckte. Dann trat er wieder zu den anderen.

»Ich habe einen Vorschlag«, sagte er. »Ich könnte versuchen herauszufinden, was passiert ist, bevor der Wagen hier hingestellt wurde, und wer der Besitzer ist. Dann könnten wir versuchen, eine Abmachung zu treffen, mit der allen Beteiligten gedient wäre.«

Die beiden Männer nickten.

»In der Zwischenzeit bleibt der Wagen hier stehen, ohne dass Sie ihn jemand anders zeigen«, fügte er an Heian gewandt hinzu.

»Und was ist, wenn Sie es nicht herausfinden?«, fragte der Scheunenbesitzer.

»Dann können Sie frei entscheiden und Rupert das Risiko tragen lassen, falls doch noch jemand auftauchen sollte, der Anspruch auf den Wagen erhebt.«

Anscheinend konnten beide mit der Vereinbarung leben. Wisting griff nach der Plane und zog sie so zurecht, dass der Wagen wieder vollständig bedeckt war. Dann verließen sie die Scheune und schlossen die Tür.

»Haben Sie vielleicht ein anderes Vorhängeschloss?«, fragte Wisting.

»Ich kann gleich morgen eines besorgen«, versicherte Heian und hängte das zerstörte Schloss an den Riegel, damit sich die Tür nicht von selbst wieder öffnete.

Rupert Hansson streckte die Hand aus.

»Dann sind wir uns also einig?«

»Das sind wir«, entgegnete Heian und verabschiedete sich mit einem festen Händedruck.

Wisting und Rupert Hansson setzten sich in ihre Wagen, während Heian auf seinen Traktor kletterte.

Wisting hatte eine der Taschenlampen von Rupert behalten. Er fuhr rückwärts aus dem schmalen Weg und beschleunigte, ehe Rupert womöglich anfing, nach der Lampe zu suchen.

Dann fuhr er nach Tveidalen hinein und wollte eine Viertelstunde verstreichen lassen, ehe er zurückkehrte, um den Oldtimer auf eigene Faust genauer zu untersuchen. Die Straße, die er entlangfuhr, hätte eine der Fluchtrouten nach dem Einbruch in der Sparkasse gewesen sein können. Allerdings war das eher unwahrscheinlich, sofern Kriminelle aus Oslo hinter der Sache steckten. Die Straße nach Tveidalen führte in Richtung Westen, auf Telemark zu. Eine Bande aus Oslo hätte vermutlich den schnellsten Weg in die entgegengesetzte Richtung gewählt.

Es fing wieder an zu schneien. Die Scheibenwischer fegten die Schneeflocken von der Windschutzscheibe. Die Straße lag einsam und verlassen vor ihm, rechts und links am Straßenrand lagen noch Schneewälle von der Räumung am Tag zuvor. Wisting suchte nach einer Wendemöglichkeit, um zur Scheune zurückzufahren. Es gab ein paar verstreut liegenden Hütten in der Gegend, aber keiner der Zufahrtswege war freigeräumt, und Wisting erwog, mitten auf der Straße zu wenden.

Erst nachdem er an einem Briefkastenstativ vorbeigefahren war, wurde ihm klar, was er soeben gesehen hatte. Er warf einen Blick in den Rückspiegel. Auf einem zugeschneiten Weg war eine Reifenspur zu erkennen. Es handelte sich zwar um eine rein zufällige Beobachtung, aber Wisting hatte eine gewisse Erfahrung, was sein Bauchgefühl betraf.

Er drosselte die Geschwindigkeit, fuhr an den Straßenrand und wendete. Bei den Briefkästen hielt er an und stieg aus. Die Reifenspur im Schnee führte aus dem Hüttengebiet auf die Straße. Es war deutlich zu sehen, dass der Fahrer Probleme gehabt hatte, den Schneewall am Rand zu überqueren, und dass ihm ein anderer geholfen und den Wagen angeschoben hatte. Die Schlussfolgerung lautete, dass der Wagen zu einer der Hütten gefahren war, als die Straße noch schneefrei gewesen war, und sich dann später durch den Schnee in die andere Richtung gekämpft hatte.

Wisting kletterte über den Schneewall, stapfte durch den Schnee und sank bis etwa zu den Knien ein.

Es gab Spuren von verhältnismäßig großen Stiefeln. Ein Mann hatte offenbar hinter dem Wagen gestanden und angeschoben. Einer hinter dem Steuer und einer hinter dem Wagen.

Die beiden Bankräuber?

Wisting überlegte, was zu tun war. Sollte er die Kriminalabteilung informieren oder den Spuren weiter folgen? Er entschied sich für Letzteres. Ein paar Spuren im Schnee mussten schließlich auch nicht unbedingt etwas bedeuten. Die Beobachtung war zu vage, als dass andere Beamte sofort involviert werden müssten.

Wisting stapfte neben der Reifenspur weiter durch den Schnee, der sofort in seine Stiefel drang. Schon nach wenigen Schritten hatte er nasse Füße. Schneeschwere Bäume ragten über den Wegesrand. Nach etwa fünfhundert Metern knickten die Wagenspuren um neunzig Grad nach links ab und führten durch ein Tor und eine Auffahrt hinauf. Etwas erhöht im Gelände lag eine rot gestrichene Hütte. Der Wagen hatte zwischen Hütte und Grundstückszaun auf einem rechteckigen Parkplatz gestanden, wo gelbe Grasbüschel aus der dünneren Schneedecke lugten. Die Fußspuren zeigten, dass die Personen vor Ort mehrmals zwischen Hütte und Auto hin- und hergegangen waren.

Wisting betrat die Terrasse, legte die Hände an die Fensterscheibe und spähte hinein. Es war eine einfache Hütte mit modernen Kiefernmöbeln. Von seinem Standort sah Wisting einen Couchtisch, ein Sofa und zwei Sessel. Mitten im Zimmer stand ein solider Holzofen aus Gusseisen. Wisting trat an das nächste Fenster. Eine blau gestrichene Küche mit toten Fliegen auf der Fensterbank. Auf den Arbeitsplatten lagen Tischdecken. Außerdem gab es einen Schrank, einen Küchentisch und einen Gasherd. Alles war aufgeräumt, als hätten die letzten Bewohner darauf geachtet, keine Spuren zu hinterlassen.

Wisting dachte nach. Die Hütte entsprach genau dem, was eine Räuberbande gebraucht hätte. Ein Ort, wo man vor dem Raub in Ruhe abwarten und sich nach dem Raub das weitere Vorgehen überlegen und sich einen Überblick über die Beute verschaffen konnte. Was wiederum bedeutete, dass sie eine Menge Geldumschläge aus dem Nachttresor hatten auftrennen müssen. Die versiegelten Umschläge und die beigefügten Formulare hatten sie irgendwo entsorgen müssen, um nicht unmittelbar mit dem Raub in Verbindung gebracht zu werden.

Wisting trat abermals einen Schritt zurück und musterte den Schornstein. Er war schneefrei. Der Ofen war benutzt worden, und die Wärme hatte den Schnee daran gehindert, liegen zu bleiben.

Andererseits musste das nichts bedeuten. Bei Temperaturen um null Grad war es nichts Ungewöhnliches, den Ofen anzuwerfen.

An der Hüttenwand war ein kleines Metallschild mit einer Nummer befestigt: H292. Wisting schrieb sie in sein Notizbuch.

Jede Gemeinde verfügte über ein Hüttenregister. Im Herbst war in insgesamt siebzehn Hütten am Naverfjord eingebrochen worden. Wisting hatte die betroffenen Eigentümer mithilfe der örtlichen Baubehörde ausfindig gemacht. Es dürfte daher kein großes Problem sein, den oder die Besitzer von Hütte H292 zu finden und somit auch zu erfahren, wer sich in letzter Zeit dort aufgehalten hatte. Wenn er Glück hatte, standen Name und Hüttennummer sogar auf einem der Briefkästen an der Straße.

Wisting musste plötzlich an einen anderen Raub aus dem Vorjahr denken, bei dem die Täter nicht eingebrochen waren, sondern einen hinterlegten Schlüssel benutzt hatten. Offenbar war es eine weitverbreitete Praxis, Schlüssel unter einer Steinplatte, auf einem Balken, unter einer Terrasse oder in einem Holzschuppen zu verstecken.

Ein Windstoß fegte etwas Schnee von den Bäumen in der Nähe. Auf der Terrasse vor der Hütte stand ein alter, aus einem Holzklotz gefertigter Stuhl. Wisting trat näher heran und schaute unter ihm nach. Ein paar tote Käfer lagen darunter, aber kein Schlüssel.

Er sah sich nach weiteren möglichen Verstecken um und entdeckte eine an der Hüttenwand entlangführende Fußspur.

Wisting folgte ihr, bis sie am Fallrohr der Regenrinne endete. Dort tastete er die Wand dahinter ab und fand einen Nagel mit einem Schlüssel daran.

Er nahm ihn an sich und betrachtete ihn. Es gab keinen Durchsuchungsbeschluss, dachte er. Andererseits folgte er einer möglicherweise wichtigen Spur. Der Holzofen konnte verkohlte Bankformulare enthalten, die gerade noch von der letzten Glut verzehrt wurden.

Von seinem Standort konnte er den Mørjefjord und die Insel Håøya sehen. Dahinter glitt ein Tankschiff gerade in den Fjord hinein, vermutlich mit Kurs auf die Industrieanlagen in Grenland.

Wisting brauchte einen Moment für die richtige Entscheidung. Schließlich schloss er die Hand um den Schlüssel, trat entschieden auf die Tür zu und schob den Schlüssel ins Schloss. Bevor er ihn umdrehte, blickte er über seine Schulter. Dann ging er hinein.

In der Hütte war es noch immer warm, eine Ahnung von Zigarettenrauch hing in der Luft.

Wisting trat von der Türmatte auf einen Flickenteppich. Dann zog er sich die Stiefel aus und ging auf Socken weiter. Er suchte irgendetwas, das ihm verraten konnte, wer sich hier aufgehalten hatte. Vielleicht könnte er auch etwas finden, das diese Personen unmittelbar mit dem Raub in Verbindung brachte.

Auf dem Couchtisch lag ein Gästebuch. Wisting zog den Ärmel seines Pullovers ein Stück herunter und benutzte ihn, um keine Fingerabdrücke zu hinterlassen. Dann blätterte er bis zur letzten beschriebenen Seite vor. Der Eintrag war auf den 7. September datiert und trug die Überschrift *Vielen Dank für den Sommeraufenthalt!* Diejenigen, die in den letzten vierundzwanzig Stunden hier gewesen waren, hatten das Gästebuch offenbar nicht benutzt.

Wisting blätterte zum Anfang zurück, um zu prüfen, ob der Besitzer etwas über den Ort aufgeschrieben hatte. *Willkommen in Havgløtt,* stand dort. *Es wäre schön, wenn ihr ein paar Worte schreiben könntet. Vivian und Roger.*

Immerhin ein kleiner Hinweis. Vivian und Roger.

Der Holzofen gab keine Wärme mehr ab. Etwas Asche rieselte herunter, als Wisting ihn öffnete. Im Inneren war es zu dunkel, um etwas erkennen zu können. Er nahm eine Streichholzschachtel von einem Regalbrett, zündete ein Hölzchen an und hielt es in den Ofen. Graue Asche, das war alles.

Er griff nach einem Schürhaken, rührte damit in der Asche herum und zündete ein neues Streichholz an. Doch es schien lediglich Holz verbrannt worden zu sein.

Es gab zwei Schlafzimmer. In einem davon stand ein Doppelbett, im anderen Etagenbetten. Insgesamt Schlafplätze für sieben Personen. Die Betten waren gemacht, die Nachttischschubladen waren leer.

Wisting ging zurück ins Wohnzimmer und begutachtete die Küchenecke. Die Vorhänge am Fenster wirkten etwas ungleichmäßig, als hätte sie jemand achtlos zur Seite gezogen.

Im Kühlschrank lag eine Flasche Weißwein. Der Küchenschrank enthielt Konserven und Tütengerichte. Der Mülleimer unter der Spüle war leer.

Auf dem Weg zur Tür stolperte Wisting über den Flickenteppich. Er beugte sich hinunter, um den Teppich gerade zu rücken, und entdeckte dabei eine Einkronenmünze. Er wollte sie schon aufheben, ließ sie dann aber liegen. Stattdessen kniete er sich hin und blickte unter das Sofa. Zwischen Wollmäusen und Staub lagen noch drei weitere Kronenstücke sowie eine größere Münze.

8

Für einen Moment blieb Wisting auf den Knien hocken und starrte auf die Münzen unter dem Sofa. Dann erhob er sich und versuchte, seine Gedanken zu ordnen.

Zwei Männer hatten sich in einer abseits liegenden Hütte aufgehalten. Die Vorhänge in der Küche waren zur Seite gezogen worden. Ein paar Münzen waren auf den Boden gefallen. Zusammengenommen passte alles zu der Hypothese, dass die Räuber hier Zuflucht gesucht hatten, hingegen konnte jeder Bestandteil für sich genommen auch auf andere Art erklärt werden. Sie mussten gar nichts mit dem Fall zu tun haben. Doch ungeachtet dessen handelte es sich um Informationen, die er nicht länger für sich allein behalten durfte.

Er verließ die Hütte, schloss die Tür hinter sich ab und hängte den Schlüssel zurück. Dann folgte er seinen eigenen Fußspuren zurück zum Wagen. Langsam fuhr er über die schmale Straße bis zu den Briefkästen. Die Hüttennummern waren nirgendwo verzeichnet, aber auf einem der Kästen stand: *Vivian und Roger Brun.*

Der Briefkasten enthielt Werbung von einer Holzfällerfirma sowie von einem Handwerker, der »Reparaturen aller Art« ausführte, an die Bruns adressierte Briefe gab es hingegen nicht. Die Kripo verfügte über einen direkten Zugang zum Einwohnerverzeichnis beim Zentralamt für Statistik. Das war einfacher, als die Gemeindeverwaltung aufzusuchen und in Aktenordnern zu blättern. Irgendwann in der Zukunft würden hoffentlich alle Polizeidistrikte Zugriff auf diese Datenbank haben.

Der alte Wagen mit dem Einschussloch musste warten. Wisting fuhr zurück in die Innenstadt und parkte vor dem Polizeigebäude.

In der Ermittlungsabteilung war es ruhiger, als er sich vorgestellt hatte. Aus einem der Büros war das Geräusch einer Schreibmaschine zu hören. Etwas weiter hinten im Gang lachte jemand, dann kamen drei Männer aus dem Besprechungsraum und verteilten sich auf die anderen Büros. Wisting kannte keinen von ihnen und vermutete, dass es sich um Ermittler von der Kripo oder aus anderen Polizeidistrikten handelte.

Die Tür zum Büro des Abteilungsleiters stand offen. Ove Dokken saß mit einer Zigarette zwischen den Lippen hinter dem Schreibtisch und las einen Bericht. Tiefe Falten durchzogen sein Gesicht. Sie schienen für jede schwierige Entscheidung zu stehen, die er bei seiner Arbeit hatte treffen müssen. Wisting wünschte, dass er auch nur den Bruchteil der Erfahrungen und Kenntnisse besaß, die sich Dokken durch seine jahrelange Arbeit bei der Polizei angeeignet hatte.

Als ob er Wistings Anwesenheit gespürt hätte, hob Dokken den Kopf und musterte ihn durch den Zigarettenrauch.

Wisting trat einen Schritt näher.

»Hast du zwei Minuten für mich?«, fragte er.

Dokken blickte wieder auf seine Papiere.

»Eigentlich nicht«, erwiderte er.

»Ich war heute in Tveidalen, um etwas zu erledigen«, sagte Wisting und umfasste die Rückenlehne des Besucherstuhls mit der rechten Hand. »Nicht weit von dem Ort entfernt, wo der Wagen der Bankräuber verbrannt ist.«

Dokken las den Satz zu Ende, legte den Bericht zur Seite und bedeutete Wisting fortzufahren.

»Wie es aussieht, haben da Leute in einer Hütte in der Nähe gewohnt«, erklärte Wisting.

»Und?«

»Im Schnee gab es Spuren von einem Wagen und zwei Personen. Die müssen schon zur Hütte gefahren sein, ehe es angefangen hat zu schneien, und sie hatten offenbar Probleme damit, das Auto nach dem letzten Schneefall wieder zurück auf die Straße zu manövrieren.«

Der Abteilungsleiter wartete offenbar auf mehr. Wisting hatte beschlossen, seinen Besuch in der Hütte zu verschweigen.

»Die Hütten werden in der Regel nur im Sommer benutzt«, fuhr er fort. »Ich dachte sofort an die Bankräuber, vielleicht haben die sich da aufgehalten.«

»In Ordnung«, sagte der Abteilungsleiter und drückte seine Kippe im Aschenbecher aus. »Gute Schlussfolgerung. Schreib es auf und leg die Notiz in mein Fach.«

Er deutete auf eine blaue Ablage mit der Aufschrift *Hinweise*, in der bereits ein kleiner Stapel mit älteren Notizen lag.

»Okay«, sagte Wisting. »Kann ich mich hier in irgendein Büro setzen?«

Dokken fummelte eine neue Zigarette aus der Packung.

»Du kannst Wrangsunds Büro nehmen«, sagte er und blickte über Wistings Schulter. »Der ist krankgeschrieben und kommt nicht zurück.«

Das Büro lag ganz am Ende des Gangs. Es schien in aller Eile verlassen worden zu sein, als sei der Ermittler plötzlich akut krank geworden. Auf dem Schreibtisch lag ein aufgeschlagenes Notizbuch mit einem Kugelschreiber daneben. In der Schreibmaschine steckte ein Blatt Papier, und in der halb geleerten Kaffeetasse schwamm grüner Schimmel.

Wisting zog den Vorhang am Fenster zur Seite, um mehr Licht einzulassen.

Auf der anderen Straßenseite war die Heilsarmee aktiv. Zwei Männer brachten gerade eine Sammelbüchse zu einem Lieferwagen.

Wisting setzte sich an den Schreibtisch und justierte die

Sitzhöhe des Stuhls. Vor ihm stand ein Familienfoto. Er wusste, dass der Mann auf dem Foto suspendiert worden war, weil er verdächtigt wurde, Dinge aus der Asservatenkammer gestohlen zu haben. Allerdings war das etwas, worüber nicht gesprochen wurde. Offiziell war der Mann für längere Zeit krankgeschrieben.

Der Papierbogen in der Schreibmaschine war der Beginn eines Berichts über die Kontrolle von Gebrauchtwagenhändlern. Wisting zog das Blatt aus der Maschine und legte es zur Seite.

Er benötigte eine Viertelstunde für seine Notiz. Egal wie er sich ausdrückte, klang der Bericht jedes Mal ziemlich uninteressant. Erfahrungsgemäß verblassten die Eindrücke, wenn sie erst einmal aufgeschrieben wurden.

Er zog den Bogen aus der Maschine, glättete ihn und setzte seine Unterschrift darunter.

Einer der erfahrenen Ermittler ging draußen auf dem Gang an der Tür vorbei. Er blieb stehen, trat einen Schritt zurück und blickte fragend herein.

»Ich habe mir bloß die Schreibmaschine ausgeliehen«, erklärte Wisting.

Der Ermittler zuckte mit den Schultern und ging weiter. Wisting zog den blauen Ordner mit dem internen norwegischen Polizeiregister aus dem Regalfach. Dann blätterte er vor zum Polizeidistrikt Oslo und suchte die Nummer der Verkehrsabteilung heraus.

Am anderen Ende der Leitung meldete sich ein mürrisch klingender Beamter. Wisting nannte seinen Namen und erklärte, weswegen er anrief.

»Ich weiß nicht, ob ich richtig bei Ihnen bin, aber ich versuche gerade, den Besitzer eines alten Wagens zu finden.«

»Da müssten Sie sich an die Kraftfahrzeugbehörde wenden«, entgegnete der Kollege.

»Es geht um einen Oldtimer«, erläuterte Wisting. »Noch aus der Zeit, als die Polizei das Register anhand von Fahrgestellnummern organisiert hat.«

»Ich habe nicht die geringste Ahnung, wovon Sie reden«, sagte der Mann am Telefon. »Aber ich weiß, wen Sie fragen könnten. Arne Vikene. Er fährt selbst so einen Oldtimer und ist Mitglied im Veteranenclub bei der Polizei.«

Wisting schrieb den Namen auf.

»Könnten Sie mich zu ihm durchstellen?«

»Er arbeitet in der Verwaltung. Ich kann Sie zur Zentrale durchstellen, dann müssen Sie sich durchfragen.«

Wisting bedankte sich und wartete auf die Verbindung. Ein paarmal wurde er hierhin und dorthin verbunden, ehe er im richtigen Büro landete. Dort wurde ihm gesagt, dass Arne Vikene freihabe, aber am nächsten Tag wieder zurück sei. Er bekam die Durchwahl und bedankte sich für die Hilfe. Dann nahm er seinen Bericht, ging aus dem Zimmer und schloss die Tür hinter sich.

Mit dem Telefon in der Hand und der Zigarette im Mundwinkel saß Dokken in seinem Büro. Er nickte und deutete auf die blaue Ablage, während er das Telefonat fortsetzte. Wisting legte seinen Bericht hinein. Dokken nahm den Hörer in die andere Hand, nahm den Bericht und schob ihn unbesehen unter den bereits vorhandenen Stapel.

9

Gegen halb vier war Wisting wieder bei der Scheune und stellte seinen Wagen neben den verkohlten schwarzen Baumstämmen ab. Mit ihren abgespreizten Ästen wirkten sie wie ein Bühnenbild am Theater und erzeugten in der Abenddämmerung eine unheimliche Stimmung.

Er nahm Ruperts Taschenlampe mit, zog die Scheunentür einen Spaltbreit auf und schloss sie wieder, sobald er eingetreten war. Dann richtete er den Lichtstrahl auf die hinter der Tür liegende Kette. Das Vorhängeschloss daneben sah nicht so mitgenommen aus wie das andere Schloss, das bei Wind und Wetter draußen gehangen hatte. Theoretisch wäre es möglich, eine Kette durch die Beschläge an der Innenseite zu ziehen und sie dann zu spannen. Das Vorhängeschloss ließe sich von außen durch die schmale Öffnung zwischen den Türblättern hindurchschieben, ehe die Tür sich völlig schloss. Die Tür ließe sich also von innen und von außen mit Schloss und Kette verriegeln, doch das Ganze ergab keinen Sinn.

Wenn Wisting Ermittler gewesen wäre, dann hätte er die Kette in einen Beweisbeutel gelegt, um sie untersuchen zu lassen. Jetzt jedoch ließ er sie einfach auf dem Boden der Scheune liegen.

Er bahnte sich einen Weg zu der schmutzigen Matratze. Mäuse hatten sie angenagt, die Spuren ähnelten den Einschusslöchern einer abgefeuerten Schrotladung.

Die Zeitung auf der Matratze war vom 24. Juli 1973. Auf der Titelseite wurde von einer palästinensischen Befreiungsgruppe berichtet, die eine Boeing auf dem Weg von Amsterdam nach Tokio in ihre Gewalt gebracht hatte. Die Reise hatte in Libyen geendet, wo die Entführer das Flugzeug nach Freilassung der Geiseln in die Luft gesprengt hatten. Das war zehn Jahre her. Wisting war noch ein Teenager gewesen und glaubte, sich vage an die Sache zu erinnern.

Neben der Zeitung lagen zwei Ausgaben des *Kriminalmagazins*. Die Titelseiten zeigten leicht bekleidete Frauen. Die bunten Hefte enthielten Schilderungen von realen Kriminaldramen, in der einen Ausgabe gab es ein Interview mit dem bekannten Rechtsanwalt Alf Nordhus.

Wisting warf einen Blick auf die Scheunentür. Die Magazine waren zwar nicht pornografisch, aber für Jugendliche in den Siebzigerjahren ziemlich spannend gewesen. Die Matratze und die Hefte konnten eine Hinterlassenschaft von ein paar Jungen sein, die genau wie Knut Heian in den Dreißigern hier gespielt hatten. Vielleicht war das auch eine Erklärung für das Schloss an der Innenseite.

Wisting legte die Magazine weg und entdeckte einen grauen Rucksack, der zwischen einem Milcheimer und einer Holzkiste eingequetscht war. Etwas Klebriges streifte sein Ohr, als er sich vorbeugte, um den Rucksack hervorzuziehen. Es war ein mit toten Fliegen übersätes Spinnennetz. Mit einer raschen Handbewegung fegte er es beiseite.

Ein Geruch von Schimmel drang in seine Nase, als Wisting den Rucksack zu sich heranzog. In dem Hohlraum, wo er sich befunden hatte, stand ein Paar braune Stiefel mit umgeschlagenen Schäften. Wisting holte sie hervor. Sie waren abgetragen und löchrig, die Absätze waren schief gelaufen.

Der Rucksack hatte drei Außentaschen, eine auf jeder Seite und eine vorn in der Mitte. In der linken Seitentasche lag Werkzeug: Schraubenzieher, Kneifzange und Messer. Die andere Seitentasche war leer, während in der vorderen Tasche ein weißer, anscheinend geöffneter und wieder zugeklebter Umschlag lag. In eckigen Buchstaben stand *Anna* darauf.

Wisting überlegte, ob er den Brief öffnen sollte, beschloss aber, so viele Dinge wie möglich unberührt zu lassen, und legte ihn zurück.

Im Hauptfach des Rucksacks befanden sich ein Pullover, ein Hemd, ein Paar dicke Socken und eine Hose.

Wisting steckte die Sachen wieder hinein und entdeckte dabei, dass der Rucksack mit einem Namen versehen war. Er stand in schwarzer Schrift auf der Innenseite des Oberteils. Der Vorname war Alfred. Der Nachname ließ sich nicht so leicht entziffern, denn durch die Feuchtigkeit waren die Buchstaben ineinander verlaufen. Wisting tippte auf Danielsen oder Davidsen.

Er stellte den Rucksack zurück und leuchtete mit der Taschenlampe umher, um nach weiteren Hinweisen zu suchen, die etwas über die betreffende Person erzählen konnten.

Ein Geräusch an der Ostwand der Scheune ließ Wisting erstarren. Er schaltete die Taschenlampe aus und lauschte. Vereinzelte Streifen grauen Winterlichts fielen durch die Ritzen in der Holzwand. Ein Schatten schien den Einfallswinkel des Lichtscheins plötzlich zu verändern. Es dauerte eine Weile, bis Wisting begriff, dass es der Wind gewesen war, der die Bäume draußen in Bewegung versetzte. Die stärksten Böen ließen die Äste an Wand und Dach entlangschaben.

Wisting schaltete die Lampe wieder ein. Eine tote Taube lag auf dem Fußboden. Viel mehr als ein paar Federn und dünne Knochen waren nicht mehr von ihr übrig. Den Rest hatten Ratten oder andere Nager verzehrt.

Er stieg über den Kadaver hinweg und hob die Matratze an, um einen Blick darunter zu werfen. Der dunkle Boden war voller Spuren von Insekten, die sich Gänge und Wege gegraben hatten. Zwei vertrocknete graue Käfer reckten die Beine in die Luft.

Wisting wollte die Matratze gerade wieder herunterlassen, als er einen Schlüssel sah. Er war fast völlig in die Erde eingesunken, sodass Wisting ihn mit den Nägeln herauslösen musste.

Der Schlüssel war klein und flach. Wisting rieb ihn zwischen den Fingern, um den Dreck abzubekommen, doch auf dem Metall war ein brauner Belag, der sich nicht abwischen ließ.

Vermutlich war das der Schlüssel des Vorhängeschlosses. Wisting trat an die Scheunentür, hob die Kette auf und probierte den Schlüssel. Er glitt problemlos in das Schloss. Allerdings war das Schloss durch Heians Schläge mit der Axt derart in Mitleidenschaft gezogen worden, dass Wisting den Schlüssel nicht umdrehen konnte. Er ließ den Schlüssel stecken und warf Kette und Schloss auf den Boden.

Das Geräusch eines großen Lastwagens, der draußen auf der Straße vorbeifuhr, drang herein. Es war kurz nach vier. Ein leichtes Hungergefühl überkam ihn. Ingrid würde sich vermutlich schon fragen, wo er blieb.

Er richtete den Strahl der Taschenlampe auf den alten Wagen im hinteren Teil der Scheune und trat näher. Es wäre ein ziemlicher Aufwand, die Scheune frei zu räumen, um den Wagen hinauszubekommen.

Staub wirbelte auf, als Wisting nach der Abdeckplane fasste. Er zog sie halbwegs zur Seite, sodass er das Einschussloch noch einmal in Augenschein nehmen konnte.

Der Durchmesser betrug fast einen Zentimeter, was auf eine relativ großkalibrige Waffe hinwies. Auch die Durchschlagskraft sprach für diese Vermutung. Die Kugel hatte die Karosserie durchbohrt und war in die Rücksitzlehne eingedrungen. Der Wagen musste vermutlich auseinandergenommen werden, um die Kugel herauszubekommen. Erst dann ließe sich sagen, was für eine Munition verwendet worden war.

Wisting öffnete die Wagentür und setzte sich in den Fond. Die Rückbank war wie ein Sofa geformt. Etwas uneben, aber alles andere als unbequem.

Aus der Tasche am Sitz vor ihm ragte eine Zeitung. Wisting zog sie heraus und verspürte eine seltsame Anspannung. Vielleicht lieferte die Zeitung einen Hinweis darauf, wann der Wagen hier abgestellt worden war.

Es handelte sich um eine Ausgabe der *Aftenposten* von Montag, dem 17. August 1925. Bald sechzig Jahre her. Große Teile der Titelseite waren der Berichterstattung über einen Eisenbahnerstreik gewidmet. »Lebensmitteltransporte nach Kristiania zunehmend in Gefahr.« Roald Amundsen bereitete seine Reise mit dem Luftschiff zum Nordpol vor, und ein längerer Artikel handelte von den Reparationszahlungen der Deutschen nach dem Ersten Weltkrieg.

Das Interessanteste war natürlich das Datum. Sehr wahrscheinlich war die Zeitung gerade aus der Druckerei gekommen, als der Wagen zu seiner letzten Fahrt aufgebrochen war.

Wisting legte die Zeitung zurück und kletterte auf den Vordersitz. Am Armaturenbrett gab es ein Handschuhfach. In der Hoffnung, einen Führerschein oder andere Fahrzeugpapiere zu finden, öffnete er es, entdeckte jedoch nur ein Paar alte, morsch gewordene Handschuhe. Als er das Fach wieder schloss, fiel ihm etwas anderes auf. An der Innenseite der Tür war ein Loch. Form und Größe ähnelten dem Einschussloch am hinteren Kotflügel.

Er öffnete die Tür, stieg aus und versuchte, das Eintrittsloch der Kugel zu finden. Er musste Moos und andere Ablagerungen entfernen, um es zu lokalisieren. Die Kugel war schräg in die Karosserie eingedrungen, etwa zwei Meter vor dem hinteren Einschussloch. Als sei während der Fahrt zweimal auf den Wagen geschossen worden.

Wisting setzte sich wieder ins Auto und versuchte zu ergründen, wo die andere Kugel gelandet war. Die Vordersitze waren in noch schlechterer Verfassung als die Rückbank, fleckig und voller Risse. Um die exakte Flugbahn des Projektils zu ermitteln, stieg er wieder aus und holte ein Metallrohr, das er auf dem Werkzeugregal gesehen hatte. Es war etwas dünner als das Einschussloch. Vorsichtig schob Wisting es hinein und stellte sich dabei vor, dass der Schütze in einem Straßengraben gestanden hatte.

Das Rohr kam auf der anderen Seite wieder heraus. Er setzte sich erneut in den Wagen und folgte der Sichtlinie. Das Rohr zeigte direkt auf den Fahrersitz, in der Rücklehne war allerdings kein Loch zu sehen.

Wisting schluckte, als ihm klar wurde, was das bedeutete. Die Kugel musste den Mann hinter dem Lenkrad in Brusthöhe getroffen haben und war vermutlich in seinem Körper stecken geblieben.

10

Eigentlich hätte Wisting nach Hause zu Ingrid und den Zwillingen fahren sollen, beschloss jedoch, zunächst in der Bibliothek vorbeizuschauen. Was Rupert über König Haakon zu berichten wusste, hatte die ganze Zeit in seinem Hinterkopf herumgespukt. Der König hatte einen alten Minerva gefahren, der vermutlich verschrottet worden war. *Jedenfalls weiß niemand, wo er abgeblieben ist,* hatte Rupert gesagt.

Wisting parkte an der Skottebrygge und ging auf das hohe Gebäude zu, in dem sich die Stadtbibliothek befand.

Er wusste nicht genau, wo er zu suchen anfangen sollte, und stellte sich in die Warteschlange vor dem Tresen. Zwei ältere Frauen standen vor ihm. Die eine hatte sich für ein Buch von Dag Solstad entschieden, das an den Kanten ganz abgegriffen war. Ingrid hatte das gleiche Buch zu Hause liegen, aber Wisting hatte es nicht gelesen. Es handelte von einem Lehrer am Larviker Gymnasium, der in die marxistisch-leninistische Bewegung verstrickt wurde. Die andere Frau hatte sich ein übersetztes Buch geholt, das erst kürzlich verfilmt worden war. Jedenfalls kannte Wisting den Titel von der Kinowerbung.

Die beiden Frauen ließen sich ihre Buchkarten abstempeln, dann war Wisting an der Reihe.

»Ich suche nach einem Buch über König Haakon«, sagte er. »Können Sie mir vielleicht helfen?«

»Da gibt es verschiedene«, erwiderte die Frau hinter dem Tresen. »Interessieren Sie sich für etwas Besonderes?«

»Für seine Autos«, sagte Wisting.

Die Bibliothekarin blickte ihn leicht skeptisch an, führte ihn aber dann zu den Regalen mit Biografien, wo sie ein Buch mit rötlichem Umschlag und dem Monogramm des Königs hervornahm.

»Das hier ist eine relativ neue Biografie«, sagte sie und reichte ihm das Buch. »Haben Sie einen Bibliotheksausweis?«

»Den habe ich nicht dabei.«

Die Frau seufzte.

»Könnte ich vielleicht einen neuen bekommen?«, fragte Wisting.

»Nicht, wenn Sie bloß vergessen haben, Ihren Ausweis mitzubringen.«

»Ich könnte jetzt ein bisschen darin blättern und morgen zurückkommen und es mir ausleihen«, schlug er vor.

Die Bibliothekarin nickte ihm wohlwollend zu und entfernte sich. Ein älterer Mann blickte von seiner Zeitung auf, als Wisting sich an einen der Tische setzte. Der Einbruch in der Sparkasse bestimmte auch an diesem Tag die Schlagzeilen.

Er brauchte nicht lange, um ein Foto vom ersten Automobil des Königs zu finden. Das Kennzeichen lautete A1. Die Bildqualität war schlecht, aber soweit Wisting es erkennen konnte, war der Wagen identisch mit dem in der Scheune.

Wisting erfuhr, dass der König seinen Führerschein 1913 gemacht hatte. Gleich darauf hatte Seine Majestät sich nicht nur ein, sondern gleich zwei Automobile zugelegt – einen offenen Wagen und einen mit geschlossener Karosserie, sodass er bei jedem Wetter ausfahren konnte. Beide Autos stammten von der belgischen Firma Minerva.

Der Wagen wurde meist für die Strecke zwischen dem Schloss und dem königlichen Landhaus auf Bygdøy benutzt, aber auch für längere Fahrten eingesetzt. Unter anderem war der König mit dem geschlossenen Wagen in Fagernes und in der Provinz Nordland gewesen.

Wisting überflog den Text, um herauszufinden, was aus den Fahrzeugen geworden war. Der König wurde als vorsichtiger Fahrer beschrieben, hatte sich aber anscheinend darüber geärgert, dass die Geschwindigkeitsbegrenzung im alten Oslo bei nur fünfzehn Stundenkilometern lag.

Was mit den Autos geschehen war, wurde nirgendwo erwähnt. Auf der Suche nach einem Stichwortregister blätterte Wisting ans Ende des Buches, fand die Antwort auf seine Frage allerdings im Abbildungsverzeichnis. Das Foto von König Haakons Minerva stammte vom Museums- und Geschichtsverein Tynset und war anlässlich eines privaten Besuchs im Jahr 1926 geschossen worden.

Wenn die *Aftenposten* vom 17. August 1925 tatsächlich einen Anhaltspunkt für das Verschwinden des Autos lieferte, konnte es nicht der Wagen des Königs sein, der mit einem Einschussloch in der Scheune in Tveidalen stand.

Der ältere Mann faltete seine Zeitung zusammen und legte sie weg. Wisting nahm das Buch mit zum Tresen, doch dann fiel ihm plötzlich etwas ein.

»Haben Sie hier alte Ausgaben von *Østlands-Posten?*«, fragte er.

»Welcher Jahrgang?«, wollte die Bibliothekarin wissen.

»1925«, erwiderte Wisting.

»Ja, auf Mikrofilm«, erklärte sie. »Ich kann Ihnen für morgen eine Stunde am Lesegerät reservieren, wenn Sie ohnehin vorbeikommen und sich das Buch ausleihen.«

Wisting erklärte, dass er das Buch nicht mehr brauche, sich aber gern die Zeitungen aus dem Sommer 1925 ansehen würde. Die Bibliothekarin versprach, die Mikrofilme herauszusuchen und ihm für den nächsten Tag ab zehn Uhr ein Lesegerät freizuhalten.

Ingrid hatte schlechte Laune, als Wisting nach Hause kam. Die Zwillinge waren fast den ganzen Tag wach gewesen, und

Ingrid hatte nichts von dem erledigen können, was sie geplant hatte.

»Und wieso kommst du jetzt erst?«, fragte sie. »Ich hatte um sechs eine Verabredung mit Mona. Jetzt schaffe ich das nicht mehr.«

Wisting fasste sich an den Kopf. Er war mit seinen privaten Ermittlungen derart beschäftigt gewesen, dass er seine häuslichen Pflichten völlig vergessen hatte.

»Tut mir leid«, sagte er und hatte sogleich ein schlechtes Gewissen. Er wusste natürlich, dass die Tage allein mit zwei Kindern mitunter lang werden konnten und dass er Ingrid hätte unterstützen sollen, jetzt, da er frei hatte.

»Das kommt nicht wieder vor, versprochen«, sagte er. »Ich war nur so in den Fall vertieft.«

»Ist schon gut«, beruhigte sie ihn mit einer gewissen Resignation in der Stimme. »Ich habe Mona Bescheid gesagt. Wir treffen uns jetzt kurz vor Weihnachten.«

Wisting aß eine Kleinigkeit und versuchte mit Line auf dem Schoß die Zeitung zu lesen. Thomas schlief. Seine Tochter schlug auf die Zeitung und brabbelte etwas Unverständliches, sodass er beschloss, ihr aus der Zeitung vorzulesen. Line saß plötzlich ganz still da und hörte gebannt zu.

Noch ließ sich nicht sagen, welche Summe beim Einbruch in die Sparkasse erbeutet worden war, fest stand nur, dass es sich um mehrere Millionen handelte. Die Zeitung brachte auch ein Interview mit dem Besitzer des schwarzen Sierra, der berichtete, dass sein Auto gestohlen worden sei, während er nachts in der Zinkfabrik gearbeitet hatte. Davon abgesehen schienen alle weiteren Spuren und Hinweise auf die Täter bei dem ausgebrannten Wagen in Tveidalen zu enden. Offenbar wollten die Ermittler mit ihrer Theorie zur Bande aus Oslo vorläufig nicht an die Öffentlichkeit gehen.

Wisting las den Artikel zu Ende, spürte aber, dass sein Interesse an dem Fall etwas nachgelassen hatte. Die möglichen Ereignisse an jenem Spätsommertag im Jahr 1925 hingegen beschäftigten ihn umso mehr.

Line wurde unruhig, als er zu lesen aufhörte und die Zeitung zusammenfaltete. Er setzte seine Tochter zu ihrem Bruder in den Laufstall, wo sie sich nach einiger Zeit wieder beruhigte.

Dann betrat er das Zimmer, in dem er nachmittags für gewöhnlich schlief. Dort stand auch Ingrids Schreibtisch, an dem sie die Hausaufgaben ihrer Schüler korrigierte. Er setzte sich und schrieb stichwortartig auf, was er bis jetzt wusste und welche Punkte noch offen waren. Je mehr er aufschrieb, desto mehr drängte sich ihm der Gedanke auf, dass es sich bei dem Wagen in der Scheune nicht nur um ein ungelöstes Rätsel handelte, sondern anscheinend auch um einen unentdeckten Kriminalfall.

11

Im Laufe der Nacht war viel Schnee gefallen. Wisting brauchte über eine Stunde, um den feuchten, schweren Niederschlag von Treppe und Auffahrt zu entfernen.

Die Straßen waren schlecht geräumt, und Wisting fand nur mit Mühe einen Parkplatz. Schließlich musste er zwei Blocks zu Fuß gehen, um zum Polizeigebäude zu gelangen.

An der Tür zum Bereitschaftsraum hing eine Liste, auf der sich die Streifenpolizisten für zusätzliche Schichten eintragen konnten, überwiegend für den Nachtdienst. Wisting überprüfte seinen Dienstplan und schrieb sich dann für ein paar Zusatzschichten ein.

Eigentlich hätte er gern das freie Büro in der Ermittlungsabteilung genutzt, stattdessen aber setzte er sich in den Bereitschaftsraum der Streifenpolizei.

Arne Vikene von der Hauptverwaltung des Osloer Polizeidistrikts ging sofort ans Telefon. An seiner Stimme konnte Wisting hören, dass er ein Mann mittleren Alters war. Wisting erklärte, dass er gerade versuche, den Besitzer eines Oldtimers ausfindig zu machen, und gehört habe, dass Vikene ihm vielleicht dabei helfen könne.

Arne Vikenes Interesse war sofort geweckt.

»Um was für einen Wagen geht es denn?«, wollte er wissen.

»Einen belgischen Minerva«, erwiderte Wisting. »Er wurde vermutlich zwischen 1915 und 1925 nach Norwegen eingeführt.«

»Na, von denen gibt es aber nicht mehr viele«, meinte Vikene.

»Er steht in einer Scheune«, erläuterte Wisting. »Seit fast sechzig Jahren.«

»Sechzig Jahre!«, wiederholte der Polizeibeamte am anderen Ende der Leitung. »Und was sagt der Besitzer der Scheune dazu?«

»Der Wagen stand schon da, als er die Scheune im Rahmen einer Erbschaft übernahm«, erklärte Wisting. »Ich will ihm helfen und versuche zu klären, ob noch ein legitimer Besitzer des Wagens existiert.«

»Wie ist denn der Zustand des Wagens?«

»Ziemlich schlecht«, erwiderte Wisting, um das Interesse des anderen etwas zu dämpfen. »Es gibt einen Unfallschaden und jede Menge Feuchtigkeit und Rost.«

Vikene hatte noch mehrere Fragen zu dem Fahrzeug. Wisting beantwortete sie, so gut es ging, und kam dann wieder auf sein Anliegen zu sprechen.

»Ich habe eine Motornummer und eine Fahrgestellnummer. Können Sie mir helfen, mehr herauszufinden?«

»Ich weiß jedenfalls, wo die Protokolle aufbewahrt werden«, bestätigte Vikene. »Könnte aber schwierig werden, etwas zu finden, solange Sie den Namen des Besitzers oder das Kennzeichen nicht wissen.«

»Aber es gibt ein Register, wo die Fahrgestellnummern verzeichnet sind?«

»Ja, sicher«, erwiderte Vikene. »Fahrgestellnummer, Fabrikat, Baujahr, Anzahl der Sitzplätze, Zylinder, Achslast ... ist alles detailliert aufgeführt.«

Sie kamen überein, dass Vikene die Protokolle durchsehen und Wisting gegebenenfalls ein Fax mit den Angaben zuschicken würde.

»Ich kann das noch im Laufe des Tages erledigen«, versprach Vikene.

Wisting protokollierte das Gespräch in seinem Notizbuch und suchte dann die Telefonnummer von Knut Heian heraus.

»Konnten Sie schon etwas herausfinden?«, fragte der Scheunenbesitzer neugierig.

»Ich bin noch dabei«, erwiderte Wisting. »Übrigens bin ich auf einen Namen gestoßen. Mich würde interessieren, ob der Ihnen was sagt.«

»Nämlich?«

»Alfred.«

»Nur Alfred?«

»Vielleicht Danielsen oder Davidsen. Schon mal gehört?«

Knut Heian überlegte eine Weile, aber der Nachname war ihm anscheinend unbekannt.

»Und was ist mit Anna?«, fragte Wisting.

Heian erzählte von einer entfernten Verwandten namens Anna. Wisting glaubte zwar nicht, dass es sich um die richtige Person handelte, schrieb aber dennoch den Nachnamen der Frau auf. Bevor Heian fragen konnte, wo und wie er auf die Namen gestoßen war, beendete Wisting das Gespräch.

Wegen des Schneefalls kam er mit zehnminütiger Verspätung zum reservierten Mikrofilmlesegerät in der Bibliothek. Die Bibliothekarin, mit der er am Vortag gesprochen hatte, war nicht da, doch eine andere Angestellte sah in einem Buch nach und fand den vereinbarten Termin.

»Sie sind spät dran«, sagte sie und erhob sich von ihrem Platz.

Wisting verkniff sich eine Antwort und folgte ihr in die Abteilung für Lokalgeschichte. Dort standen zwei mit Spiegel und großem Bildschirm ausgerüstete Lesegeräte. Beide schienen schon länger nicht mehr verwendet worden zu sein.

»Haben Sie schon einmal mit Mikrofilmen zu tun gehabt?«, fragte die Bibliothekarin und nahm eine Filmrolle aus einer Metallbox.

Wisting schüttelte den Kopf. Die Frau legte den Film ins Gerät ein und zeigte ihm, wie man hin- und hernavigieren konnte. Schon bald fand er sich zurecht. Diverse alte Zeitungsseiten glitten auf dem Bildschirm an ihm vorbei. Plötzlich war er bei Ende September 1925 gelandet. Der Hauptartikel auf der Titelseite berichtete vom Eröffnungsspiel auf dem neuen Rasenplatz im Stadion Lovisenlund. Larvik Turn hatte Fram 1:0 geschlagen.

Die alte Zeitung im Oldtimer stammte vom 17. August 1925. Wisting ließ den Mikrofilm bis zum 18. August 1925 zurücklaufen, war allerdings nicht sicher, wonach er eigentlich suchte.

Der Eisenbahnerkonflikt wurde auch in der Lokalzeitung erwähnt, ebenso wie der Konkurs von Roald Amundsen. Gläubiger in Alaska hatten das Polarschiff *Maud* beschlagnahmen lassen, das seit drei Wintern festgefroren in der Beringstraße lag.

Wisting überflog den Artikel und stieß schließlich auf den Namen Oscar Wisting, der ihm vom Bildschirm förmlich entgegenleuchtete. Sein Urgroßvater hatte an der Forschungsreise teilgenommen, und vermutlich hatte niemand in seiner Familie mehr Berühmtheit erlangt als dieser Mann.

Er blätterte weiter, las die Überschriften, fand aber nichts von Interesse.

In der nächsten Ausgabe stand etwas über einen Verkehrsunfall in der Storgate. Eine Frau war von einem »motorisierten Zweirad« überfahren worden. Sie hatte sich den rechten Unterarm gebrochen und »Verletzungen an der Hüfte« davongetragen. Zwei Tage später hatte sich ein weiteres Unglück ereignet. Bei starkem Regen war der aus Fredriksvern kommende Linienbus an der Ecke von Dronningens gate und Kristian Fredriks vei mit einem Automobil zusammengestoßen. Einer der Fahrgäste hatte sich die Hand verstaucht, doch beide Fahrzeuge hatten nach dem Unfall weiterfahren können.

Es war anscheinend ein heißer Sommertag gewesen. Die Zeitung warnte vor möglichen Waldbränden und wies auf die mögliche Gefahr für die Kartoffel- und Getreideernte hin. Wisting lächelte angesichts der uralten Werbeanzeigen, fand aber keine Nachrichten, die mit dem Wagen in der Scheune in Verbindung gebracht werden konnten.

Er lehnte sich zurück und blickte gedankenverloren aus dem Fenster. Der vom Fjord hereinkommende Wind blies den Schnee gegen die Scheiben. Dort schmolz er und tröpfelte am Glas herab.

Der Oldtimer musste gar nicht aus der Gegend um Larvik stammen, dachte Wisting. Er konnte sich auch auf der Durchreise befunden haben. Die *Aftenposten* war 1925 in erster Linie eine Hauptstadtzeitung gewesen, und die von Oslo nach Südnorwegen führende Landstraße verlief durch Larvik.

Wisting spulte den Mikrofilm zurück und legte ihn zurück in die Metalldose, die er zum Empfangstresen brachte.

»Haben Sie auch die *Aftenposten* auf Mikrofilm?«, fragte er.

»Nicht hier«, erwiderte die Bibliothekarin. »Wir können die Filme aber bei der Nationalbibliothek bestellen.«

Wisting dachte nach. Er wollte keine Umstände machen, doch als die Bibliothekarin ihn fragte, ob er sich irgendwelche Filme bestellen wolle, sagte er Ja und erklärte, um welchen Jahrgang es ging.

»Ich bestelle den Film telefonisch«, sagte die Bibliothekarin und warf einen Blick auf die Uhr. »Wenn alles gut geht, bekommen wir ihn noch vor dem Wochenende.«

12

Auf dem Heimweg ging Wisting im Laden vorbei und kaufte Lebensmittel ein, die Ingrid auf einem Zettel notiert hatte. Zu Hause machten sie sich gemeinsam an die Zubereitung des Abendessens. Koteletts mit brauner Soße und Kartoffeln. Die Stimmung war inzwischen entspannter, da Ingrid im Laufe des Tages ein wenig hatte schlafen können und das Stillen der Kinder ohne Zwischenfälle verlaufen war. Beim Essen sprachen sie über das bevorstehende Weihnachtsfest. Beide hatten ihre Eltern für Heiligabend zum Abendessen eingeladen und freuten sich darauf.

»Was wünschst du dir eigentlich zu Weihnachten?«, wollte Ingrid wissen.

»Ich weiß nicht«, sagte er wahrheitsgemäß und führte dabei ein Stück Kartoffel zum Mund. »Vielleicht was Neues zum Anziehen.«

»Die Sonderangebote kommen erst im Januar«, entgegnete Ingrid. »Ich fürchte, du musst dir was anderes wünschen.«

Wisting überlegte, doch ihm fiel nichts ein. Er brauchte nichts.

»Und was ist mit dir?«, fragte er.

Ingrid schüttelte den Kopf.

»Vielleicht sollten wir uns dieses Jahr einfach mal nichts schenken«, schlug sie vor. »Schließlich haben wir die Kinder. Und die werden in Zukunft noch eine Menge brauchen.«

Wisting nickte und nahm noch einen Bissen, um nicht antworten zu müssen. Selbst wenn sie so eine Vereinbarung trafen, würde Ingrid trotzdem etwas für ihn besorgen, das wusste er.

»Ich werde übrigens ein paar Zusatzschichten übernehmen«, sagte er.

Ingrid nickte nur. Sie wusste genauso gut wie er, dass sie den zusätzlichen Lohn brauchten. Andererseits wollte sie ihren Mann natürlich gern öfter bei sich zu Hause haben.

Er erwog, ihr von seinen privaten Ermittlungen zu erzählen, ließ es aber sein. Ihm war bewusst, dass er seine Freizeit mit den Kindern und ihr zu Hause verbringen sollte und dass seine Nebentätigkeit ohnehin keine positive Auswirkung auf den Gehaltszettel haben würde.

Nachdem sie gegessen hatten, kümmerte er sich um den Abwasch. Er überlegte, noch den Schnee wegzuschaufeln, ehe er sich etwas hinlegte, beschloss dann aber, es auf später zu verschieben, bevor er zur Nachtschicht fuhr.

Ingrid bekam einen Gutenachtkuss, dann betrat er das Arbeitszimmer und schloss die Tür hinter sich. Er setzte sich an den Schreibtisch und las seine Notizen über den Minerva durch. Früher oder später musste er mit seinen Entdeckungen zu Ove Dokken gehen. Es konnte sich immerhin um einen Mord handeln, was bedeutete, dass die Ermittlungen irgendwann offiziellen Charakter annehmen mussten. Andererseits hatte er wenig Lust, abermals einen Bericht zu schreiben, der ganz unten in einem Stapel landete. Bevor er mit Dokken sprach, wollte er weitere, möglichst gründliche Voruntersuchungen anstellen. Der Wagen hatte fast sechzig Jahre in der Scheune gestanden. Was immer sich zugetragen hatte, war schon längst verjährt, und die Beteiligten lebten vermutlich nicht mehr. Einige Tage mehr oder weniger spielten somit keine Rolle.

Als Wisting ein paar Stunden später aufstand, hatte Ingrid sich bereits hingelegt. Eine neue Schneeschicht bedeckte die alte. Er ging hinaus und räumte Schnee, ehe er duschte und sich fertig machte.

Er kam etwas zu früh zur Arbeit und hoffte, dass ein Telefax von Arne Vikene mit Informationen aus dem alten Fahrzeugregister in seinem Postfach lag. Stattdessen fand er eine Auflistung der Zusatzschichten, für die er sich eingetragen hatte. Drei Nachtschichten waren ihm zugeteilt worden, die erste bereits für die kommende Nacht. Das bedeutete zwar eine anstrengende Doppelschicht, würde sich jedoch auch finanziell bemerkbar machen.

»Schon so früh?«, fragte der Dienstgruppenleiter, während er seine Sachen zusammenpackte und sich auf das Schichtende vorbereitete.

»Ist vielleicht ein Fax für mich gekommen?«, fragte Wisting.

»Für dich?«, fragte der Dienstgruppenleiter und sah Wisting über den Rand seiner Brille hinweg an.

»Aus Oslo«, erklärte Wisting.

Der Dienstgruppenleiter nahm ein Notizbuch mit dickem grünem Einband hervor, in dem alle ein- und ausgehenden Telefaxe protokolliert wurden. Er fuhr mit dem Finger die entsprechende Spalte hinunter und schüttelte dann den Kopf.

»Vielleicht ist das ja in der Kriminalabteilung gelandet«, mutmaßte er mit einem Blick zur Decke.

»Vielleicht«, entgegnete Wisting und ging in Richtung Treppenhaus.

Die Leuchtstoffröhren an der Decke summten, dann flackerte das Licht einen Augenblick auf, ehe der Gang in der Kriminalabteilung in grelles Licht getaucht wurde.

Das Faxgerät stand vor dem Kopierraum. Ein rotes Lämpchen blinkte: *Paper empty*.

Wisting ging in den Raum und nahm sich einen Stapel A4-Bögen heraus. Er hatte das Faxgerät noch nie zuvor befüllt und brauchte einen Moment, bis er die Papierschublade aufbekam. Das rote Licht erlosch, aber nichts geschah, als er die Schublade wieder schloss. Gerade als er sich umgedreht hatte, um wieder zu gehen, begann das Gerät zu tickern.

Wisting kehrte um. Er hob die Ecke des Blatts an, das gerade ausgespuckt wurde. Oben stand als Absender *Polizeidistrikt Oslo – Verwaltung*. Das Fax bestand offenbar aus drei Blättern. Das erste war nur das Anschreiben von Arne Vikene. Beim nächsten handelte es sich um die Kopie eines handschriftlichen Protokolls. Die Buchstaben waren klein und zierlich. Ein paar Tintenflecke von der Walze im Faxgerät machten das Entziffern nicht einfacher.

Wisting wartete, bis das dritte Blatt erschien, dann nahm er das Fax mit in das Büro, das er am Tag zuvor benutzt hatte. Es war unverschlossen.

Er verzichtete darauf, die Deckenlampe einzuschalten, setzte sich an den Schreibtisch und knipste die Tischlampe an. Ein gelber Lichtkegel fiel auf die Tischplatte.

Arne Vikene hatte das richtige Auto gefunden. Fahrgestell- und Motornummer stimmten mit Wistings Notizen überein. Es handelte sich um einen Minerva Saloon mit vier Türen und zwanzig Pferdestärken, der am 17. Juni 1920 nach Oslo importiert worden war. Besitzerin war die Kristiania Transportgesellschaft. Eine Kontaktperson war namentlich aufgeführt: Martinius Bergan, Fuhrunternehmer. Das zugeteilte Kennzeichen hatte A795 gelautet. Weiter unten stand noch etwas, das jedoch verblichen und nicht zu entziffern war.

Das dritte Blatt war eine Kopie des Besitzerverzeichnisses mit allen Automobilen, die der Kristiania Transportgesellschaft gehört hatten. Sämtliche Fahrzeuge waren anscheinend veräußert worden, die Namen der neuen Besitzer waren aufgeführt. A795 tauchte etwa in der Mitte der Seite auf. Doch statt eines neuen Namens stand dort: *Verloren, 21.08.1925*.

Wisting lehnte sich zurück.

»Verloren«, sagte er laut zu sich selbst.

Eine seltsame Wortwahl. Nicht gestohlen oder vermisst, sondern verloren. Nicht mehr da.

Das Datum stimmte mit der Zeitung überein, die er im Wagen gefunden hatte. Sie war vier Tage vor dem protokollierten Verlust erschienen.

Um weiterzukommen, musste er mit jemandem von der Kristiania Transportgesellschaft reden oder versuchen, einen Nachkommen der aufgeführten Kontaktperson ausfindig zu machen.

Er schrieb den Namen in sein Notizbuch: Martinius Bergan.

Die Kristiania Transportgesellschaft konnte eine Botenfirma gewesen sein oder ein Vorläufer der Taxizentrale.

Wisting faltete das Fax zusammen und legte es in sein Notizbuch. Dann schaltete er die Schreibtischlampe aus und verließ das Büro.

Die Tür zum Büro des Abteilungsleiters stand offen. Wisting trat ein, um die Ablage mit Tipps und Hinweisen zu überprüfen. Der Stapel war kleiner geworden, aber sein eigener Bericht war nicht mehr da. Auf einem Beistelltisch stand ein Eingangskorb für neue Dokumente. Er blätterte durch die Papiere und stellte fest, dass es sich überwiegend um Routineangelegenheiten handelte, wie etwa die Vernehmung der Sparkassenangestellten oder Protokolle von Gesprächen mit Zeugen, die verdächtige Personen oder Fahrzeuge gesehen zu haben meinten.

Weiter unten im Stapel lag ein Bericht über die Untersuchung im Zusammenhang mit Hütte H292. Wisting verspürte eine gewisse Zufriedenheit, als ihm bewusst wurde, dass die Informationen, die er zu dem Fall beigebracht hatte, ernst genommen und bereits bearbeitet worden waren.

Er setzte sich, um zu lesen, was dort stand. Der Unterzeichner des Berichts hatte Kontakt mit Vivian Brun aufgenommen, die die Hütte gemeinsam mit ihrem Ehemann Roger besaß. Sie lebten in Oslo und waren nach Aussage von Vivian Brun seit September nicht mehr in der Hütte gewesen. Sie gab an, keine Ahnung zu haben, wer die Hütte am vergangenen Wochenende benutzt haben könnte, allerdings gab es einen Neffen, der in Larvik wohnte und angeboten hatte, im Laufe des Herbstes die Fassade sowie die Holzverkleidung an der Südwand zu erneuern. Ob die Arbeit schon durchgeführt worden sei, wusste sie nicht. Der Verfasser des Berichts hatte daraufhin den Neffen angerufen. Der junge Mann erklärte, die Arbeit ein paarmal verschoben zu haben, bis er am letzten Wochenende mit einem Kumpel hinausgefahren sei, um die Sache zu erledigen. Sie hätten einen Schlüssel benutzt, dessen Versteck er kannte, und angefangen, ein paar Bier zu trinken, ohne mit der Arbeit zu beginnen. Tags darauf seien sie vom Schnee überrascht worden und unverrichteter Dinge wieder weggefahren. Die Reparatur müsse jetzt bis zum Frühjahr warten.

Wisting las den Bericht zweimal durch und schrieb sich den Namen des Neffen auf: Jens Brun. Der Name des Freundes, der mit ihm vor Ort gewesen war, wurde nicht aufgeführt. Auch Kontrollfragen über Ankunft und Abreise waren nicht gestellt worden.

Das Ganze klang nach einer plausiblen Erklärung, gleichwohl unterstrich Wisting den Namen zweimal in seinem Notizbuch, ehe er den Bericht in den Korb zurücklegte.

»Haben wir hier ein Telefonbuch von Oslo?«, fragte Wisting, als er wieder in den Bereitschaftsraum kam.

Der Dienstgruppenleiter drehte sich zur Seite um und suchte das Buch heraus.

»Ist allerdings schon ein paar Jahre alt«, warnte er. »Für gewöhnlich rufe ich immer die Auskunft an.«

Wisting öffnete das Telefonbuch bei B. Erstaunlicherweise gab es mehr Einträge mit dem Namen Bergan, als er vermutet hatte. Darunter befand sich ein Martin, aber kein Martinius. Aber das hatte er auch nicht erwartet. Falls Martinius Bergan im Jahr 1925 ein junger Mann gewesen war, würde er inzwischen nicht mehr am Leben sein.

Wisting nahm das Telefonbuch und kopierte die Seite. Es war schon zu spät, um noch herumzutelefonieren, daher faltete er das Blatt zusammen und legte es zu dem Telefax in sein Notizbuch.

Ihm gefiel diese Vorgehensweise, bei der ihn jeder kleine Schritt einer Antwort etwas näher brachte. Das machte echte Ermittlungsarbeit aus.

13

Es wurde eine lange Nacht, in der jedoch nichts Besonderes passierte. Die Streifenpolizisten patrouillierten durch die leeren Straßen, hielten einen Wagen an, bei dem ein Scheinwerfer ausgefallen war, und kontrollierten eine ältere Frau, die Schlangenlinien fuhr.

Kurz nach eins kam eine Meldung herein. Ein Mann war eine Leiter hochgeklettert und in ein Fenster im ersten Stock eines Hauses in Valby eingedrungen. Wie sich dann zeigte, wohnte der Mann selbst dort und hatte sich ausgesperrt.

Gegen zwei hörte es auf zu schneien. Das blieb für einige Stunden so, bis der Schnee erneut zu rieseln begann.

Gegen drei Uhr platzierten die Polizisten den Streifenwagen so, dass sie den Parkplatz vor der Zinkfabrik überwachen konnten. Nachdem sie eine halbe Stunde in die Winternacht hinausgestarrt hatten, fing Per Haugen an zu schnarchen. Eine halbe Stunde danach kam ein Traktor, um den Schnee vom Fabrikgelände zu räumen. Haugen schlug vor, zurück zur Wache zu fahren. Dort blieb er schlummernd auf seinem Stuhl sitzen, bis die Schicht vorbei war.

Als er wieder nach Hause kam, musste Wisting erst den Schnee wegfegen, damit er vor dem Haus parken konnte. Ingrid und die Zwillinge waren schon seit ein paar Stunden auf. Wisting wurde klar, dass Ingrid auch in dieser Nacht nicht viel Schlaf abbekommen hatte.

»Leg dich doch wieder hin«, sagte er. »Die Liege steht bereit.«

»Und was machst du?«

Er schüttelte den Kopf. Die Arbeitsstelle war neu für ihn, weshalb er einen möglichst guten Eindruck hinterlassen wollte. Das setzte voraus, dass er möglichst ausgeschlafen war und häufig bereitstand, was andererseits aber nicht auf Ingrids Kosten passieren durfte.

»Ich lege mich hin, sobald die Kinder schlafen.«

Ingrid hatte nichts dagegen. Nach dem Frühstück räumte sie ihren Teller weg und verschwand dann im Arbeitszimmer.

Wisting machte sich ein Butterbrot und aß, während er den Kindern im Laufstall zuschaute. Thomas lag da und kaute auf seinen Fingerknöcheln herum, während Line mit einem Spielzeug beschäftigt war.

Wisting gähnte und nahm die Notizen zu seinen Ermittlungen hervor. Als er auf die Polizeischule gegangen war, hatte er sich auf den bevorstehenden Streifendienst gefreut. Die ersten Wochen hatten seinen Erwartungen auch entsprochen. Es war eine besondere Spannung damit verbunden gewesen, nie zu wissen, was passieren würde und was eine Schicht mit sich bringen könnte. Aber schon jetzt wünschte er sich etwas anderes, wollte weg aus dem Schichtdienst. Momentan stand er auf, wenn andere zu Bett gingen. Er hätte gern in einem Büro gesessen und versucht, der Kriminalität vorzubeugen, statt hinauszufahren, wenn bereits etwas geschehen war.

Nach etwa einer Stunde wurden die Zwillinge schläfrig. Wisting hob sie nacheinander aus dem Laufstall und legte sie in ihre Bettchen im Schlafzimmer. Er beugte sich hinunter, drückte einen Kuss auf Thomas' Stirn und schob ihm sein Schmusetier zu. Plötzlich begann sich alles zu drehen. Der Schwindelanfall dauerte nur einen Augenblick. Er stützte sich an der Wand ab und merkte, wie müde er war.

Leise zog er sich aus, kroch unter die Decke und dachte, dass sein Körper mit den Wechselschichten anscheinend nicht klarkam. Obwohl er müde war, fiel es ihm schwer einzuschlafen. Er wälzte sich herum und musste aus irgendeinem Grund plötzlich an den Mann denken, der sich ausgesperrt hatte und durch ein Fenster geklettert war. Etwas stimmte nicht, und das hielt ihn wach. Die Gedanken wanderten weiter und endeten dort, wo sie in den letzten Tagen häufig gelandet waren: in der Scheune an der Tveidalskreuzung.

Knut Heian hatte erzählt, wie er als Kind eine Leiter durch die Luke der Scheune gezogen habe und auf diese Weise ein und aus gegangen sei. Wisting war um die Scheune herumgegangen und hatte durch die Ritzen gespäht, ehe alles von Schnee bedeckt worden war. Vor der Scheune hatte keine Leiter gestanden. Im Inneren war ihm hingegen eine alte Holzleiter aufgefallen, mit Fischernetz und Netzbojen über den Sprossen. Es konnte sich womöglich um dieselbe Leiter handeln, aber wenn die sich im Inneren der Scheune befunden hatte – wie war Alfred dann aus der Scheune herausgekommen?

Die Tür des Gebäudes war von innen verschlossen, die einzige Alternative war die Luke hoch oben an der Wand. Die alte Scheune war ein geschlossener Raum gewesen.

Die Gedanken drehten sich weiter, während Wisting langsam in den Schlaf hinüberglitt. Schon halbwegs im Traum suchte er die Scheune erneut auf. Er sah die Matratze vor sich, die alte Zeitung, den Rucksack mit dem Brief an Anna und die ausgetretenen Stiefel. Verstaubte Klappstühle, Spinnweben, Farbeimer, Autoreifen, Wellblech, Kartoffelkisten und dicke Seile, die von Balken unter dem Dach herabhingen.

Kurz bevor er schließlich einschlief, kam er der Lösung langsam näher.

Wer immer dieser Alfred war, der auf der Matratze geschlafen hatte, er musste sich noch irgendwo in der Scheune befinden.

14

Wisting erwachte mit einem Gefühl der Unruhe und warf einen Blick auf den Wecker. Es war halb zwei. In zweieinhalb Stunden musste er wieder zur Polizeiwache und zwei Schichten hintereinander arbeiten. Erst die Nachmittagsschicht, dann Überstunden in der Nacht.

Er stützte sich auf die Ellbogen und spähte zu den Kinderbettchen hinüber. Ingrid musste hereingekommen sein und die Zwillinge aus dem Zimmer geholt haben, ohne dass er etwas davon mitbekommen hatte. Er ließ sich wieder zurücksinken und dachte an das Ergebnis seiner Überlegungen, die er kurz vor dem Einschlafen angestellt hatte. Es erschien ihm nicht mehr so offensichtlich wie zuvor, entbehrte aber immer noch nicht einer gewissen Logik. Was dagegensprach, war indes die Tatsache, dass in der Scheune keine Leiche aufgetaucht war. Falls Alfred tatsächlich dort drinnen seine Tage beschlossen hatte, wäre es naheliegend gewesen, wenn sie ihn auf der Matratze gefunden hätten. Natürlich konnte die Leiche auch irgendwo in der Scheune versteckt worden sein, aber derjenige, der dafür verantwortlich war, hätte ebenfalls keine Möglichkeit gehabt, aus der Scheune herauszukommen.

Die nächstliegende Erklärung war, dass Alfred sich das Leben genommen hatte. Der an Anna adressierte Brief konnte ein Abschiedsbrief sein.

Auf dem Küchentisch lag eine Nachricht von Ingrid: *Bin bei Ellen.*

Ellen war eine ehemalige Schulfreundin. Sie hatte einen Sohn, der drei Monate älter als die Zwillinge war.

Wisting ging hinaus und fegte den Schnee zusammen. Die Vermutung, dass sich eine Leiche in der Scheune befinden könnte, wurde immer vager, je mehr er sich in die Arbeit vertiefte. Die einzig plausible Erklärung war, dass es draußen eine weitere Leiter gegeben hatte, die später entfernt worden war.

Als er mit dem Schneeräumen fertig war, kam Ingrid mit dem Wagen zurück. Er half ihr und den Zwillingen beim Aussteigen. Thomas war eingeschlafen, Line hingegen war hellwach und spähte mit großen Augen umher.

Beim Essen erzählte er Ingrid von den Einschusslöchern an dem Wagen und davon, was er über den Besitzer herausgefunden hatte. Er musste seine Gedanken einfach mit jemandem teilen.

Ingrid legte das Besteck zur Seite.

»Einschussloch! Dann muss es sich ja um etwas Ernstes handeln. Das musst du unbedingt weiterverfolgen.«

»Aber ich verbringe ja jetzt schon kaum Zeit mit dir und den Kindern«, entgegnete Wisting. »Ich müsste das dann in meiner Freizeit erledigen, wie jetzt auch schon.«

Ingrid dachte nach.

»Ach, das klappt schon mit Thomas, Line und mir«, sagte sie. »Solange du dich an Absprachen hältst. Außerdem gefällt es mir ja, dass du so engagiert bist und solche Dinge nicht auf sich beruhen lässt.«

Wisting lächelte und dachte, wie viel Glück er doch hatte. In den Gesprächen mit Kollegen war es oft ein Thema, dass sich die Ehefrauen über die häufige Abwesenheit ihrer Männer beschwerten.

»Du musst etwas unternehmen«, sagte Ingrid erneut. »Sprich doch mit einem der Ermittler.«

»Das werde ich«, versicherte Wisting. »Vorläufig sind alle

noch mit dem Einbruch in der Sparkasse beschäftigt. Ich möchte versuchen, noch etwas mehr zu recherchieren, ehe ich die Ermittlungsabteilung anspreche.«

Inzwischen war es kurz nach drei. Noch eine knappe Stunde, bis er wieder zur Arbeit musste, doch die Zeit reichte wohl, um ein paar der Personen anzurufen, die unter dem Namen Bergan im Telefonbuch eingetragen waren.

Er nahm das Telefon samt der langen Schnur mit ins Arbeitszimmer und lehnte die Tür an.

Anders Bergan war der Erste auf der Liste. Niemand meldete sich.

Der Nächste hieß Bjørn Bergan. Er wirkte gereizt. Wisting erklärte ihm, wer er war, und fragte, ob er einen Martinius Bergan kenne.

»Wieso fragen Sie?«, fragte der Mann am anderen Ende der Leitung.

»Ich suche nach jemandem, der 1925 Ansprechpartner für die Kristiania Transportgesellschaft war«, erklärte Wisting.

»1925?«

»Ja, es geht um einen Oldtimer.«

»Davon weiß ich nichts«, meinte der andere.

Nach dem Gespräch konnte er Bjørn Bergan von der Liste streichen.

Die nächsten beiden Telefonate verliefen ähnlich, und zwei weitere Namen konnten von der Liste getilgt werden.

Der vierte Gesprächspartner hieß Erik mit Vornamen. Wisting stellte sich vor und fügte hinzu, dass er für die Polizei in Larvik arbeite. Das führte immerhin dazu, dass keine Frage nach dem Grund seines Anrufs gestellt wurde. Erik Bergan erklärte, er habe nie im Leben von einem Martinius in seiner Familie gehört.

Wisting schaffte noch zwei weitere Anrufe, bis es Zeit war, zur Arbeit zu fahren.

Die ersten Stunden vergingen schnell, mit mehreren kleinen Aufträgen. Jemand hatte einen vereisten Schneeball geworfen, der die Scheibe der Mesterfjellet-Schule zerschmettert hatte. Die von Dänemark einlaufende Fähre hatte einen übermäßig betrunkenen Fahrgast an Bord, der unter einer Treppe hervorgezerrt und in die Ausnüchterungszelle gebracht werden musste. Zwei Jungen waren bei der Mineralwasserfabrik über den Zaun geklettert und hatten leere Flaschen gestohlen. Die Spuren im Schnee hatten die Polizei direkt zur Pfandgutrückgabe in einem nahe gelegenen Laden geführt.

Um sieben kehrten die Streifenpolizisten zur Station zurück, um etwas zu essen und Berichte zu schreiben. Wisting nahm seine Proviantdose mit in das Schreibzimmer. Er füllte Formulare aus, während er eines seiner Butterbrote aß. Als er fertig war, schloss er die Tür und nahm die Namensliste wieder hervor. Er rief einen Halvor an und sprach mit einem Halfdan, doch jeweils ohne Ergebnis. Ein gewisser Geir Bergan hingegen kannte den gesuchten Namen.

»Mein Großvater hieß Martinius«, antwortete er.

Wistings Griff um den Kugelschreiber verstärkte sich.

»Lebt er noch?«, fragte er erwartungsvoll.

»Nein, aber meine Großmutter weilt noch unter uns.«

»Wie heißt sie, bitte?«

»Ragna. Sie wohnt in Veitvet.«

»Könnte ich sie vielleicht einmal anrufen?«

»Sie hat zwar ein Telefon, hört aber nur schlecht. Ich glaube nicht, dass Ihnen das weiterhilft. Aber Sie sollten mal mit meinem Vater reden.«

Wisting ließ sich Namen und Telefonnummer geben. Jan Bergan wohnte im Osloer Stadtviertel Kalbakken.

Er bedankte sich für die Auskunft und wählte die Nummer.

Jan Bergans Stimme klang gedämpft und heiser, als hätte er in seinem Leben allzu viele Zigaretten geraucht.

Wisting stellte sich vor und erklärte, die Nummer von seinem Sohn bekommen zu haben.

»Ich suche Nachkommen eines Martinius Bergan, der seinerzeit mit der Kristiania Transportgesellschaft zu tun hatte.«

Der Mann am anderen Ende der Leitung räusperte sich.

»Das klingt nach meinem Vater«, entgegnete er. »Worum geht es denn?«

»Ich versuche, den Besitzer eines alten Wagens zu finden«, sagte Wisting.

»Was für ein Wagen?«

Die Stimme klang jetzt anders. Wachsamer.

»Ein Oldtimer aus dem Jahr 1920«, erklärte Wisting. »Im Register steht, er sei 1925 verloren gegangen.«

Wisting hörte, dass sich der Atem des Mannes beschleunigte.

»Haben Sie ihn gefunden?«

»Vermutlich«, erwiderte Wisting.

»Was ist mit Marvin und dem Geld?«

Wisting nahm den Hörer in die andere Hand.

»Wovon reden Sie?«

»Haben Sie auch Marvin und das Geld gefunden?«, wiederholte Jan Bergan.

»Nein, nur den Wagen«, sagte Wisting, ohne zu wissen, wovon der andere redete. »Aber es sind im Zusammenhang mit dem Fund gewisse Fragen aufgekommen, über die ich gern mit Ihnen reden würde.«

»Ich war damals kaum älter als drei«, erklärte Bergan. »Viel weiß ich nicht von der Sache.«

»Und Ihre Mutter?«

»Über die Geschichte mit dem Wagen wurde nicht viel gesprochen.«

»Aber da er jetzt gefunden wurde«, gab Wisting zu bedenken, »glauben Sie, Ihre Mutter könnte an der Aufklärung interessiert sein?«

Jan Bergan dachte nach.

»Dann müssten Sie aber hierherkommen«, meinte er.

Wisting überlegte kurz, wie sein Dienstplan in den nächsten Tagen aussah.

»Ich könnte morgen Nachmittag vorbeikommen«, schlug er vor. Im selben Moment wurde die Bürotür aufgerissen. Per Haugen winkte ihn zu sich.

»Verkehrsunfall!«

Wisting kam mit Jan Bergan überein, ihn und seine Mutter am folgenden Tag um vier Uhr zu treffen. Dann lief er zum Streifenwagen.

Haugen saß schon mit laufendem Motor hinter dem Lenkrad.

»Frontalzusammenstoß auf der E18«, erklärte er.

Wisting verzog das Gesicht. Derartige Unfälle auf der Schnellstraße waren stets unangenehm. Auf der Strecke durch den Larviker Polizeidistrikt gab es häufig Unfälle, und sie hatten im laufenden Jahr schon vier Todesopfer gefordert.

Der Verkehr vor ihnen stand völlig still. Der Streifenwagen kämpfte sich durch das Schneetreiben. Feuerwehr und Notarztwagen waren schon vor Ort. Wisting stieg aus dem Wagen und versuchte, sich einen Überblick zu verschaffen. Ein Opel Ascona war anscheinend auf die Gegenfahrbahn geraten und mit einem neueren Mazda zusammengestoßen. Zwei Verletzte lagen schon auf Tragen, während zwei weitere noch in den Autowracks saßen. Der Beifahrer des Ascona war eingeklemmt und schrie vor Schmerzen, während die Feuerwehrleute alles taten, um ihn aus dem Wagen herauszuschneiden. Der Fahrer des Mazda wirkte leblos, Armaturenbrett und Lenkrad hatten sich in seinen Brustkasten gedrückt.

Nach einer halben Stunde waren alle Verletzten geborgen, und der Unfallort blieb Polizei und Bergungsmannschaften überlassen.

Wisting sprach mit Zeugen, machte Fotos, notierte Kennzeichen und skizzierte die Position der Fahrzeuge, bevor diese abtransportiert und die Wrackteile beseitigt wurden.

Die restliche Abendschicht verbrachte er mit dem Schreiben von Berichten. Ein älteres Ehepaar aus Skien hatte in dem Mazda gesessen, während zwei Freunde aus Horten den Ascona gefahren hatten. Das Krankenhaus rief an und gab durch, dass der Fahrer des Mazda für tot erklärt worden sei, als er in der Notaufnahme ankam. Seine Frau war mit einem gebrochenen Arm davongekommen. Der Fahrer des Ascona hingegen war nur leicht verletzt worden, während sein Kumpel ernsthafte Kopfverletzungen davongetragen hatte. Wisting tippte die Angaben in das Berichtsformular und zog es dann aus der Schreibmaschine.

Mit dem Blatt in der Hand saß er da und dachte daran, wie schnell aus ernsten und dramatischen Ereignissen nüchterne Worte auf Papier wurden, und er fragte sich, ob sein Leben als Polizist sich weiter in diese Richtung entwickeln würde. Was für andere erschütternde und lebensbestimmende Ereignisse waren, würde in seinem Arbeitsalltag Routine sein.

Die bevorstehende Nachtschicht würde er zusammen mit Eivind Larsen machen, einem gewissenhaften Kollegen, der fast zwanzig Jahre älter war als er selbst. Wisting saß am Steuer, als sie in die Winternacht hinausfuhren.

Der erste Einsatz galt einem Bus, der sich in einer Schneewehe festgefahren hatte und Hilfe von einem Kranwagen benötigte, während der Verkehr vorübergehend umgeleitet werden musste. Bei der nächsten Meldung, die hereinkam, ging es um einen Kaminbrand in Langestrand. Um die Sperrstunde mussten sie einen Streit vor dem Restaurant *Otto* schlichten, und um 01:40 Uhr mussten sie sich um einen betrunkenen Mann kümmern, der in dem aus Oslo kommenden Nachtzug eingeschlafen war.

Nach einer kurzen Essenspause in der Wache übernahm Eivind Larsen das Steuer des Streifenwagens.

»Wenn ich es richtig verstanden habe, hast du ein Muster erkannt«, sagte Larsen und fuhr in den östlichen Teil der Stadt.

Wisting wusste nicht, wovon er sprach.

»Die Autodiebstähle«, sagte Larsen. »Wie sieht denn die Statistik aus für die Nacht auf Freitag?«

»Die Nächte auf Montag und auf Freitag heben sich hervor«, erwiderte Wisting und lächelte.

»Was hältst du davon, wenn wir versuchen, dem einen Riegel vorzuschieben?«

»Ich bin dabei.«

Sie fanden einen anderen Überwachungsort, der einen ebenso guten Blick auf den Parkplatz vor der Zinkfabrik bot wie der, an dem der Streifenwagen zuletzt gestanden hatte.

Die erste halbe Stunde saßen sie schweigend nebeneinander.

»Hast du schon mal darüber nachgedacht, Ermittler zu werden?«, fragte Wisting.

Eivind Larsen schüttelte den Kopf. »Das ist nichts für mich. Da ist man permanent mit irgendeinem Fall beschäftigt. Mir gefällt es besser, wenn ich nach Hause gehen und abschalten kann, sobald mein Dienst vorüber ist. Ich möchte nicht ständig für etwas verantwortlich sein und Erwartungen erfüllen müssen. Beim Streifendienst schreibst du einen Bericht über das, was du getan und erlebt hast, dann ist die Arbeit beendet. Ermittler kümmern sich um den Rest und haben niemals frei. Aus meiner Sicht sind wir mit dem angenehmen Teil der Polizeiarbeit beschäftigt.«

Wisting konnte Larsens Gedankengang nicht wirklich folgen. Ihn interessierte, was hinter einem Verbrechen lag. Es reichte ihm nicht, Ereignisse nur zu beobachten und zu registrieren. Stattdessen wollte er Antworten finden. Nicht nur aufzeichnen, was passiert war, sondern analysieren, wer dahintersteckte und aus welchen Gründen. Einer Lösung Stück für Stück näherzukommen stellte für ihn eine Art Befriedigung dar. In etwa wie bei einem Kreuzworträtsel, wo immer mehr Lösungsworte ineinandergriffen und immer weniger freie Felder übrig blieben. Es gefiel ihm, Geheimnisse zu entschlüsseln und Dinge aufzudecken, über die ansonsten geschwiegen wurde.

Wistings Gedanken drifteten zurück zu dem alten Wagen in der Scheune und der bevorstehenden Begegnung mit der Witwe von Martinius Bergan. Was sie womöglich zu erzählen hatte, löste bei Wisting ein lange vermisstes Gefühl aus. Ein Kribbeln in der Magengegend.

»Da!«, sagte Eivind Larsen plötzlich und senkte die Stimme. »Zwei Uhr.«

Wisting blickte in die angegebene Richtung. Schräg gegenüber dem Streifenwagen ging eine dunkel gekleidete Person mit einem kleinen Rucksack und den Händen in den Jackentaschen über die Straße.

Im Schatten zwischen zwei Laternenmasten blieb der Mann stehen und sah sich um. Wer er war, ließ sich aus der Entfernung unmöglich erkennen.

Keiner der beiden Polizisten sagte etwas. Der Mann ging weiter. Etwa zwanzig Meter entfernt stand ein Corolla mit Fuchsschwanz an der Radioantenne. Der Mann ging langsamer und blickte sich abermals um, als er mit dem Wagen auf einer Höhe war. Dann beugte er sich hinunter und schaute in das Wageninnere.

Wisting nahm das tragbare Funkgerät, öffnete die Tür und stieg aus.

Der Schnee unter seinen Stiefeln knirschte.

Der Mann konnte ihn kaum gehört haben, richtete sich aber auf und ging weiter.

Wisting lehnte die Autotür an und hängte sich das Funkgerät um den Hals. Im Schatten bewegte er sich weiter und näherte sich in einem Winkel, aus dem der andere ihn nicht sehen konnte. Dann überquerte er die Straße.

Auf dem Gehsteig hatte der Mann Fußspuren im Schnee hinterlassen. Wisting folgte ihnen, passierte den grünen Corolla und begriff, dass der Mann auf den Parkplatz der Zinkfabrik abgebogen sein musste.

Er wünschte, er hätte über Ohrstöpsel verfügt, wie die Kollegen von der Beschattungseinheit. Dann hätte Eivind Larsen seine Beobachtungen aus dem Wagen an ihn weitergeben können. Jetzt würde Wisting das Funkgerät erst einschalten, wenn es sich nicht mehr vermeiden ließ. Andernfalls könnte der Mann auf dem Parkplatz von einem plötzlichen Funkruf gewarnt werden.

Wisting blieb an der Stelle stehen, wo die Fußspuren auf den Parkplatz führten. Doch statt ihnen zu folgen, stapfte er ein Stück durch den Schnee und fand eine Stelle, wo er einen guten Überblick hatte.

Es dauerte einen Moment, bis er den Mann entdeckte. Er stand gebückt zwischen zwei Fahrzeugen. Dann hörte Wisting ein Klicken, ein fast unhörbares Geräusch, ehe sich das Licht in einem der Wagen einschaltete, als die Tür geöffnet wurde.

Wisting stapfte weiter durch den Schnee. Er sank bis zu den Knien ein, gelangte aber schließlich auf den Parkplatz. Dort angekommen erhöhte er das Tempo. Der Mann hatte auf dem Fahrersitz des Wagens Platz genommen, beugte sich aber seitlich hinunter, während er versuchte, ein paar Kabel unterhalb der Lenksäule miteinander zu verbinden, um den Wagen anzulassen.

Wisting registrierte, dass Eivind Larsen die Scheinwerfer des Streifenwagens eingeschaltet hatte und langsam in seine Richtung rollte.

Mit einem plötzlichen Ruck hob der Mann den Kopf und blickte sich um. Als er Wisting entdeckte, stürzte er aus dem Wagen.

Wisting erkannte ihn. Es war derselbe Mann mit dem blassen Gesicht, den er gesehen hatte, als sie wegen des Einbruchs in der Sparkasse den Einsatz hatten abbrechen müssen.

»Stehen bleiben!«, rief Wisting, glaubte aber nicht, dass der Mann seiner Aufforderung nachkommen würde.

Der Abstand zwischen den beiden betrug etwa zwanzig Meter. Wisting verkürzte die Distanz, doch der Mann vor ihm änderte die Richtung und verschwand zwischen zwei Gebäuden. Am Ende des Durchgangs befand sich ein Maschendrahtzaun. Er lief direkt darauf zu, nahm Anlauf und sprang darüber.

Wisting zögerte eine Sekunde. Er musste ein paar Schritte zurücktreten und ebenfalls Anlauf nehmen, um über den Zaun zu setzen.

Jetzt befanden sie sich beide auf dem Gelände der Mechanischen Werkstatt Alfred Andersen. Ein Scheinwerfer an der Wand der Werkshalle stellte die einzige Lichtquelle dar.

Der Mann war verschwunden, hatte aber deutliche Spuren im Schnee hinterlassen. Wisting schaltete das Funkgerät ein und bat Eivind Larsen, mit dem Wagen zur anderen Seite des Gebäudes zu kommen.

Die Spuren des mutmaßlichen Autodiebs vor dem Tor der Werkshalle verrieten, dass er versucht hatte, in das Gebäude hineinzugelangen, dann aber weitergelaufen war. Sie führten um eine Baracke herum, dann hinter einen Container und auf ein Lagerhaus zu. Das Lager hatte ein Dach, aber keine Wände. Der Schnee war von der Seite hineingeblasen worden, doch ein paar Meter weiter in Richtung Mitte war der Betonboden unterhalb des Daches schneefrei. Gleichwohl konnte Wisting dem Autodieb weiter folgen. Der Schnee von den Rillen seiner Schuhsohlen lag in kleinen Häufchen auf dem Boden zwischen

Regalen mit Eisenrohren und Metallplatten verschiedener Ausführung.

Plötzlich stand der Mann direkt vor ihm. Er holte aus, trat nach Wisting und traf direkt in seinen Schritt. Wisting stöhnte und krümmte sich zusammen, ehe der Mann ihm einen heftigen Schlag gegen die Schläfe versetzte. Den nächsten Schlag konnte Wisting parieren und zückte seinen Schlagstock.

Der Mann zog ein Eisenrohr aus einem Stapel. Er schlug zu, verfehlte sein Ziel aber, als Wisting zur Seite auswich. Als er das Rohr erneut anhob, warf Wisting sich auf ihn und rammte ihn mit der Schulter, sodass er das Gleichgewicht verlor. Wisting hob den Schlagstock und verpasste dem Mann einen Hieb auf den rechten Oberarm, woraufhin dieser das Eisenrohr fallen ließ. Abermals schwang er den Schlagstock und zielte auf den Oberschenkel seines Gegners. Der Mann schrie auf und fiel auf die Knie. Wisting versetzte ihm einen Schlag auf den anderen Arm und verdrehte ihn nach hinten. Der Mann blieb mit dem Bauch flach auf dem Boden liegen. Wisting hockte sich über ihn, packte seine Arme und legte ihm Handschellen an.

Trampelnde Stiefel waren zu hören, und Wisting blickte auf. Eivind Larsen näherte sich mit einer hell leuchtenden Taschenlampe.

Wisting rief ihn zu sich und gönnte sich und dem Kollegen einen Augenblick Ruhe, ehe sie den Festgenommenen auf die Füße zerrten und seine Taschen durchsuchten. Er hatte ein Taschenmesser, ein Feuerzeug und ein Schlüsselbund dabei.

»Wie heißen Sie?«, fragte Wisting.

Der Mann gab keine Antwort.

»Ich kenne ihn«, sagte Larsen. »Das ist Simon Becker. Ich habe ihn früher schon mal festgenommen. Seinen Vater kenne ich auch.«

Für Wisting war Becker nur ein Name, den er in einem

Bericht gelesen hatte. Er wurde schon seit geraumer Zeit des Autodiebstahls verdächtigt.

»In Ordnung«, sagte er. »Sie kommen mit uns.«

Sie führten Becker zum Streifenwagen, der an der Toreinfahrt stand. Dann fuhren sie zur Polizeidienststelle und sperrten ihn in eine Zelle im Keller.

Becker hatte Zelle 8 zugewiesen bekommen. Eivind Larsen fuhr noch einmal los, um Beckers Rucksack zu holen, der noch in dem aufgebrochenen Wagen lag. Außerdem wollte er mit der Nachtschicht in der Zinkfabrik reden und den Autobesitzer ausfindig machen. Wisting setzte sich ins Schreibzimmer, schrieb einen Bericht über die Festnahme und verfasste eine Anzeige wegen versuchten Autodiebstahls. Im Anschluss legte er die Papiere in eine grüne Dokumentenmappe und deponierte sie im Postfach der Kriminalabteilung.

Im Laufe des Vormittags würde einer der Ermittler aufbrechen, um Simon Beckers Wohnung zu durchsuchen. Später würden sie ihn zur Vernehmung aus der Zelle nach oben bringen. Wisting versuchte, sich eine Vorstellung davon zu machen, welche Fragen die Ermittler dem Tatverdächtigen stellen und mit welchen Beweisen sie ihn konfrontieren würden. Er spürte kribbelnde Ungeduld in sich aufkeimen. Nur zu gern würde er selbst als Ermittler tätig werden.

Die Zusatzschicht dauerte noch zwei Stunden. Vor Dienstschluss mussten die Streifenpolizisten eine beschädigte Telefonzelle am Lilletorv überprüfen und sich um einen Wagen kümmern, der von einem Räumfahrzeug gestreift worden war.

Wisting hatte es eilig, nach Hause zu kommen. Er wechselte ein paar Worte mit Ingrid und erzählte von dem Autodieb, ehe er sich zum Ausruhen auf die Liege begab. In ein paar Stunden würde er Jan Bergan und dessen Mutter treffen. Vielleicht konnten sie ja etwas zur Lösung des Rätsels mit dem Oldtimer in der Scheune beitragen.

15

Wisting hatte vier Stunden Schlaf bekommen, ehe er sich ins Auto setzte. Er schlängelte sich mit dem Wagen durch die Stadt und dann hinaus auf die E18 in Richtung Oslo. Ein entgegenkommendes Schneeräumfahrzeug mit scheppernden Ketten wirbelte eine weiße Wolke auf. Der Schnee legte sich auf die Frontscheibe, und Wisting musste abbremsen, bis er die Fahrbahn wieder im Blick hatte.

Der Verkehr floss träge dahin. Nach dem neunen Tunnel in Holmestrand landete er in einer langen Schlange, die sich hinter einem Lkw gebildet hatte. Wisting hatte ausreichend Zeit eingeplant, fragte sich aber, ob er nicht dennoch zu spät käme. Während er ungeduldig mit den Fingern auf dem Lenkrad herumtrommelte, fielen ihm plötzlich die Mikrofilme ein, die er in der Bibliothek bestellt hatte. Falls sein Ausflug nach Oslo das erhoffte Resultat zeigte, würde er die alten Zeitungen vielleicht gar nicht lesen müssen.

Bei Sande bog der langsam fahrende Lastwagen ab, aber erst, als sich die Schnellstraße hinter der Mautschranke bei Drammen zu zwei Fahrbahnen verbreiterte, wurde das Fahrtempo schneller. Kurz vor Oslo wechselte Wisting auf die Ringautobahn, um dem dichten Verkehr in der Innenstadt zu entgehen. An der Trabrennbahn Bjerke hielt er kurz an und schlug den Autoatlas auf, um sich zu orientieren. Zweimal verfuhr er sich, bevor er schließlich zu dem niedrigen Wohnblock kam, wo Ragna Bergan im zweiten Stock wohnte.

Die Tür wurde von ihrem Sohn geöffnet. Er war Anfang

sechzig, groß, mit dichtem dunklem Haar und einem ebensolchen Bart. Sie begrüßten einander, und Wisting bedankte sich noch einmal für das Telefonat am Tag zuvor.

Die Wohnung ging nach Westen hinaus, mit Blick auf den Oslofjord und die übrige Stadt. Der Wohnzimmertisch war mit einer gehäkelten Tischdecke und einem Porzellanservice gedeckt. Ragna Bergan kam mit einem Kuchentablett aus der Küche. Ihr Haar war schneeweiß, sie ging gebeugt und schlurfte leicht. Sie stellte das Tablett auf den Tisch, wischte sich die gichtgekrümmten Hände an der Schürze ab und begrüßte Wisting.

»Vielen Dank, dass ich zu Ihnen kommen durfte«, sagte er.

»Setzen Sie sich doch«, entgegnete die alte Dame. »Dann hole ich den Kaffee.«

Wisting nahm auf dem Sofa Platz. Auf dem Tisch stand ein gerahmtes Foto eines großen Mannes mit spitzer Nase.

Er trug eine dunkle Chauffeuruniform mit blanken Knöpfen und einen breitkrempigen Hut. Wisting vermutete, dass es sich um Martinius Bergan handelte. Hinter ihm stand ein dunkler, frisch polierter Wagen mit runden Formen.

»Mein Vater«, erklärte Jan Bergan. »Nach dem Konkurs wurde er Droschkenfahrer und bekam nach dem Krieg seinen eigenen Wagen. Einen Chevrolet.«

Jan Bergan redete so, als ob Wisting große Teile der Familiengeschichte kannte. Von einem Konkurs wusste Wisting überhaupt nichts, ging aber davon aus, dass er im Zusammenhang mit dem verschwundenen Wagen stand.

Ragna Bergan kam mit dem Kaffee zurück und füllte die drei Tassen auf dem Tisch, ehe sie sich schließlich setzte.

»Ich habe keine Kenntnis von dem Ereignis im Jahr 1925«, begann Wisting und achtete darauf, laut und deutlich zu sprechen. »Soweit ich weiß, wurde das in meinem Polizeidistrikt auch niemals untersucht. Aber jetzt wurde der Wagen gefunden.«

Die anderen warteten auf eine Fortsetzung.

»Das Ganze war reiner Zufall«, fuhr Wisting fort und erzählte von Rupert Hansson, der auf der Jagd nach einem Restaurierungsprojekt war.

Jan Bergan wollte Einzelheiten wissen. Wem die Scheune gehörte, wie der Wagen dort so lange hatte stehen können, ohne dass jemand Fragen stellte, und in welchem Zustand sich der Wagen befand. Wisting beantworte die Fragen nach bestem Wissen, verschwieg allerdings die Einschusslöcher. Auch dass die Spuren der entkommenen Bankräuber zufällig vor der alten Scheune geendet hatten, ließ er unerwähnt.

»Haben Sie etwas in dem Wagen gefunden?«, wollte Jan Bergan wissen.

»Eine alte Zeitung«, erklärte Wisting. »Eine Ausgabe der *Aftenposten* von Montag, dem 17. August 1925.«

»Aber nichts, was erklären könnte, wie der Wagen dort gelandet ist?«

Wisting nahm einen Schluck Kaffee.

»Ich weiß anscheinend viel weniger als Sie«, entgegnete er. »Könnten Sie mir vielleicht verraten, was passiert ist, als der Wagen verschwand?«

Jan Bergan warf einen Blick auf seine Mutter. Die alte Frau setzte sich anders hin.

»Martinius eröffnete 1922 zusammen mit seinem Bruder die Transportfirma«, begann sie. »Ihr Vater hatte bereits Transporte mit Pferd und Wagen angeboten. Als die Jungen in die Firma eintraten, investierten sie in Autos. Lange Zeit waren sie die Einzigen in der Stadt und hatten sehr viel zu tun. Sie fuhren kreuz und quer durch Oslo. Auf dem Höhepunkt hatten sie drei Autos, vier Lastwagen und zehn Angestellte.«

Die alte Dame verstummte und schien an längst vergangene

Zeiten zu denken. Wisting stellte die Kaffeetasse ab und verursachte dabei ein Geräusch, das Ragna Bergan in die Gegenwart zurückholte.

»Dann war da diese Fahrt nach Südnorwegen. Das war 1925«, fuhr sie seufzend fort. »Alles sollte ganz geheim ablaufen. Ich wusste von nichts, bis der Transport unterwegs verschwand.«

»Ein geheimer Transport?«

Ragna Bergan wirkte erschöpft und blickte ihren Sohn an.

»Es war ein Auftrag von der Norges Bank«, übernahm Jan Bergan. »Die Firma wurde engagiert, um Bargeld von der Filiale in Kristiansand ins Hauptbüro nach Oslo zu bringen.«

»Jan war damals erst drei Jahre alt«, warf Ragna Bergan ein.

»Das Geld wurde normalerweise mit dem Zug transportiert, aber damals streikten die Eisenbahner«, fuhr der Sohn fort. »Für die Bank war es wichtig, dass der Transport trotz allem durchgeführt wurde. Deshalb engagierten sie meinen Vater.«

Ragna schob das Kuchentablett zu Wisting hinüber und wischte ein paar Krümel vom Tisch.

»Es war natürlich ein Streikbruch«, sagte sie und wirkte etwas betreten. »Deswegen musste auch alles so heimlich passieren. Niemand durfte von dieser Fahrt wissen. Auch später nicht. Alles wurde unter den Teppich gekehrt.«

»Für die Bank war es wichtig, das Geld abzuholen«, fuhr der Sohn fort. »Auf dem Land war viel Bargeld im Umlauf, aber nicht in der Hauptstadt. Das Bargeld wäre fast ausgegangen. Die Alternative wäre gewesen, neue Banknoten zu drucken, aber das hätte die Inflation befeuert.«

Wisting hatte sein Notizbuch hervorgeholt und schrieb ein paar Stichwörter auf.

»Aber was ist passiert?«, wollte er wissen.

Ragna Bergan legte die Hände in den Schoß.

»Marvin saß am Steuer«, erklärte sie. »Martinius' Bruder. Er ist nie zurückgekommen.«

»Das heißt also, dass Auto, Geld und Fahrer verschwunden sind«, hakte er nach.

Ragna Bergan nickte.

»Erst dachten sie, es sei ein Unfall passiert«, erklärte sie. »Abgemacht war, dass das Geld Donnerstagnachmittag geliefert werden sollte. Als Marvin dann nicht auftauchte, dachten wir, dass er vielleicht einen Platten oder so etwas gehabt und sich deshalb verspätet hatte. Damals war das nicht so wie heute. Die wenigsten hatten Telefon. Er konnte nicht einfach anrufen und durchgeben, dass er sich verspäten würde. Als es sich in die Länge zog, glaubten wir, dass etwas Schlimmes passiert war, dass er womöglich irgendwo von der Straße abgekommen war. Am Samstagmorgen schickte Martinius einen der Fahrer los, um nach ihm zu suchen, aber ohne Erfolg.«

»Und die Polizei?«

»Die wurde am Freitag eingeschaltet, gab aber Marvin die Schuld.«

»Wieso?«

»Sie meinten, er sei mit dem Geld durchgebrannt. Ungeachtet dessen wurden Martinius und die Firma zur Verantwortung gezogen. Laut Vertrag waren sie verpflichtet, die Ware im Verlustfall zu erstatten. Die Forderung war viel zu groß, um sie begleichen zu können, und die Firma ging pleite.«

»Marvin hätte meinen Vater niemals absichtlich in so eine Situation gebracht«, meinte Jan Bergan.

Seine Mutter stimmte ihm zu.

»Die Polizei sagte, dass sie Marvin früher oder später finden würden«, erklärte sie. »Dass er schon wieder auftaucht. Aber wir haben ihn niemals wiedergesehen.«

»Von wie viel Geld reden wir hier eigentlich?«

»Vierhundertfünfzigtausend«, erwiderte der Sohn. »Das

war damals viel Geld. Nach heutigem Wert über vier Millionen Kronen.«

Wisting rechnete aus, dass die Summe in etwa dreißig Jahresgehältern entsprach.

»Außerdem waren da noch fünf Kilo Gold«, fuhr Jan Bergan fort. »Der Goldpreis war damals nicht so hoch, aber heute würde der Wert ein Vielfaches ausmachen.«

»Und er ist ganz allein gefahren? Mit so viel Wertgegenständen im Wagen?«

»Das Geld lag in einer verschlossenen Kiste«, erklärte die alte Dame. »Nicht anders, als wäre es mit dem Zug verfrachtet worden.«

»Was ist Ihrer Meinung nach geschehen?«

»Martinius meinte, Marvin sei vermutlich überfallen worden.«

»Und was hat die Polizei dazu gesagt?«

»Ich weiß es nicht. Aber daran haben sie wohl nicht geglaubt. Sie gingen davon aus, dass es seinerzeit keine Wegelagerer in Norwegen gab.«

»Außerdem wusste sonst niemand von dem Transport«, fügte Jan Bergan hinzu. »Wegen des Streiks war ja alles geheim.«

»Deshalb glaubte Martinius auch, dass jemand von der Bankfiliale in Kristiansand dahinterstünde«, fuhr Ragna fort. »Er meinte, dass Marvin wahrscheinlich verfolgt und dann von der Straße abgedrängt worden sei.«

»In dem Fall hätte der Täter aber vermutlich früher zugeschlagen«, gab Wisting zu bedenken. »Larvik liegt etwa auf halbem Weg zwischen Kristiansand und Oslo. Eine ziemlich weite Strecke für denjenigen, der ihn da womöglich verfolgt hat.«

Die alte Dame legte den Kopf schräg, als hätte Wistings Einwand sie auf einen Gedanken gebracht.

»Hast du mal mit Ruth und Dagfinn gesprochen?«, fragte sie ihren Sohn.

»Dagfinn ist doch tot, Mama«, erinnerte er sie.

Ragna Bergen nickte und bat um Verzeihung.

»Aber was ist mit Ruth?«, fragte sie.

»Wer sind Ruth und Dagfinn?«, fragte Wisting.

»Ruth ist die Cousine von Martinius und Marvin«, erklärte die alte Dame. »Sie war mit Dagfinn aus Larvik verheiratet. Die wohnten da unten. Marvin hat bei ihnen übernachtet, bevor er weiterfuhr.«

Wisting beugte sich vor und schrieb die Namen in sein Notizbuch.

»Er hat also unterwegs angehalten?«

»Damals dauerte es etwa zwanzig Stunden, um nach Kristiansand zu fahren«, sagte Ragna Bergan. »Er hat bei Ruth und Dagfinn in Larvik übernachtet, war aber auf dem Weg in den Süden noch an anderen Orten und hat dort Waren ausgeliefert. In Kristiansand wohnte er dann in einem Hotel.«

»Hat die Polizei damals mit Ruth und Dagfinn gesprochen?«

»Mehrmals.«

»Hatten Sie auch Kontakt mit der Polizei?«

»Aber sicher«, entgegnete Ragna Bergan. »Natürlich wollten die vor allem mit Martinius reden.«

»Können Sie sich an den Namen eines Ermittlers erinnern?«, fragte Wisting.

»Der Chef von denen hieß Michalsen«, erwiderte sie sofort. »Aber es gab noch einen jüngeren Ermittler, der ein paarmal bei uns und auch in Larvik war. Er hatte einen schwedischen Namen, Gustafsson, und hat auch so gesprochen, als käme er aus Schweden. Gustafsson wohnte in Skillebekk, nicht weit von der Garage entfernt, wo Martinius seine Autos stehen hatte.«

»Wissen Sie, ob er noch lebt?«

Ragna Bergan schüttelte den Kopf. »Martinius erzählte, er habe ihn einmal mit dem Taxi gefahren«, fiel ihr plötzlich ein. Sie ließ den Blick auf der eingerahmten Fotografie ihres Mannes ruhen. »Das muss irgendwann Anfang der Fünfzigerjahre gewesen sein. Er war nur ein paar Jahre älter als Martinius und ich.«

Wisting starrte auf sein Notizbuch. Den Namen Ruth hatte er doppelt unterstrichen. Er erkundigte sich nach ihrem Nachnamen und notierte dann: Ruth Skaugen.

Wisting blieb noch eine halbe Stunde und stellte weitere Fragen, aber viel Neues erfuhr er nicht.

»Eine Sache noch«, sagte er, nachdem er aufgestanden war. »Der Wagen gehört formal gesehen Ihnen, oder?«

Ragna Bergan und ihr Sohn blickten einander an. Beide hatten anscheinend das Gleiche gedacht.

»Wären Sie daran interessiert, den Wagen zu verkaufen?«, fragte Wisting.

»Wir wollen ihn nicht haben«, erwiderte Jan Bergan. »Aber ich glaube, ich würde ihn mir gern einmal ansehen.«

Die Mutter nickte. Sie erhob sich vom Sofa und begleitete Wisting mit ihrem Sohn zur Tür.

Nachdem er die beiden verlassen hatte, kam es Wisting so vor, als hätte er ihnen einen Teil ihrer Bürde abgenommen. Er hatte ihnen zwar nicht sagen können, was genau sich vor fast sechzig Jahren zugetragen hatte. Und vermutlich hatte er manche schmerzhaften Gedanken wieder aufgewirbelt, aber vielleicht war es Mutter und Sohn jetzt ein wenig leichter ums Herz, weil er versuchte, die rätselhaften Ereignisse der Vergangenheit aufzuklären.

16

Wisting setzte sich in den Wagen, startete den Motor und ließ ihn im Leerlauf drehen, während er die Scheiben vom Schnee befreite. Dann setzte er sich wieder hinein und fuhr auf die Ringautobahn.

Nach ein paar Hundert Metern hielt er an einer Tankstelle, um Benzin nachzufüllen. Eine Frau trat aus einer Telefonzelle. Er sah ihr nach, während er tankte. Sie wickelte sich einen Schal um den Hals und trat auf einen nahe gelegenen Wohnblock zu.

Wisting ging zur Kasse und bezahlte. Dann betrat er die Telefonzelle und suchte aus dem Telefonbuch die Nummer von Arne Vikene heraus. Es gab zwei Einträge mit diesem Namen, doch unter dem einen war mit kleinen Buchstaben eine Berufsbezeichnung angegeben: *Polizeibeamter.*

Arne Vikene ging sofort ans Telefon. Wisting entschuldigte sich, dass er ihn unter seiner privaten Nummer anrief, doch Vikene schien es nicht zu stören.

»Danke für das Fax«, sagte Wisting. Er erzählte, dass er mit der Witwe des Wagenbesitzers gesprochen habe, unterließ es jedoch, den Geldtransport zu erwähnen.

»Will sie den Wagen verkaufen?«, fragte Vikene.

»Ja, allerdings fürchte ich, dass es schon einen Käufer gibt.«

»Gut. Wird bestimmt ein Ereignis, wenn man den Wagen mal auf der Straße sieht.«

»Ich wollte Sie auch noch was anderes fragen«, fuhr Wisting fort. »Sie arbeiten ja schon lange bei der Osloer Polizei.

Kennen Sie vielleicht einen Ermittler mit Namen Gustafsson, der in Skillebekk wohnte?«

»Der Schwede, ja natürlich. Ich habe in den Sechzigerjahren mit ihm zusammengearbeitet. Er ist inzwischen pensioniert. Schon ziemlich lange, aber manchmal kommt er zum Ehemaligentreffen im Polizeipräsidium. Warum interessieren Sie sich für ihn?«

»Es gab da ein paar besondere Umstände im Zusammenhang mit dem verschwundenen Wagen«, erklärte Wisting. »Die Polizei hatte einen Angestellten der Transportfirma verdächtigt, den Wagen und die Ladung unterschlagen zu haben. Gustafsson hat den Fall damals untersucht.«

»Ah ja, verstehe«, brummte Vikene. »Er hat seine Frau verloren, kurz bevor er in Rente ging. Ich glaube, er wohnt immer noch in Skillebekk. Ragnar Gustafsson heißt er. Wenn Sie ihn nicht finden sollten, kann ich ihn über die Verwaltung aufspüren.«

Wisting bedankte sich für die Hilfe und schlug Ragnar Gustafsson im Telefonbuch nach. Dann warf er ein paar weitere Münzen ein und wählte die Nummer. Er ließ es lange klingeln. Fast hätte er schon wieder aufgelegt, als eine rostige Stimme ertönte:

»Ja, hallo?«

»Spreche ich mit Ragnar Gustafsson?«

»Wer ist denn da?«

Wisting erklärte, wer er sei und dass er bei der Polizei in Larvik arbeite.

»Es geht um den Geldtransport bei der Kristiania Transportgesellschaft, der 1925 verschwunden ist«, führte er aus. »Erinnern Sie sich an den Fall?«

»Ja. Und was ist damit?«

»Ich habe den Wagen gefunden.«

Der alte Mann am anderen Ende der Leitung atmete schwer.

»Wo denn?«, fragte er.

»In einer Scheune versteckt«, erwiderte Wisting. »Ich habe eine Zeugenaussage, nach der er in einer Sommernacht 1925 dort untergestellt wurde. Und seitdem hat er dort gestanden.«

»Und der Fahrer?«

Ein Traktor hatte angefangen, den Bereich um die Tankstelle von Schnee zu befreien. Wisting musste lauter sprechen.

»Über ihn habe ich keine Informationen«, erwiderte er. »Weder über ihn noch über das Geld, aber alles deutet auf einen Überfall hin. Es gibt zwei Einschusslöcher im Wagen.«

Gustafsson räusperte sich.

»Das macht das Rätsel ja noch verwirrender«, meinte er.

»Ich bin gerade in Oslo«, sagte Wisting. »Dürfte ich Sie vielleicht besuchen?«

»Gabels gate 9 B«, entgegnete Gustafsson knapp. »Erdgeschoss.«

Wisting bedankte sich, legte auf und setzte sich in den Wagen. Er fand die Adresse im Autoatlas und fuhr in Richtung Innenstadt. Nach einer halben Stunde saß er vor einem großen Kachelofen im Esszimmer von Ragnar Gustafsson. Der ehemalige Ermittler war ein alter Mann geworden, mit schlaffem Kinn und Leberflecken auf den Händen. Die Augen war mit einem milchigen Schleier überzogen.

Wisting erzählte, wie der Zufall zum Auffinden des Wagens geführt hatte.

»Früher oder später musste das ja mal passieren«, meinte der alte Ermittler und ballte die Hände zu Fäusten. Die Haut straffte sich über den Knöcheln.

»Sie haben den Fall damals untersucht«, fuhr Wisting fort. »Hatten Sie eine Theorie zu den Ereignissen?«

Gustafsson dachte nach. Ein paarmal öffnete und schloss er dabei die Hände.

»Der Dienststellenleiter kam damals zu dem Schluss, dass sich der Fahrer mit dem Wagen und dem Geld abgesetzt hatte«, erklärte er. »Streng genommen gab es auch keine Anhaltspunkte, um etwas anderes zu glauben. Sie wissen ja, es gab damals einen Eisenbahnerstreik. Der gesamte Zugverkehr von und nach Oslo war davon betroffen. Die Banken brauchten die Banknoten aus den ländlichen Regionen, um in der Hauptstadt genügend Bargeld in Umlauf zu halten. Daher wurde entschieden, das Geld mit einem Wagen abholen zu lassen.«

Wisting kannte die Geschichte, ließ den alten Mann aber weiterreden. Womöglich half es ihm, sich an Einzelheiten zu erinnern.

»Es ging also nicht um einen festen und regelmäßigen Auftrag, bei dem man den Überfall im Voraus hätte planen können«, fuhr Gustafsson fort. »Ganz im Gegenteil. Der Transport hätte in der Öffentlichkeit womöglich als Streikbruch angesehen werden können und wurde deshalb unter größter Geheimhaltung durchgeführt. Nur wenige Personen wussten davon. Der Bruder, mit dem der Fahrer die Transportfirma führte, die Leitung der Bank in Oslo und ein paar eingeweihte Bankmitarbeiter in Kristiansand. Wenn sich also jemand bereichern wollte, hätte es jemand aus diesem Umkreis sein müssen. Der Fahrer geriet als Erster unter Verdacht. Plötzlich hatte er eine Kiste mit mehreren Hunderttausend Kronen Bargeld in seinem Wagen liegen. Es wäre durchaus denkbar, dass die Versuchung für ihn zu groß wurde.«

»Die Einschusslöcher sagen uns allerdings, dass es einen Überfall gegeben haben muss«, entgegnete Wisting. »Der Winkel und die Position deuten darauf hin, dass der Fahrer getroffen wurde.«

Ragnar Gustafsson legte die Hände zusammen und rieb sie aneinander.

»Marvin hieß er«, fiel ihm plötzlich ein. »Der Fahrer hieß

Marvin Bergan. Er betrieb die Transportfirma gemeinsam mit seinem Bruder.«

Wisting zückte sein Notizbuch und erzählte, dass er bei der Witwe von Martinius Bergan, Marvins Bruder, zu Hause gewesen sei.

»Sie sagte, ihr Schwager habe unterwegs auf der Strecke nach Süden mehrmals die Fahrt unterbrochen«, sagte er. »Kann jemand gewusst haben, wohin er fuhr und was er dort wollte, und ihn dann auf der Rückfahrt abgepasst haben?«

»Das wäre möglich«, sagte der pensionierte Ermittler und nickte.

Plötzlich biss er sich auf die Unterlippe und starrte auf einen Punkt an der Wand hinter Wisting. Fast eine Minute verging, aber Wisting wollte die Stille nicht brechen.

»Jetzt weiß ich es wieder«, sagte Gustafsson schließlich und legte den Zeigefinger an die Schläfe. »Es dauert etwas länger bei mir, aber ich erinnere mich, dass er der Eisengießerei in Drammen Maschinenteile geliefert hat und dann noch Dokumente an den Inhaber der Handelsstation in Bærums Verk. Ich habe damals sowohl mit dem Kaufmann als auch mit dem Vorsteher der Gießerei gesprochen, aber das Interessanteste ist wohl der Aufenthalt unten in Larvik.«

Wisting konnte förmlich sehen, wie etwas hinter Gustafssons müden Augen in Gang kam: Seine Pupillen weiteten sich, als stieße er in seiner Erinnerung auf neue Fakten.

»Auf dem Weg nach Südnorwegen hat er bei Verwandten übernachtet. Er wollte auch auf dem Rückweg bei ihnen Rast machen, aber daraus wurde dann ja nichts.«

»Meinen Sie Ruth und Dagfinn Skaugen?«

Gustafsson richtete den Finger auf Wisting und zeichnete einen imaginären Punkt in die Luft, um zu bestätigen, dass die Namen stimmten.

»Ich bin in Larvik gewesen und habe mit ihnen gesprochen«, fuhr er fort. »Mehrere Familienmitglieder waren vor Ort. Auch Nachbarn und andere. Ich war drei Tage da unten und habe alle vernommen.«

»Und was ist dabei herausgekommen?«

»Nichts. Marvin Bergan war am Nachmittag bei ihnen eingetroffen. Es war ein warmer Sommertag. Sie hatten bis spät in den Abend im Garten gesessen. Bergan hatte in einem der Kinderzimmer schlafen dürfen. Am nächsten Morgen ist er dann weitergefahren. Er hatte gesagt, dass er eine Ladung in Kristiansand abholen wolle, aber nicht, worum es sich handelte.«

Wisting lehnte sich zurück und versuchte, sich die Menschen vorzustellen, die an einem warmen Sommerabend im Jahr 1925 um einen Tisch im Garten versammelt gewesen waren. Konnte Marvin Bergan einem der Anwesenden verraten haben, was für einen Auftrag er zu erledigen hatte?

Er richtete sich wieder auf und erwiderte den Blick des alten Ermittlers.

»Wissen Sie, wo sich die Ermittlungsunterlagen heute befinden?«

Ragnar Gustafsson verzog das Gesicht.

»Wir haben die Unterlagen nach einem halben Jahr zusammengepackt«, erwiderte er. »Seitdem habe ich sie nie wieder gesehen. Die wurden im Keller des Polizeipräsidiums in der Victoria terrasse aufbewahrt. Dann kam der Krieg, und in den Fünfzigerjahren wurde ein Großteil der Akten bei einem Archivbrand zerstört. Wenn Sie Glück haben, ist der Fall vorher vielleicht ins Staatsarchiv überführt worden. Allerdings werden Sie in den alten Unterlagen kaum etwas finden. Da steht nur das drin, was zu nichts geführt hat.«

»Was würden Sie tun, wenn Sie die Ermittlungen wieder aufnehmen wollten?«, fragte Wisting.

Abermals leuchtete in den Augen des alten Mannes etwas auf.

»Ich würde mir die Strecke ansehen, die er gefahren ist«, erwiderte er. »Und würde jeden überprüfen, dem er auf dem Weg nach Kristiansand begegnet ist. Damals sind vierhundertfünfzigtausend Kronen verschwunden. Das war sehr viel Geld. Geld, das im Leben eines Menschen Spuren hinterlassen haben muss, wie auch immer die aussehen mögen.«

17

Eine Stunde bevor Wisting wieder die Nachtschicht antreten musste, war er zu Hause. Die Zwillinge schliefen, Ingrid saß im Sessel und las ein Buch. Er gab ihr einen Kuss und ging dann zu Thomas und Line. Die Stimmung in einem Zimmer mit zwei schlafenden Kindern war etwas ganz Besonderes. Sie atmeten gleichmäßig, ihre Gesichter strahlten Ruhe und Frieden aus.

Er ging zurück ins Wohnzimmer. Ingrid legte das Buch zur Seite, als er erzählte, was er herausgefunden hatte.

»Und was machst du jetzt?«, fragte sie.

»Ich muss einen Bericht schreiben und ihn Ove Dokken vorlegen.«

»Was passiert dann weiter?«

»Das muss er entscheiden. Aber vermutlich ist die Abteilung noch so beschäftigt mit dem Einbruch in der Sparkasse, dass der Bericht erst mal zur Seite gelegt wird. Der Fall hat ja auch sechzig Jahre vor sich hin geschlummert. Da kommt es auf ein paar Tage mehr oder weniger sicher nicht an.«

Um etwas wacher zu werden, trank Wisting zwei Tassen Kaffee, bevor er zur Arbeit fuhr. In der Dienststelle angekommen mussten er und ein Kollege gleich zu einem Einsatz ausrücken. Freitagabends gab es häufig Kneipenschlägereien, besonders in der Vorweihnachtszeit. Erst um kurz nach drei konnten sie wieder zur Wache fahren, nachdem sie einen Streit um freie Taxen geschlichtet hatten.

Wisting nahm sich eine Tasse Kaffee und ging hinauf zur

Ermittlungsabteilung. Die Tür zu Ove Dokkens Büro stand offen.

Verschiedene Mappen zu Fällen aus der vergangenen Woche lagen auf dem Schreibtisch. Im Halbdunkel blätterte Wisting den Stapel durch, bis er eine Akte fand, die mit Simon Becker überschrieben war.

Aus den Papieren ging hervor, dass der Mann, den sie festgenommen hatten, dem Haftrichter vorgeführt und in Untersuchungshaft genommen worden war.

Wisting suchte das Vernehmungsprotokoll heraus. In den ersten drei Abschnitten des Gesprächs hatte Simon Becker den versuchten Autodiebstahl zugegeben und eingeräumt, gegenüber dem Polizisten, der ihn festgenommen hatte, gewalttätig geworden zu sein.

Wisting hatte von dieser Strategie bei Gewohnheitsverbrechern schon öfter gehört. Sie bestand darin, dass man die Taten gestand, die man ohnehin nicht würde abstreiten können. Die Polizei gab sich häufig damit zufrieden, und der Verdächtige musste nicht befürchten, dass seine Aktivitäten darüber hinaus untersucht werden würden.

Simon Becker war allerdings nicht so leicht davongekommen. Im nächsten Abschnitt des Protokolls wurden zwei Autostereoanlagen erwähnt, die zu Hause unter seinem Bett gefunden worden waren. Er behauptete, sie von einem Mann gekauft zu haben, an dessen Namen er sich nicht mehr erinnern könne. Man hatte weitere Fragen zur Herkunft einer Sonnenbrille, eines weißen Markenpullovers sowie einiger Kassetten gestellt, die Becker zu Hause aufbewahrt hatte: David Bowies *Let's dance*, *Thriller* von Michael Jackson und *Sunday People* von den Monroes. Becker erklärte, es handele sich um Musikkassetten, die er bei verschiedenen Tankstellen gekauft habe. Die Sonnenbrille sei schon lange in seinem Besitz, der Pullover ebenfalls.

Gegen Ende der Vernehmung wurde er zu einem schwarzen Sierra befragt, der zwei Wochen zuvor gestohlen worden war. Becker stritt rundweg ab, etwas damit zu tun zu haben.

Wisting blätterte weiter in den Papieren. Darunter befand sich ein Bericht zu einem anderen Fall. Einer der Ermittler hatte die nachträgliche Aussage des Mannes aufgenommen, dessen gestohlener Sierra während des Einbruchs in der Sparkasse verwendet worden war. Er hatte die Gegenstände beschrieben, die sich in dem schwarzen Wagen befunden hatten, darunter ein weißer Markenpullover, eine Ray-Ban-Sonnenbrille sowie Kassetten mit den neuesten Alben von David Bowie, Michael Jackson und The Monroes.

Wisting lächelte zufrieden. Der Bericht bestätigte seinen Verdacht. Simon Becker hatte den Wagen im Auftrag der Bankräuber gestohlen. Wisting glaubte indes nicht, dass Becker direkt am Bankraub beteiligt gewesen war, weil er dann vermutlich nicht ein paar Tage später losgezogen wäre, um ein weiteres Auto zu stehlen. Aller Wahrscheinlichkeit nach hatte Becker die im Wagen befindlichen Wertsachen an sich genommen, ehe er den Sierra an seine Auftraggeber ausgeliefert hatte. Das allerdings bedeutete, dass der Raub des Nachttresors von Tätern begangen worden war, die einen Bezug zu Larvik und Umgebung hatten.

Wisting suchte den Bericht über die beschlagnahmten Gegenstände heraus. Neben der Stereoanlage und den Gegenständen aus dem Sierra handelte es sich um Hefte, Notizbücher, lose Zettel und weitere Papiere.

Wisting wusste genau, was die Ermittler gedacht hatten. Sie hatten nach einer Verbindung zwischen Becker und demjenigen gesucht, dem er den gestohlenen Wagen ausgehändigt hatte.

Die Asservatenkammer lag etwas weiter hinten im Gang. Nachdem der Ermittler namens Wrangsund des Diebstahls überführt worden war, hatten sich die Vorschriften verschärft. Die Ausgabe des Schlüssels zur Asservatenkammer musste vom Abteilungsleiter quittiert werden, der Schlüssel selbst wurde beim Dienstgruppenleiter der Streifenpolizei aufbewahrt.

Wisting ging wieder hinunter in seine Abteilung. Haugen und Storvolden schlummerten in ihren Sesseln im Bereitschaftsraum. Wisting trat an den Platz des Dienstgruppenleiters, zog die Schublade auf, in der der Schlüssel verwahrt wurde, und nahm ihn an sich.

In der Asservatenkammer gab es keine Fenster. Wisting schaltete die Deckenlampe ein. Die Gegenstände von Simon Becker lagen direkt vor ihm im Regal. Die Musikkassetten, die Sonnenbrille, der Pullover, die Stereoanlagen sowie ein Karton mit verschiedenen Papieren. Überwiegend handelte es sich um kleine Zettel, auf denen eine Telefonnummer oder ein Betrag standen, einige davon zusammen mit Initialen oder einem Datum. Es würde eine gewisse Zeit brauchen, um alles zu systematisieren, und außerdem war nicht gesagt, dass es die Ermittler überhaupt weiterbringen würde.

Wisting untersuchte ein kleines Notizbuch mit Telefonnummern und verschiedenen Vornamen und Spitznamen. Überwiegend lokale Telefonnummern, einige jedoch auch aus Sandefjord und Tønsberg. Keine Osloer Nummern. Er überlegte kurz und beschloss dann, eine Kopie anzufertigen, um abgleichen zu können, ob die Namen in früheren Fällen auftauchten, für die Simon Becker bereits zur Verantwortung gezogen worden war.

Wisting nahm das Notizbuch mit in den Kopierraum und schaltete das Gerät ein. Es dauerte eine Weile, bis es aufgewärmt war. Während er wartete, erklang eine krächzende Meldung aus dem Funkgerät, das er bei sich trug.

»Wisting zur Wache!«

Er griff nach dem Funkgerät und meldete sich.

»Hausbrand in Byskogen«, gab Storvolden durch.

»Verstanden.«

Der Kopierer war bereit. Wisting drückte auf die große grüne Taste und hörte, wie die Maschine arbeitete, bis schließlich ein Blatt im Ausgabefach an der Seite landete.

Die Kopie war nicht besonders gut, musste aber vorläufig reichen. Wisting schaltete die Maschine wieder aus und brachte das Notizbuch zurück in die Asservatenkammer, ehe er die Treppe hinuntereilte.

»Haugen wartet schon draußen im Wagen«, sagte Storvolden ungeduldig. »Wo bist du denn gewesen, verdammt?«

»Auf dem Klo«, behauptete Wisting und warf den Schlüssel zur Asservatenkammer zurück in die Schublade.

Storvolden sah ihm fragend nach, während er zu dem wartenden Streifenwagen hinauslief.

Das Haus brannte lichterloh, als sie vor Ort ankamen. Das Feuer verursachte ein dröhnendes Geräusch. Große Funken wirbelten in den Nachthimmel auf. Die Feuerwehr war schon da, hatte aber Probleme, ihre Ausrüstung in Gang zu bekommen. Der Hausbesitzer stand mit einer Decke über den Schultern und grünen Gummistiefeln an den Füßen im Schnee. Wisting ging zu ihm.

Die ganze Familie sei rechtzeitig aus dem Haus gekommen, erklärte der Mann und deutete auf das Küchenfenster im Nachbarhaus, hinter dem vier Gesichter das Feuer beobachteten.

Wisting erstattete Rückmeldung bei Storvolden und wandte sich dann wieder dem Mann zu. Er merkte, wie sehr sich die Verzweiflung des Familienvaters auf ihn selbst übertrug, gleichwohl musste er eine professionelle Haltung einnehmen.

»Wissen Sie, wie das Feuer entstanden ist?«, fragte er.

Der Mann schüttelte den Kopf, erklärte aber, er renoviere gerade das Wohnzimmer und nehme an, dass das Feuer dort entstanden sei. Vielleicht ein paar Farblappen, die sich selbst entzündet hatten?

Endlich bekam die Löschmannschaft Wasser in die Schläuche. Wisting blieb bei dem Hausbesitzer und beobachtete die Arbeiten, bis der Mann schließlich genug hatte und zu seinem Nachbarn hineinging.

Als Wisting den Ort des Geschehens nach ein paar Stunden verließ, war von dem Haus nur noch eine qualmende und stinkende Ruine übrig.

Die Nachtschicht neigte sich dem Ende zu. Ehe Wisting nach Hause fuhr, setzte er sich an die Schreibmaschine und schrieb einen Bericht über das dramatische Ereignis. In einigen Monaten würde er vermutlich nicht mehr daran denken. Und in einigen Jahren hätte er wahrscheinlich so viel erlebt, dass er sich gar nicht mehr an das Feuer erinnern könnte. Dem Hausbesitzer und seiner Familie hingegen würde sich der Vorfall für den Rest des Lebens ins Gedächtnis eingebrannt haben.

Draußen vor dem Polizeigebäude fuhr rasselnd ein Räumfahrzeug vorbei. Wisting erhob sich und überlegte, was wohl Ruth Skaugen von dem Sommer 1925 noch in Erinnerung hatte.

18

Am Montagmorgen saß Wisting im Gang vor dem Büro von Abteilungsleiter Ove Dokken. Alles, was er über den Oldtimer in der Scheune und über den Geldtransport im Jahr 1925 zusammengetragen hatte, stand in dem Bericht, der auf seinem Schoß lag.

Das freie Wochenende hatte er mit Ingrid und den Zwillingen verbracht. Dennoch war ihm der Inhalt seines Berichts die ganze Zeit im Kopf herumgegangen. Am Sonntag hatten sie Ingrids Eltern besucht, und Wisting hatte sich bei der Gelegenheit eine alte Schreibmaschine von seinem Schwiegervater ausgeliehen. Zu Hause hatte er alle Informationen in ein Berichtsprotokoll überführt, das er von der Arbeit mit nach Hause genommen hatte.

Eine der Mitarbeiterinnen aus der Aktenverwaltung brachte ihm Kaffee in einem Pappbecher, während er draußen vor dem Büro wartete. Sie hatte einen Doppelnamen, an den Wisting sich jedoch nicht erinnern konnte.

»Die Besprechung dauert normalerweise bis Viertel vor neun«, sagte sie und deutete auf Dokkens geschlossene Bürotür.

Wisting bedankte sich für den Kaffee. Um zehn vor neun wurde die Tür geöffnet, und die Abschnittsleiter kamen heraus. Dokken blieb hinter Aktenstapeln am Schreibtisch sitzen. Er griff nach einer Zigarettenschachtel und fischte eine Kippe heraus.

Wisting steckte den Kopf zur Tür hinein.

»Hast du einen Augenblick Zeit?«, fragte er.

»Geht's wieder um den Einbruch in der Bank?«, fragte Dokken und zündete sich die Zigarette an.

»Nein, ein anderer Fall«, erwiderte Wisting. »Eine alte Geschichte.«

Der Abteilungsleiter sog den Rauch ein und starrte ihn an.

»Es ist Montagmorgen, Wisting«, seufzte er und ließ den Rauch langsam entweichen. »Ein schlechter Tag und ein schlechter Zeitpunkt, um sich mit alten Geschichten zu befassen.« Er deutete auf die Aktenstapel auf seinem Schreibtisch. »Ich habe mehr als genug mit den Geschichten vom Wochenende zu tun.«

»Dann komme ich wohl besser morgen zurück?«, schlug Wisting vor.

»Setz dich schon!«, brummte Dokken und warf einen Blick auf die Wanduhr. »Du hast fünf Minuten, bevor ich zu einer Besprechung wegen dieses Bankraubs muss.«

Wisting nahm Platz.

»Ich habe einen Bericht geschrieben«, sagte er und legte die Papiere vor sich auf den Tisch.

Dokken richtete den Blick darauf, ließ sie aber liegen.

»Es geht um einen Geldtransport, bei dem vor sechzig Jahren etwas schiefgelaufen ist«, fuhr er fort. »Ich glaube, ich habe da etwas entdeckt.«

Dokken lehnte sich zurück und forderte Wisting auf fortzufahren. Er hörte zu, ohne Fragen zu stellen oder Wisting zu unterbrechen.

»Arbeitest du jetzt gerade?«, fragte er, als Wisting geendet hatte.

»Ich bin nur vorbeigekommen, um den Bericht abzuliefern«, entgegnete Wisting.

Dokken drückte die Zigarette aus und sah wieder auf die Uhr.

»Hast du einen Plan?«, fragte er.

»Wie meinst du das?«

»Ich hoffe, du bist nicht hergekommen und erzählst mir das alles, ohne einen Vorschlag zu haben, wie es jetzt weitergehen soll«, brummte Dokken. »Was würdest du tun, wenn du Ermittler wärst?«

»Ich würde versuchen, die alten Fallunterlagen zu finden«, erwiderte Wisting ruhig. »Dann würde ich den Wagen rausschaffen und die Scheune untersuchen. Und danach eine neue Vernehmung von Ruth Skaugen durchführen.«

»Gut«, sagte Dokken und stand auf. »Mach das. Ich kann dir zwanzig Überstunden anrechnen.«

Wisting blickte ihn an.

»Meinst du damit, dass ich jetzt als Ermittler arbeiten soll?«

Dokken griff nach einem braunen Umschlag mit Papieren und trat auf die Tür zu.

»Fang mit Ruth Skaugen an«, schlug er vor. »Und halte mich auf dem Laufenden.«

Wisting verharrte am Schreibtisch. Schließlich stand er auf und ging zu dem Büro hinüber, wo er schon vor ein paar Tagen gesessen hatte. Er wollte Ingrid anrufen und ihr mitteilen, dass er vorläufig nicht nach Hause käme.

19

Ruth Skaugen wohnte in Brekke. Wisting hatte sie vorher angerufen, doch dabei hatte sich herausgestellt, dass sie bereits einen Anruf von Jan Bergan bekommen hatte und wusste, worum es ging. Daraufhin hatte er sich den Weg erklären lassen und mit ihr vereinbart, sie um elf Uhr zu besuchen.

Wisting benutzte seinen eigenen Wagen, hatte jedoch ein Handfunkgerät von der Polizei mitgenommen. Nachdem er von der Hauptstraße abgebogen und eine Weile durch eine schneeweiße Ackerlandschaft gefahren war, kamen an der Straße ein paar Häuser zum Vorschein, die von mächtigen Kiefern umgeben waren und zum Brekkehof gehörten.

Der Platz vor dem Wohnhaus war geräumt. Wisting stellte den Wagen ab, nahm das Funkgerät und stieg aus. Ruth Skaugen stand schon an der Tür, noch ehe er die Vortreppe erreicht hatte. Sie hatte silbergraues Haar, ein Gesicht voller Falten und trug eine Brille.

Im Haus war es warm. Ruth Skaugen stützte sich auf einen Stock, während sie ihn in die Küche führte, wo in einem Holzofen ein Feuer brannte. Die Kaffeetassen standen auf dem Tisch neben einem Sahnekännchen und einem Teller mit gebuttertem Fladenbrot. Während die alte Frau die Kaffeekanne vom Ofen nahm und einschenkte, setzte Wisting sich hin.

»Dann haben Sie also endlich den Wagen gefunden«, sagte sie und nahm am Fenster Platz.

»Ja, und gar nicht so weit von hier entfernt«, bestätigte Wisting und erzählte von der Scheune in Tveidalen.

»Aber keine Spur von Marvin?«

Wisting nahm einen Schluck Kaffee. Ruth Skaugen gab etwas Sahne in ihre Tasse.

»Ich hatte gehofft, Sie könnten mir von Marvins letztem Besuch erzählen«, sagte er. »Erinnern Sie sich an den Abend?«

»Aber gewiss doch. An diesem Tag habe ich ihn schließlich zum letzten Mal gesehen. Außerdem mussten wir später noch mehrmals mit der Polizei darüber reden.«

Wisting wartete auf die Fortsetzung.

»Eigentlich gibt es da nicht so viel zu erzählen«, sagte Ruth Skaugen.

»Mag sein, aber dennoch«, entgegnete Wisting und zückte sein Notizbuch.

Die alte Frau ihm gegenüber nahm vorsichtig einen Schluck aus ihrer Tasse.

»Er ist ohne Vorwarnung aufgetaucht«, begann sie. »Das war schon etwas überraschend. Er hatte seinen Auftrag ganz kurzfristig angenommen. Und damals hatten wir hier noch kein Telefon.«

Sie schaute aus dem Fenster in Richtung Straße.

»Er kam kurz vor dem Abendessen«, fuhr sie fort. »Es ist so heiß gewesen in jenem Sommer. Wir haben draußen gesessen. Zum Glück hatte ich einen großen Topf Hühnerfrikassee zubereitet. Marvin wollte eigentlich im Hotel Wassilioff übernachten, das war nach dem Feuer gerade erst wieder aufgebaut worden, aber wir wollten natürlich, dass er hierbleibt. Ich habe das Zimmer unseres jüngsten Sohns für ihn fertig gemacht. Guttorm hat die Nacht über bei uns geschlafen.«

»Wer war damals noch hier, abgesehen von Ihnen und Ihrem Mann?«, fragte Wisting.

»Dagfinns Bruder war auch den ganzen Tag hier, zusammen mit Johannes, vom Bauernhof auf der anderen Seite von Furubrekka.«

Sie zeigte aus dem Fenster nach Westen.

»Und dann gab es noch einen Tagelöhner«, fuhr sie fort. »Die haben alle zusammen am neuen Heuschober gearbeitet.«

Wisting beugte sich leicht über den Tisch.

»Wer war denn dieser Tagelöhner?«, fragte er.

»Das weiß ich nicht mehr«, sagte Ruth Skaugen und führte ihre Tasse erneut zum Mund. »Es war ein Mann, den Johannes irgendwoher kannte. Dagfinn war nicht so zufrieden mit ihm. Es ging alles sehr zäh, und er hat wohl auch geschlampt. Sein Name müsste aber in Ihren alten Unterlagen stehen. Als der Polizist aus Oslo kam, hat er auch mit ihm gesprochen.«

»Und Johannes?«, fragte Wisting. »Lebt der noch?«

Die alte Dame schüttelte den Kopf und schob ihm den Teller mit dem Fladenbrot hin.

»Probieren Sie mal«, sagte sie. »Meine Tochter hat es gemacht. Ich selbst backe nicht mehr.«

Wisting bediente sich und sah auf seine Notizen.

»Wie hieß er mit vollem Namen?«

»Johannes Brekka«, erwiderte die alte Frau und nahm sich selbst ein Fladenbrot.

»Und Dagfinns Bruder, wie hieß der?«

»Kai. Kai Skaugen.«

Wisting schrieb mit.

»Und nach dem Abendessen kam Hansemann angeradelt«, fuhr sie fort. »Er hatte Erdbeeren und Sahne dabei.«

»Hansemann?«, fragte Wisting.

»Hans Ole Manvik«, erklärte Ruth Skaugen.

»Außer Ihnen und Ihrem Mann war also Ihr Schwager hier, Kai Skaugen, dann der Nachbar Johannes Brekka, außerdem Hans Ole Manvik sowie ein Tagelöhner«, fasste er zusammen.

»Und Karstein, der älteste Sohn von Johannes«, fügte die Frau hinzu und stand abrupt auf. »Ich habe ein Foto. Karstein hatte bei Ludwigsen in der Stadt eine Fotografenlehre gemacht.

Er wollte Bilder vom Bau des Heuschobers machen. Er ist dann bis zum Essen geblieben und hat uns alle fotografiert.«

Ruth Skaugen ging kurz aus dem Zimmer und kam mit einem Fotoalbum zurück.

»Ach, und dann waren natürlich auch noch die Kinder hier«, fiel ihr ein, nachdem sie zur richtigen Seite vorgeblättert hatte. »Gunnar, Guttorm und Solveig.«

Sie legte das Album auf den Tisch.

»Und Anna kam dann auch noch zum Essen rüber«, fügte sie hinzu und setzte sich wieder.

Wisting horchte auf. Vor sechzig Jahren war Anna vermutlich einer der gebräuchlichsten Frauennamen in Norwegen gewesen. Auch heute kam er noch häufig vor, aber es war außerdem der Name, der auf dem Umschlag stand, den er in der Scheune in Tveidal gefunden hatte.

»Wer ist Anna?«, fragte er.

Die alte Frau verzog den Mund ein wenig.

»Sie steht ganz hinten links«, erklärte sie. »Anna war Kais Verlobte. Später haben sie geheiratet, aber ich habe heute keinen Kontakt mehr mit ihr. Und Kai ist tot.«

Wisting betrachtete das Foto. Es war alt und fleckig, doch wenn man wusste, wer darauf abgebildet war, ließen sich die Gesichter noch erkennen. Sieben Erwachsene und drei Kinder saßen um einen Tisch im Garten. Im Hintergrund konnte Wisting den alten Minerva sehen.

»Ist das da Marvin Bergan?«, fragte er und zeigte auf einen jungen Mann in einem kurzärmeligen weißen Hemd.

Ruth Skaugen beugte sich über den Tisch.

»Ja«, bestätigte sie und identifizierte reihum die anderen. Wisting betrachtete die Menschen auf dem Foto eingehend. Die Frau namens Anna stand neben Kai, ihrem zukünftigen Mann. Ruth trug eine Schürze. Es war deutlich zu sehen, dass sie eine hart arbeitende Frau gewesen war, blass und dünn, ihr Gesicht wirkte erschöpft. Anna war ganz anders. Sie hatte dunkles Haar, das ihr in Locken über die Schultern hing, und sie lächelte den Fotografen an.

»Warum haben Sie keinen Kontakt mehr mit Anna?«

Ruth Skaugen schien um eine Antwort verlegen zu sein. Sie kaute lange auf einem Bissen Fladenbrot herum, ehe sie ihn endlich herunterschluckte.

»Dagfinn hatte drei Brüder«, erklärte sie dann. »Sie waren alle sehr unterschiedlich, wobei Kai vielleicht besonders hervorstach. Er hatte keine feste Arbeit, weshalb Dagfinn ihn eine Weile hier auf dem Hof beschäftigt hat. Zur See wollte er auch nicht.«

»Und er hat also diese Anna geheiratet?«

»Sie bekamen zwei Töchter.« Ruth Skaugen nickte. »Ich glaube allerdings, dass es ihnen nicht so gut ergangen ist.«

»Inwiefern?«

»Beide haben den falschen Mann geheiratet und fingen an zu trinken, genau wie ihr Vater.«

Wisting blätterte in seinem Notizbuch zurück zu dem Namen, den er auf dem Rucksack in der Scheune entdeckt hatte.

»Sagt Ihnen der Name Alfred Danielsen etwas? Oder Alfred Davidsen?«

Ruth Skaugen legte den Kopf schräg und spähte auf das Notizbuch hinunter.

»Anna hieß Danielsen, bevor sie geheiratet hat«, erwiderte sie. »Ich überlege gerade, ob ihr Vater Alfred hieß. Wieso fragen Sie?«

»Nur ein Name, der plötzlich aufgetaucht ist«, sagte Wisting und blätterte weiter.

»Die Scheune, in der der Wagen gefunden wurde, gehört einem Mann namens Peder Heian«, sagte er. »Schon mal gehört?«

Ruth Skaugen schüttelte den Kopf. Wisting blätterte noch ein Stück weiter, bis er wieder bei der Liste der Personen war, die sich an jenem Augusttag 1925 auf dem Brekkehof versammelt hatten. Es waren einige Namen zusammengekommen.

»Wissen Sie noch, worüber Sie sich an dem Abend unterhalten haben?«, fragte er.

Die Runzeln im Gesicht der alten Frau glätteten sich, als sie lächelte.

»Gott, nein, worüber haben wir gesprochen … Die Männer haben sich vermutlich über den neuen Heuschober unterhalten, und dann haben wir bestimmt auch über das Wetter gesprochen. Es war so heiß in jenem Sommer.«

»Und Marvin?«, fragte Wisting. »Was hat der so erzählt?«

»Er hat erzählt, wie es zu Hause lief. Er wohnte ja noch immer bei seinen Eltern.«

»Aber er hat nicht darüber gesprochen, wohin er wollte oder was für einen Auftrag er erledigt hat?«

»Doch, und er war natürlich ein bisschen stolz deswegen.«

Wisting richtete sich auf. Ein undefinierbares Gefühl breitete sich in der Magengegend aus.

»Hat er Ihnen erzählt, dass er nach Kristiansand wollte, um das Geld zu holen?«

Ruth Skaugen nickte.

»Er wollte am nächsten Tag nach Kristiansand runter. Da wollte er in einem Hotel übernachten und dann am Mittwochmorgen das Geld holen. Auf dem Rückweg wollte er abends wieder zu uns kommen. Wir haben noch Witze darüber gemacht, wo er in der Nacht mit dem ganzen Geld bloß hinsollte.«

»Alle, die an jenem Abend hier auf dem Hof waren, wussten also von dem Geldtransport?«, fragte Wisting und betrachtete wieder das alte Foto.

»Wir wussten nicht, um wie viel Geld es sich handelte«,

sagte Ruth Skaugen. »Das wusste nicht mal Marvin. Er wusste bloß, dass er es in einer versiegelten Metallkiste überreicht bekommen würde.«

Wisting klopfte unschlüssig mit dem Kugelschreiber auf dem Notizbuch herum.

»Vor ein paar Tagen habe ich einen ehemaligen Polizeibeamten besucht, der 1925 an dem Fall gearbeitet und auch mit Ihnen gesprochen hat«, fuhr er schließlich fort.

Ruth Skaugen nickte wieder.

»Ja, wie schon gesagt, ein Polizist aus Oslo ist hierhergekommen«, sagte sie. »Wobei ich glaube, dass er eigentlich Schwede war.«

»Ragnar Gustafsson«, bestätigte Wisting. »Er meinte, dass Marvin Bergan nichts von dem Geld erzählt habe.«

Die alte Frau legte die Hände um die Kaffeetasse.

»Das stimmt«, sagte sie. »Das mit dem Transport sollte doch geheim bleiben. Der Auftrag war ja aufgrund des Eisenbahnerstreiks zustande gekommen, und wenn herausgekommen wäre, dass andere engagiert wurden, um das Geld nach Oslo zu bringen, hätten die Streikenden womöglich Ärger gemacht. Marvin und Martinius hätten als Streikbrecher gegolten. Inzwischen ist das aber alles so lange her, dass man wohl gefahrlos darüber sprechen kann. Und die Firma ist ja aufgrund der Ereignisse ohnehin in Konkurs gegangen.«

»Aber wieso haben Sie das der Polizei nicht schon damals erzählt?«

Ruth Skaugen schien die Frage nicht zu verstehen.

»Weil das alles ja geheim war«, erwiderte sie. »Marvin sollte doch mit niemandem darüber reden.«

Wisting brauchte einen Augenblick, bis er den Gedankengang der alten Frau begriffen hatte.

»Das heißt also, Sie alle haben befürchtet, Marvin habe etwas Schlimmes getan, indem er Ihnen von dem Geldtransport erzählte, und aus diesem Grund haben Sie dann der Polizei nichts davon gesagt«, fasste er zusammen.

»Wir wollten natürlich nicht, dass er Probleme bekommt«, sagte Ruth Skaugen und nickte.

Sie stand auf, trat an den Ofen und holte die Kaffeekanne. Nachdenklich blieb Wisting sitzen. Aufgrund einer missverstandenen familiären Loyalität waren die Ermittlungen von völlig falschen Prämissen ausgegangen. Das war die einfachste Form der Lüge: Man schmückte die Wahrheit etwas aus und vertuschte gleichzeitig die eigenen Fehler oder die der anderen. So etwas schadete natürlich den Ermittlungen, aber es war eine Lüge, die mit der Zeit ungefährlich wurde und es Wisting in diesem Moment erlaubte, ganz andere Antworten zu finden, als es den Ermittlern 1925 möglich gewesen war.

Ruth Skaugen schenkte Kaffee nach. Wisting wartete ab, bis sie sich wieder gesetzt hatte.

»Wer von Ihnen hat damals vorgeschlagen, nichts von der Geschichte zu sagen, die Marvin erzählt hatte?«, fragte er.

»Das haben wir alle gemeinsam beschlossen«, meinte sie. »Es war uns ja auch allen klar, was hätte passieren können, wenn wir es irgendwo erzählt hätten.«

»Aber irgendwer muss es doch laut ausgesprochen haben?«

Die alte Frau gab mehr Sahne in ihre Tasse und dachte nach.

»Nein.« Sie schüttelte den Kopf. »Dagfinn und ich haben darüber gesprochen, am Abend, bevor der schwedische Ermittler kam. Als wir dann alle zusammen waren, schien es so, als würden die anderen das Gleiche denken.«

»Was meinen Sie damit – als wir alle zusammen waren?«, wollte Wisting wissen.

»An dem Tag, als der Polizist kommen sollte, haben wir uns alle hier zusammengefunden«, erklärte Ruth Skaugen. »Er hatte sich etwas verspätet. Als er schließlich kam, hat er jeden von uns einzeln ins Wohnzimmer gebeten und sich mit uns unterhalten. Dagfinn war der Erste. Als er wieder rauskam, sagte er, er habe den Geldtransport überhaupt nicht erwähnt. Da blieb uns anderen keine andere Möglichkeit, als ebenfalls den Mund zu halten.«

»Es war also die Idee Ihres Mannes?«

Ruth Skaugen schüttelte den Kopf.

»Es war eher so, dass er zu uns gesagt hat, er habe das getan, worüber sich alle geeinigt hätten.«

»Aber wer hat es ursprünglich vorgeschlagen?«, hakte Wisting nach. »Wer kam zuerst auf den Gedanken?«

Abermals schien Ruth Skaugen die Frage nicht zu verstehen.

»Das war einfach etwas, worauf wir uns geeinigt hatten«, entgegnete sie. »Niemand war anderer Meinung.«

Wisting lehnte sich zurück.

»Was haben Sie alle denn damals geglaubt? Was war Ihrer Meinung nach geschehen?«, fragte er.

Ruth Skaugen verschränkte die dünnen Finger ineinander.

»Ich weiß es nicht«, erwiderte sie. »Damals glaubten wir vermutlich, dass Marvin vom Weg abgekommen war und der Wagen in irgendeinem Graben lag. Ich kann einfach nicht glauben, dass er das Geld selbst genommen haben soll, wie die Polizei damals schlussfolgerte. Er muss von jemandem überfallen worden sein, der von dem Transport wusste.«

»Von jemandem, der an dem Abend dabei war, als Marvin hier übernachtete?«, fragte Wisting und nahm das alte Foto in die Hand.

Der Gesichtsausdruck der alten Frau veränderte sich, als ob die Idee sie erschreckte. Wisting konnte ihr geradezu ansehen, dass sie zum ersten Mal überhaupt in diese Richtung dachte und die Idee für eine reale Möglichkeit hielt.

»Oder kann jemand von den Anwesenden es irgendwem weitererzählt haben?«, fragte Wisting.

Ruth Skaugen konnte die Frage nicht beantworten.

»Hat sich später irgendwer auffällig benommen?«, fragte Wisting. »Jemand, der vielleicht viel Geld in die Finger bekommen hatte?«

Diesmal kam die Antwort sofort.

»Nein. Im Gegenteil. Wir alle mussten uns anstrengen, um durchzukommen.«

»Auch der Tagelöhner?«

»Ich weiß nicht mehr, wie er hieß. Aber er hat später auf allen möglichen anderen Höfen in der Gegend gearbeitet. Ich glaube nicht, dass aus dem überhaupt mal was Ordentliches geworden ist.«

Wisting kam noch einmal auf die Namensliste zurück. Er ging alle Personen durch und erfuhr von Ruth Skaugen, dass einzig ihre Schwägerin Anna noch am Leben war.

»Soweit ich weiß, wohnt sie irgendwo in der Stadt«, erklärte die alte Frau.

Wisting blieb noch eine Weile bei ihr sitzen. Er aß ein Stück Fladenbrot und stellte die gleichen Fragen noch einmal, nur etwas anders formuliert, in der Hoffnung, vielleicht noch etwas aus ihr herauszubekommen. Das war nicht der Fall. Allerdings hatte er durch das Treffen viel mehr erfahren, als er zu Beginn gehofft hatte.

Bei Ermittlungen ging es häufig darum, die Vergangenheit zu rekonstruieren, dachte Wisting, als er sich in den Wagen setzte und losfuhr. Herauszufinden, wer sich wann und aus welchem Grund wo aufgehalten hatte. Die Wahrheit auszugraben, darum ging es. Sich zu Menschen vorzuarbeiten, die vielleicht eine Antwort wussten. Neue Informationen zu beschaffen und sie den alten hinzuzufügen, damit das Bild von den Ereignissen nach und nach immer schärfer und deutlicher wurde. Diese Arbeit gefiel Wisting ausnehmend gut.

20

Anna Skaugen.

Wisting sprach den Namen laut aus. Er wollte gern den versiegelten Brief mitnehmen, wenn er sie besuchte. Was bedeutete, dass er noch einmal zur Scheune fahren musste.

Er wusste nicht, ob Knut Heian wie angekündigt ein neues Vorhängeschloss angebracht hatte, und fuhr daher zunächst zur Tveidalskreuzung.

Die Traktorspur im Schnee verriet, dass Heian erst vor Kurzem hier gewesen war. Wisting folgte der Spur bis zur Scheune. Schon aus der Entfernung konnte er das neue Vorhängeschloss sehen. Es war größer als das alte und wirkte solider.

Wisting wendete, fuhr weiter und fand schnell die Zufahrt zu Heians Hof.

Der Scheunenbesitzer stand auf dem Hofplatz und untersuchte die am Traktor angebrachte Schneefräse. Als er Wisting kommen sah, zog er die Handschuhe aus und begrüßte ihn.

»Haben Sie das mit dem Wagen herausgefunden?«, fragte er.

Wisting zog seine Jacke enger um den Hals. Schwere feuchte Schneeflocken fielen ihm ins Gesicht. »Ich habe die Nachkommen des Besitzers ausfindig gemacht.«

»Und wollen die den Wagen verkaufen?«, fragte Heian. »Falls nicht, hab ich mir schon überlegt, ob ich nicht Miete für die Lagerung verlangen sollte.«

»Ich schätze, das wird sich schon regeln«, meinte Wisting. »Aber es sind ein paar neue Umstände eingetreten. Der Wagen wurde unterschlagen.«

»Und was bedeutet das?«

»Er gehörte ursprünglich einer Transportfirma in Oslo. Die Polizei meinte, dass einer der Fahrer im Jahr 1925 mit dem Wagen durchgebrannt ist.«

»Also gestohlen?«

»In gewisser Weise«, erwiderte Wisting. Er wollte sich an die Wahrheit halten, aber nicht allzu sehr ins Detail gehen. »Der Fahrer hieß Marvin Bergan. Er war verwandt mit Ruth und Dagfinn Skaugen aus Larvik. Sagen Ihnen die Namen etwas?«

Knut Heian schüttelte den Kopf.

»Skaugen hab ich schon mal irgendwo gehört, aber ich weiß nicht, wo.«

»Nachdem der Wagen gefunden wurde, ist das Ganze jetzt wieder eine Angelegenheit der Polizei«, fuhr Wisting fort. »Da gibt es noch ein paar Dinge, die ich mir in der Scheune ansehen muss. Geht das in Ordnung?«

Heian warf einen Blick auf den Traktor.

»Schaffen Sie das allein?«

Wisting nickte.

»Ich hole Ihnen eben den Schlüssel für das neue Schloss«, sagte Heian und verschwand im Inneren des Hauses. Nach kurzer Zeit kam er mit einem Schlüssel zurück, an dem ein Zettel befestigt war. *SCHEUNE* stand in großen Buchstaben darauf geschrieben.

»Ich bringe ihn in einer Stunde zurück«, versprach Wisting.

»Legen Sie ihn einfach in den Briefkasten, falls ich nicht da bin«, entgegnete Heian.

Nachdem Wisting losgefahren war, landete er hinter einem Lastwagen, der jede Menge Schnee aufwirbelte. Eine Weile folgte Wisting ihm durch die winterliche Landschaft, bis er an der Tveidalskreuzung abbiegen konnte.

Er nahm eine Taschenlampe und das Funkgerät mit und

dachte, dass er einen Fotoapparat hätte mitnehmen sollen. Doch früher oder später würde er ohnehin mit dem Kriminaltechniker zurückkommen und könnte die Funde auch dann dokumentieren.

Plötzlich fiel ihm ein, dass ein Fotoapparat ein schönes Weihnachtsgeschenk für Ingrid wäre. Sie besaßen zwar eine Kamera, aber Ingrid hatte sich öfter über die Qualität der Bilder und das launische Blitzlicht beschwert. Es wäre ein teures Geschenk, doch die Kosten dafür ließen sich mit dem Lohn für die zwanzig Überstunden decken, die Dokken ihm gewährt hatte. Abgesehen davon brauchten sie einen Fotoapparat, um das Heranwachsen der Zwillinge von frühester Kindheit an zu dokumentieren. Er könnte auch zwei Fotoalben kaufen und sie den Zwillingen als Geschenk unter den Weihnachtsbaum legen.

Der Schnee hatte sich erneut vor der Scheunentür aufgehäuft. Wisting fegte ihn mit der Stiefelspitze beiseite, während er angesichts seiner Geschenkideen zufrieden in sich hineingrinste.

Der Schlüssel ließ sich problemlos herumdrehen. Wisting öffnete die Tür so weit wie möglich, damit genügend Licht hereinströmen konnte.

Unterhalb der Dachluke und vor den Ritzen in der Wand hatten sich ein paar Flecken Schnee im Inneren der Scheune gebildet.

Wisting trat auf den provisorischen Schlafplatz zu, zog den alten Rucksack hervor und nahm den Brief heraus.

Er überlegte abermals, ihn zu lesen, aber der Respekt vor den Briefen anderer Menschen war zu groß. Außerdem meinte er sich daran zu erinnern, dass das Öffnen eines fremden Briefes mit bis zu zwei Jahren Gefängnis bestraft werden konnte. Im Rahmen eines Ermittlungsverfahrens benötigte sogar die Polizei einen richterlichen Beschluss zum Öffnen der Post.

Er legte den Brief in die Jackentasche und überprüfte abermals den Namen auf dem Rucksack. Am ehesten sah er nach Danielsen aus. Alfred Danielsen. Annas Vater. Das hieß wahrscheinlich, dass er 1973 den Brief geschrieben und wie ein Vagabund in der Scheune gehaust hatte. Wisting sah zu dem alten Wagen, der noch immer von der Plane verdeckt war, konnte sich aber nicht zusammenreimen, was es für eine Verbindung zwischen den Geschehnissen von 1925 und 1973 geben könnte. Anna und ihr Mann Kai hatten seinerzeit von dem Geldtransport gehört. War es ein Zufall, dass sich fast fünfzig Jahre später Annas Vater an demselben Ort aufgehalten hatte, wo auch der Wagen versteckt war? Oder hatte er womöglich irgendetwas mit der Sache zu tun gehabt?

Wisting ließ den Lichtstrahl der Taschenlampe durch den dunklen Raum wandern, bis er die Leiter auf der anderen Seite entdeckte. Bis jetzt hatte er den Gedanken nicht abschütteln können, dass derjenige, der sich in der Scheune aufgehalten hatte, sich immer noch irgendwo hier drinnen befand. Er wusste nicht genau, woher dieser Eindruck rührte, es war eine Art Intuition, die ihm sagte, dass es sich um einen Abschiedsbrief handelte und dass die Überreste des Briefschreibers irgendwo zwischen Stapeln und Kisten zu finden wären.

Alte Männer hängen sich auf oder erschießen sich, dachte er. In seiner noch kurzen Laufbahn als Polizist hatte Wisting schon bei der Bergung eines Mannes geholfen, der sich zwischen zwei Etagen am Treppengeländer aufgehängt hatte, während seine Familie schlief, und einen weiteren Mann gefunden, der sich mit einem Gewehr in den Kopf geschossen hatte. Als er noch Polizeianwärter gewesen war, hatte er gesehen, wie eine Frau wiederbelebt wurde, die Tabletten genommen und sich in die Badewanne gelegt hatte.

Er richtete den Lichtstrahl auf die Balken an der Decke, von denen Seile und Ketten herabhingen. Wenn der Mann sich keine Waffe hatte beschaffen können, wäre es das Einfachste gewesen, sich dort oben aufzuhängen. Mit einer Waffe wäre der Tod zwar schneller gekommen und weniger schmerzhaft gewesen, aber dann musste er sich irgendwo in der Scheune versteckt gehalten haben. Das war zwar nicht logisch, aber Menschen, die beschlossen hatten, Selbstmord zu begehen, dachten selten rational.

Irgendwo über ihm knackte es im Gebälk, und aus einem der Löcher im Dach rieselte Schnee herunter.

Es gab nur eine Möglichkeit, sich Gewissheit zu verschaffen. Wisting stellte den Rucksack beiseite und legte die Taschenlampe so auf ein Eichenfass, dass sie in die Scheune hineinleuchtete. Dann fing er an, den großen Raum zu durchsuchen. Zunächst räumte er ein paar Wellblechplatten beiseite. Dahinter standen eine Schubkarre ohne Rad und ein paar Rollen Maschendraht. Wisting schob alles zur Seite und blieb vor ein paar Kartoffelkisten stehen, mit denen Knut Heian als Kind gespielt hatte. Sie lagen in einem Stapel mit der Öffnung nach vorn, wie die Zimmer in einem großen Puppenhaus. In der Ecke der obersten Kiste stand ein kleiner, aus einem Holzklotz geschnitzter Stuhl, an der Wand hingen ein paar Zeichnungen. Vor der untersten Öffnung hing eine Wolldecke, die zwischen die beiden unteren Kisten geklemmt worden war. Sie sah aus wie ein Vorhang und verbarg, was sich dahinter befand.

Wisting ging zurück und holte die Taschenlampe. Dann hob er die Decke an und leuchtete in die Kiste.

Zwei Holzschwerter lagen darin, dazu ein Bogen ohne Sehne und eine Handvoll Pfeile. In der Ecke lagen ein paar Cowboyhefte. *Hopalong Cassidy* und *Tex Willer.*

Wisting ließ die Wolldecke zurückfallen. Seit Knut Heians Kindheit war der geheime Spielplatz unberührt gewesen. Vielleicht hatten aber auch andere Kinder ihn später entdeckt und das gleiche Spiel gespielt.

Er ließ die Taschenlampe weiter kreisen. Zwischen alten

Ofenteilen und einem Schleifstein schien es eine Art Durchgang zu geben. Dahinter stand eine alte Kutsche mit geschlossenem Verdeck.

Wisting stieg über einen alten Weinballon, stützte sich an ein paar Milchkannen und einem Stapel alter Margarinekisten ab und trat dann seitlich an die Kutsche heran.

Auf dem Sitz lagen die Überreste eines Menschen.

21

Wisting nahm die Taschenlampe in die andere Hand. Überall lagen Knochenreste. Blanke Knochen ohne Haut oder Fleisch. Einige davon waren auf den Boden gefallen. Ganz zweifellos stammten sie von einem Menschen. Auf dem Sitz der Kutsche lag der Schädel mit den leeren Augenhöhlen, dem halb aufgerissenen Mund und den zersplitterten Zähnen. Von der Kleidung waren nur noch ein paar verdreckte Fetzen übrig.

Die Entdeckung kam Wisting völlig unwirklich vor. Er war zu der Schlussfolgerung gekommen, dass sich ein toter Mensch in der Scheune befinden musste, aber dennoch überraschte ihn der plötzliche Fund. Gleichwohl verspürte er eine gewisse Zufriedenheit angesichts der Tatsache, dass sich seine Vermutung bewahrheitet hatte. Es war wie eine Bestätigung für sein deduktives Urteilsvermögen.

Der Anblick der menschlichen Überreste löste ein Gefühl der Bedrückung aus, wie er es schon einige Male erlebt hatte, als er mit menschlicher Trauer und Verzweiflung oder mit dem Tod eines Menschen konfrontiert worden war.

Er stellte einen Fuß auf das Trittbrett und zog sich hoch, um einen besseren Überblick zu bekommen. Es dauerte eine Weile, bis er entdeckte, wonach er suchte. Zwischen Stofffetzen und bleichen Knochenresten auf dem Boden der Kutsche ragte der Lauf einer Waffe hervor. Eine Pistole. Er konnte es nicht richtig erkennen und wollte auch nichts anrühren, tippte aber auf eine Luger. Die Mündung ließ ein relativ großes Kaliber vermuten. Vielleicht eine neun Millimeter.

Ein Windstoß fegte heulend an der Außenwand entlang. In den Verstrebungen des alten Gebäudes knackte es wie in der Takelage eines Segelschiffs im Sturm.

Wisting richtete sich wieder auf und leuchtete mit der Taschenlampe den Totenschädel an, um ihn näher untersuchen zu können. Es gab Verletzungen am Hinterkopf, Teile des Schädels fehlten. Der zersplitterte Rand um die sternförmige Öffnung wies nach außen.

Obgleich er kein Fachmann war, ließ sich der Handlungsverlauf leicht nachvollziehen. Der Mann hatte sich in die Kutsche gesetzt, die Waffe in den Mund geschoben und abgedrückt. Wisting leuchtete mit der Taschenlampe auf das Verdeck. In Kopfhöhe zeigte ein Loch die weitere Flugbahn des Projektils an.

Seine Hypothese stimmte also. Selbstmord. Jedenfalls war es schwierig, eine andere Möglichkeit in Betracht zu ziehen. Er wusste nicht, wie lange es dauerte, bis von einer Leiche nur noch das Skelett übrig war, ging aber davon aus, dass es sich um einige Jahre handeln musste. Wenn er die alte Zeitung als Zeitangabe benutzte, lag der Tote hier seit nunmehr zehn Jahren. Der Großteil der Kleidung war zerfallen oder von Nagetieren gefressen worden. Übrig geblieben waren ein Ledergürtel und eine Herrenarmbanduhr. Auch die grauen Wollsocken waren noch einigermaßen gut erhalten. Die Stiefel standen drüben neben der Matratze und dürften Größe fünfundvierzig oder sechsundvierzig sein, was ebenfalls darauf hindeutete, dass es sich um das Skelett eines Mannes handelte. Die Rechtsmediziner würden das Geschlecht anhand der Knochen sicher feststellen können. Womöglich konnten sie auch etwas über das Alter herausfinden.

Das um Wistings Hals hängende Funkgerät gab ein Krächzen von sich. Eine Streife gab die Erledigung eines Auftrags durch. Wisting überlegte, ob er seine Entdeckung über Funk melden oder ob er die Scheune verschließen und zur Polizeistation fahren sollte. Noch ehe er zu einem Entschluss kam, gab die Dachkonstruktion der Scheune einen Unheil verkündenden Ton von sich. Er richtete den Schein der Taschenlampe nach oben. Die Balken bogen sich unter dem Gewicht des Schnees, der in den letzten Tagen gefallen war.

Ein lauter Knall ertönte, als einer der Balken nachgab. Holzsplitter regneten herab, und Teile des Dachs zerbarsten krachend. Schwerer feuchter Schnee landete auf dem Boden. Unter tosendem Lärm stürzte schließlich das halbe Scheunendach ein. In einem Chaos aus Staub, Dachziegeln, Holzbrettern und Schnee wurde Wisting von den Füßen gerissen. Splitternde Geräusche von oben kündigten neues Ungemach an, und mit einem weiteren Krachen folgte der Rest des Scheunendachs.

22

Als der Lärm nachgelassen hatte, konnte Wisting feststellen, dass er unverletzt geblieben war. Die Scheune war eingestürzt, aber er hatte es rechtzeitig geschafft, sich in eine der leeren Kartoffelkisten zu retten, wo er vor herabfallenden Teilen geschützt war. Er wusste nicht, wie dick die Schicht aus Schnee und Trümmern über ihm war, rechnete aber damit, dass die Kisten früher oder später zusammenbrechen würden.

Die Taschenlampe hatte er verloren, doch das Funkgerät hing noch immer an seiner Brust. Er drückte den Sendeknopf und ließ ihn wieder los, hörte aber weder ein Rauschen noch das charakteristische Knacken, das den Kontakt mit der Basisstation bestätigt hätte. Die Signale hier draußen auf dem Land waren ohnehin schon schlecht und wurden unter der Masse, die ihn begrub, nur noch schwächer. Ein paarmal versuchte er, die Polizeiwache zu erreichen, bekam aber keine Antwort.

Wisting sah sich um und drehte sich zur offenen Seite der Kiste, die durch den Schnee hermetisch verschlossen war. Mit den Händen fing er an zu graben und schaufelte den Schnee von sich weg. Seine Finger berührten etwas, es musste sich um eines der hölzernen Spielzeugschwerter handeln. Er packte es, bohrte es schräg nach oben in den Schnee und hoffte, Licht zu sehen, doch die Schneeschicht war dicker als vermutet. Also umklammerte er den Schwertgriff und presste nun den ganzen Arm mit der Schwertspitze als Verlängerung erneut in den Schnee. Als er ihn wieder herauszog, konnte er das Tageslicht am Ende des schmalen Tunnels erahnen.

Das graue Licht verlieh ihm neue Kräfte. Er grub sich durch den Schnee und presste sich zentimeterweise durch die Öffnung. Den Schnee, den er dabei wegräumte, schob er unter seinen Bauch. Auf halbem Weg nach oben machte er eine Pause und versuchte es erneut mit dem Funkgerät, aber es funktionierte noch immer nicht.

Wisting streckte sich, ertastete das Holzschwert und presste es abermals nach oben durch den Schnee. Plötzlich brach alles über ihm zusammen, und ein Stoß frischer, kühler Luft blies ihm ins Gesicht.

Es dauerte noch fast eine Viertelstunde, bis das Loch so groß geworden war, dass er seinen ganzen Körper hindurchwinden konnte. Er rappelte sich auf und stolperte aus der Gefahrenzone. Kalt und durchnässt blieb er schließlich stehen und verschaffte sich einen Überblick über die Zerstörung.

Die innere Wand, wo der Oldtimer stand, war noch intakt. Die Reste zweier Dachbalken hingen schräg herunter, der Wagen selbst war von einer dicken Schneeschicht bedeckt.

Die Stelle, wo er das Skelett gefunden hatte, war gänzlich unter Schnee und Trümmern begraben. Nur ein paar zerbrochene Bretter ragten hier und da daraus hervor.

Wisting ging zu seinem Wagen, setzte sich hinter das Lenkrad und sah in den Spiegel. Sein nasses Haar klebte am Schädel, und er blutete aus einer Schnittwunde unter dem linken Auge.

Er ließ den Wagen an, wendete und fuhr zurück zur Hauptstraße. Es hatte aufgehört zu schneien, wie ihm plötzlich bewusst wurde. Über dem Fichtenwald konnte er blauen Himmel sehen. Die Sonne stand tief und würde bald untergehen. Schon in Kürze würde es wieder dunkel sein.

23

Ove Dokken, der Leiter der Kriminalabteilung, beendete gerade ein Telefonat, als Wisting durchnässt und ziemlich erschöpft sein Büro betrat. Das Telefon auf dem Schreibtisch klingelte, Dokken nahm den Hörer ab, legte ihn aber sofort wieder auf, als er Wisting erblickte.

»Du meine Güte!«, sagte er bloß.

Wisting setzte sich. Das Telefon klingelte erneut. Dokken legte den Hörer neben den Apparat und zündete sich eine Zigarette an.

Wisting kam sofort zur Sache.

»Ich habe eine Leiche gefunden«, sagte er.

Dokken fluchte und schüttelte resigniert den Kopf, als ob er sich über einen ungezogenen Jungen ärgerte.

Wisting wollte fortfahren, wurde aber von einem Abschnittsleiter gehindert, der an der Tür erschien.

»Wir warten im Besprechungsraum«, sagte er.

Dokken warf einen Blick auf die Wanduhr.

»Macht einfach weiter!«, bellte er. »Ich komme, wenn ich so weit bin.«

Der Ermittler ging wieder.

»Der Fall mit dem Nachttresor«, erklärte Dokken. »Die Osloer Polizei macht heute Abend einen Sondereinsatz. Wir nehmen mit zwei Leuten daran teil.«

»Gibt es einen Durchbruch?«

»Es handelt sich offenbar um eine Bande aus Tveita«, erwiderte Dokken. »Aber erzähl von der Leiche!«

Wisting fuhr fort. Ohne ihn zu unterbrechen, hörte Dokken bis zum Schluss zu.

»Bist du verletzt?«, wollte er wissen, als Wisting geendet hatte.

»Nicht ernsthaft.«

Der Abschnittsleiter erschien wieder an der Tür, sagte aber nichts. Dokken stand auf, drückte die Zigarette im Aschenbecher aus und griff nach einem Stapel Papiere.

»Wir machen Folgendes«, sagte er und zeigte auf Wisting. »Du ziehst ein Absperrband um die Scheune. Ich organisiere zwei Leute, die heute Nacht dort Wache halten. Und sobald es hell wird, graben wir dein Skelett aus. In der Zwischenzeit schreibst du einen Bericht, den wir morgen früh dem Dienststellenleiter vorlegen.«

Wisting nickte.

»Darüber hinaus machst du bitte nichts weiter«, sagte Dokken und trat auf die Tür zu. »Keine weiteren Vernehmungen oder sonst was. Lass alles bis morgen liegen.«

An der Tür blieb er stehen und musterte Wisting, der sich von seinem Stuhl erhob.

»Als Erstes solltest du dir frische Sachen anziehen«, sagte er. »So wie du aussiehst, kannst du nicht zu deiner Frau nach Hause fahren. Dann müsstest du nämlich erzählen, was passiert ist. Und sie würde sich in Zukunft jedes Mal ängstigen, wenn du zur Arbeit gehst.«

Wisting verharrte kurz und sah Dokken nach. Dann ging er hinunter in den Umkleideraum, zog sich aus und duschte heiß. Der Schnitt unter dem Auge hatte aufgehört zu bluten. Es hatte sich schon Schorf gebildet, und die Wunde sah eher aus wie ein Kratzer. Die feuchte Kleidung legte er in eine Plastiktüte und schlüpfte dann in einen Trainingsanzug, den er in seinem Spind liegen hatte. Dann stieg er die Treppe zur Wache hinauf, berichtete von den Ereignissen und nahm eine

Tasse Kaffee und eine Rolle Absperrband mit hinaus zu seinem Wagen.

Es war bereits dunkel, als er wieder zur Scheune kam. Er hatte keine Taschenlampe und arbeitete daher im Licht der Autoscheinwerfer. Nachdem er das Absperrband um die Scheune gespannt hatte, fuhr er zum Haus von Knut Heian. Der Traktor stand nicht mehr davor, und Heians Frau öffnete ihm. Wisting ersparte sich die Details, berichtete nur, dass die Scheune unter dem Gewicht des Schnees zusammengestürzt und die Umgebung abgesperrt worden sei, damit die Polizei am nächsten Tag ihre Untersuchungen einleiten könne.

Ingrid saß im Wohnzimmer und las, als er nach Hause kam. Line und Thomas lagen auf einer Wolldecke auf dem Boden. Wisting legte sich zu ihnen und ließ Thomas seinen Zeigefinger umklammern. Der Kleine hatte die Augen seiner Mutter. Genau wie seine Schwester. Klare eisblaue Augen.

»Warst du beim Training?«, fragte Ingrid.

»Ich musste mich umziehen«, sagte er und berichtete von dem Skelett und der zusammengestürzten Scheune, ohne jedoch zu erwähnen, dass er über eine Stunde unter dem Schnee begraben gewesen war.

Line beobachtete ihn mit großen Augen, während er erzählte. Wisting ging auf die Knie, hob Line vom Boden und rieb seine unrasierte Wange an ihrem Gesicht. Sie lachte und fing an, mit ihren kleinen Fingern seine Nase zu untersuchen.

»Ich frage mich, was wohl einmal aus ihr wird«, sagte Ingrid und lachte. »Sie ist so neugierig.«

»Vielleicht wird sie mal Forscherin«, mutmaßte Wisting. »Oder Ermittlerin?«

»Sie kann werden, was immer sie möchte«, meinte Ingrid.

Wisting hielt seine Tochter vor sich. Sie stand am Anfang des Lebens. Welchen Weg auch immer sie ging, er würde auf sie aufpassen.

Er legte sie wieder hin und hob Thomas vom Boden auf. Wisting war es wichtig, im Umgang mit den Kindern keine Unterschiede zu machen. Gleichwohl fiel ihm die Interaktion mit Line leichter. Sie reagierte stärker auf ihn, zappelte herum, lachte und schwenkte die Arme. Thomas war viel ruhiger. Aber das war nicht schlimm. Die Kinder waren einfach sehr unterschiedlich.

Er nahm seinen Sohn mit zum Sofa und setzte ihn sich auf den Schoß.

»Ich brauche morgen das Auto«, sagte er zu Ingrid. »Geht das in Ordnung?«

»Dann musst du aber einkaufen, bevor du nach Hause zurückkommst. Die Einkaufsliste liegt in der Küche.«

Nachdem er sich eine Stunde mit Ingrid unterhalten hatte, versorgte er die Zwillinge und legte sie ins Bett. Dann setzte er sich an die Schreibmaschine, die er von seinem Schwiegervater ausgeliehen hatte, und begann mit dem Bericht. Viele Dinge waren parallel zueinander passiert, aber Wisting versuchte, die Zusammenfassung so zu schreiben, wie er es auf der Polizeischule gelernt hatte. Leicht verständlich, übersichtlich, nüchtern und sachlich sowie chronologisch geordnet. Es war schon weit nach Mitternacht, als er endlich eine Version angefertigt hatte, mit der er zufrieden war.

Ingrid war schon eingeschlafen. Wisting sah noch einmal nach den Zwillingen, ehe er sich auszog und neben Ingrid legte. Es dauerte eine Weile, bis er einschlief. Wie viele schlaflose Nächte standen ihm in diesem Beruf wohl noch bevor?, dachte er kurz vor dem Einschlafen.

24

Wisting war schon früh in der Polizeidienststelle, wartete aber, während Dokken seine Morgenbesprechung mit den Abschnittsleitern und den Ermittlern abhielt. Die Frau von der Aktenverwaltung brachte ihm eine Tasse Kaffee und lächelte wie beim letzten Mal. Plötzlich fiel ihm ihr Name wieder ein. Sie hieß Bjørg Karin. Er nahm die Tasse entgegen und bedankte sich.

Mit der anderen Hand reichte sie ihm ein Blatt Papier.

»Ich dachte, das könnte Sie vielleicht interessieren«, sagte sie und kehrte zu ihrem Arbeitsplatz zurück.

Es war die Kopie eines Schreibens an das *Norwegische Amtsblatt* mit der Bitte um Abdruck einer Stellenanzeige. Ab dem 1. März gab es eine freie Stelle als Ermittler in der Polizeistation Larvik. Wisting las die Stellenanzeige zweimal, faltete das Papier zusammen und stopfte es sich in die Gesäßtasche.

Um Viertel vor neun wurde die Tür zum Büro des Abteilungsleiters geöffnet. Ermittler in Anzug und Krawatte kamen heraus. Ove Dokken blieb zusammen mit dem Dienststellenleiter am Tisch sitzen. Wollert Hagen war ein großer und kräftiger Mann mit grauer Haut und Tränensäcken. Wisting arbeitete jetzt bereits ein halbes Jahr in der Station, war dem Dienststellenleiter aber noch nicht offiziell vorgestellt worden.

Dokken rief ihn herein. Wollert Hagen blickte von ein paar Unterlagen auf und erhob sich halbwegs vom Stuhl, ehe er die Hand ausstreckte. Wisting begrüßte ihn und nahm dann Platz.

»Wie ist es denn gestern in Oslo gelaufen?«, fragte er und sah Dokken an.

Der Abteilungsleiter zog eine Zigarette aus dem Päckchen.

»Vier Leute sitzen jetzt ein«, sagte er und griff nach seinem Feuerzeug. »Die Kollegen haben ausreichend Beweise wegen eines Raubs in Ski und eines anderen in Mysen in der Hand. Und jetzt wollen wir mal schauen, was dabei herauskommt«, fuhr er fort und zündete die Zigarette an.

Wisting zog eine Plastikhülle hervor, die er in sein Notizbuch gelegt hatte. Er hatte drei Kopien des Berichts angefertigt und reichte sie Dokken.

Ein Kriminaltechniker betrat den Raum und schloss die Tür hinter sich.

»Ich habe Finn Haber dazugebeten«, erklärte Dokken und bot dem Neuankömmling einen Stuhl an. Dann bat er Wisting, von den Ereignissen zu berichten.

Er brauchte fast eine Stunde, um jeden Punkt in dem Bericht zu erläutern. Finn Haber unterbrach ihn ein paarmal, während Wollert Hagen schweigend zuhörte.

Als er geendet hatte, zündete sich Dokken eine weitere Zigarette an.

»Und was sollten wir deiner Meinung nach jetzt tun?«, fragte er.

Wisting war auf die Frage nicht vorbereitet. Er hatte sich vorgestellt, dass er von seinen Unternehmungen berichten würde, damit Dokken und der Dienststellenleiter das weitere Vorgehen beschließen konnten.

»Wir sollten die Leiche bergen und feststellen, um wen es sich handelt«, erwiderte er dennoch, ohne zu zögern. »Und dann sollten wir mit Anna Skaugen reden.«

Dokken warf einen Blick auf den Dienststellenleiter, der eine Kopie des Berichts vor sich liegen hatte.

»Einverstanden«, sagte er. »Der Oldtimer muss auch aus

der Scheune geholt werden. Wie ich es verstanden habe, liegen fast fünfzig Jahre zwischen den beiden Ereignissen. Der Wagen steht seit 1925 in der Scheune, wohingegen die Leiche vermutlich seit 1973 dort liegt. Trotzdem kann es einen Zusammenhang geben, insbesondere dann, wenn diese Anna, an die der Brief adressiert wurde, mit der Anna identisch ist, die 1925 von dem Geldtransport erfahren hat.«

»Sollten wir nicht den Brief öffnen?«, fragte Haber.

»Einverstanden«, sagte der Dienststellenleiter. »Wo befindet er sich?«

»Ich habe ihn im Wagen liegen«, sagte Wisting. »Aber wenn ich vielleicht einen Vorschlag machen dürfte?«

Dokken nickte.

»Anna Skaugen ist vermutlich die Einzige, die etwas über die Geschehnisse in der Scheune weiß. Ich dachte, wir könnten den Brief als eine Art Türöffner benutzen. Falls es sich um den Abschiedsbrief ihres Vaters handelt, wäre es respektvoller, wenn sie ihn in ungeöffnetem Zustand bekommt. So könnten wir sie auch leichter zum Reden bringen. Ein geöffneter Brief könnte sie gegen uns aufbringen.«

»Gut durchdacht«, meinte Haber.

»Der Brief liegt seit Jahren in der Scheune. Wir können sicher noch ein paar Stunden warten, ehe wir erfahren, was drinsteht«, fügte Wisting hinzu.

»In Ordnung«, sagte Dokken und drückte die Zigarette im Aschenbecher aus. »Dann mal los.«

25

Die Arbeiten waren bereits seit einigen Stunden im Gange, als Wisting wieder zu der zusammengestürzten Scheune kam. Ein paar Kollegen in Overalls schippten gerade Schnee und räumten einen Weg in das Innere des Gebäudes frei, wo gemäß Wistings Erläuterungen das Skelett liegen sollte.

Finn Haber stand bei seinem Wagen. Er goss Kaffee aus einer Thermoskanne in eine Tasse und beobachtete die arbeitenden Männer. Wisting parkte etwas abseits und ging zu ihm.

Im Laufe der Morgenstunden war die Temperatur gefallen. Der Schnee knirschte unter den Stiefeln. Jeder Atemzug verursachte eine kleine weiße Wolke.

Haber füllte eine weitere Tasse und reichte sie Wisting.

»Ich habe versucht, mich zu erinnern«, sagte er und deutete mit der Kaffeetasse auf die eingestürzte Scheune. »Ich bin hier 1973 schon einmal gewesen.«

»Hier?«

»Nicht genau hier«, erwiderte Haber. »Aber ich hatte zwei Jahre in Oslo gearbeitet und kam im Frühjahr 1973 hierher. Allerdings nicht als Techniker, das wurde ich erst später. Damals war ich Hundeführer und hatte hier in Larvik eine Stelle angenommen. Ich habe versucht, mich zu erinnern, ob irgendjemand in jenem Sommer als vermisst gemeldet wurde.« Er nahm einen Schluck Kaffee. »Mein Gedächtnis ist ziemlich gut«, fuhr er fort und tippte sich mit dem Finger an die Stirn. »Aber das war nicht der Fall.«

»Bist du dir sicher?«

Haber nickte und nahm noch einen Schluck.

»Das wäre ja dann eine ziemliche Aktion gewesen«, sagte er. »Wenn jemand vermisst wird, gibt es zuerst eine Suchaktion. Ich wäre rausgeschickt worden, mit meinem Hund Jack. Und danach wäre der Vermisstenfall in die Ermittlungsphase getreten. Ein ungelöster Fall, der die Abteilung über Wochen und Monate verfolgt hätte. An so etwas würde ich mich erinnern.«

Wisting sah zu den Männern hinüber, die mit ihren Spaten den Weg in die Scheune frei schaufelten.

»Vielleicht wurde er ja nie als vermisst gemeldet?«, mutmaßte er. »Oder das Jahr stimmt nicht.«

Einer der Männer in Overall hob die Hand und rief etwas. Haber kippte den Rest seines Kaffees in den Schnee.

»Tja«, sagte er und schraubte den Deckel der Thermoskanne zu. »Um das herauszufinden, sind wir hier.«

Wisting sah den Kriminaltechniker an. Er hätte seine Untersuchungen ausweiten sollen, ehe er Dokken und dem Dienststellenleiter seinen Bericht vorgelegt hatte. In Bjørg Karins Büro lagen die alten Akten. Vermutlich hätte er problemlos herausfinden können, ob 1973 eine Vermisstenmeldung eingegangen war. Die Information darüber, ob jemand zu besagtem Zeitpunkt als vermisst gegolten hatte oder nicht, hätte Bestandteil des Berichts sein müssen.

Sein Kaffee war kalt geworden. Er stellte die Tasse weg und folgte Haber zu den Überresten der Scheune.

Seine Kollegen von der Streifenpolizei stützten sich auf ihre Spaten und ruhten aus. Sie hatten sich bis zu der Kutsche vorgearbeitet. Die obere Schneeschicht sowie das Wellblech und andere Teile waren schon beseitigt worden. Ein Knochen ragte aus der übrig gebliebenen Schneeschicht hervor.

»Okay«, sagte Haber und stellte seinen Arbeitskoffer ab. »Dann könnt ihr jetzt Pause machen.«

Die Männer nahmen ihre Spaten und gingen zurück zum

Sammelpunkt. Haber holte eine kleine Schaufel hervor und begann, den Bereich um den Knochen freizulegen. Nachdem er weitere Knochenreste unter dem Schnee entdeckt hatte, unterbrach er die Arbeit. Er machte ein Foto von den Knochenresten und legte sie in einen großen Plastikkasten. Dann machte er weiter. Wisting beobachtete ihn und spürte, wie die Kälte durch die Schuhsohlen drang. Er hatte sich vorgestellt, dass die Aufgabe des Kriminaltechnikers viel mühsamer wäre, doch Haber arbeitete schnell und effektiv. Nach zwanzig Minuten hatte er sich bis zu der Pistole durchgegraben.

»Du hattest recht«, sagte er. »Es ist eine Luger.«

Er zog sie aus dem Schnee, sicherte sie und legte sie in einen Beweisbeutel. Ebenso verfuhr er mit dem Ledergürtel und der Armbanduhr, die beide noch intakt wirkten.

Wisting nahm den Beutel mit der Uhr, hob ihn hoch und betrachtete sie durch das Plastik. Es war ein einfaches Seiko-Modell ohne Gravierung.

Zwei der Polizisten in Overall fingen an der Stelle an zu graben, wo Wisting den Rucksack gesehen hatte. Die anderen begannen, den Oldtimer freizulegen.

Haber hatte den Schädel gefunden und zog einen kleinen Pinsel heraus, um ihn vom restlichen Schnee zu befreien.

»Was meinst du, wie lange hat der hier wohl gelegen?«, fragte Wisting.

»Schwer zu sagen«, erwiderte Haber. »Es gibt zu viele Variablen. Zehn Jahre kann schon stimmen, aber genauso gut könnten es zwanzig sein.«

Wisting drehte sich um, als er das Geräusch eines Wagens hörte. Das Auto fuhr bis dicht an das Absperrband heran und bremste dann ab. Ove Dokken stieg aus, zog den Reißverschluss seiner Jacke höher und trat zu ihnen. Er murmelte etwas über die Kälte, zog dann ein Päckchen Zigaretten hervor und klopfte eine davon heraus. Er wollte sich das Päckchen schon wieder in die Jackentasche stopfen, besann sich dann aber und bot Wisting eine Zigarette an.

Wisting schüttelte den Kopf. Haber richtete sich auf und fotografierte den Schädel aus allen Winkeln.

»Wer ist das?«, fragte Dokken und blies den Rauch in Richtung der Knochenreste.

Wisting sah zu den Männern hinüber, die nach dem Rucksack suchten.

»Aller Wahrscheinlichkeit nach Alfred Danielsen«, erwiderte er. »Jedenfalls ist es sein Rucksack, der da liegt.«

»Das ist er nicht«, sagte Dokken und steckte die Hände in die Jackentasche. »Alfred Danielsen liegt auf dem Friedhof Tanum«, erklärte er mit der Zigarette im Mund. »Ist 1968 gestorben. Ich kannte ihn. Ich hab ihn auf frischer Tat ertappt, als er irgendwann in den Fünfzigerjahren den Geldschrank des Gemeindekämmerers aufgebrochen hat.«

Wisting musste die Information erst einmal sacken lassen.

»Hast du mit Bjørg Karin gesprochen?«, fragte er Dokken. »War in dem aktuellen Zeitraum jemand als vermisst gemeldet?«

»Nein. Deshalb frage ich ja. Wer ist das?«

Haber nahm den Schädel und legte ihn in einen separaten Pappkarton. Von der Öffnung am Hinterkopf zogen sich verschiedene Bruchspuren in alle Richtungen. Wisting kamen ein paar Gedanken, um wen es sich handeln könnte, aber er behielt sie für sich.

Haber sammelte die übrigen Knochen ein. Dokken drückte die Zigarette zwischen Daumen und Zeigefinger aus.

»Liegt der Brief noch in deinem Wagen?«, fragte er und legte die halb gerauchte Zigarette zurück in die Packung.

Wisting nickte. Dokken steckte die Hände wieder in die Taschen und schob die Schultern vor.

»Dann solltest du mal loslegen.«

26

Wisting hatte beim Einwohnermeldeamt angerufen und sich ihre Adresse geben lassen. Anna Skaugen wohnte in der Bugges gate in Torstrand. Sie war 1907 geboren worden und seit dem 1. Januar 1979 Witwe.

Eiszapfen ragten vom Dachvorsprung des zweistöckigen Hauses herab. Von den grauen Eternitplatten, mit denen das Haus verkleidet war, hatten sich einige teilweise abgelöst und hingen schief. Die Fenster waren mit Schmutz und Staub überzogen, sodass es unmöglich war, in das Innere hineinzublicken.

Wisting stellte den Wagen vor der windschiefen Garage ab. Zwei Briefkästen am Zaun vor dem Haus waren fast vollständig von Schnee bedeckt. *Anna Skaugen* stand auf einem der beiden. Ein schmaler Pfad führte zur Vortreppe. Wisting folgte ihm. Es gab zwei Klingelschilder: *Jens Brun* und *Anna Skaugen*. Wisting drückte auf den unteren Knopf.

Nichts an der beleibten älteren Frau, die die Tür öffnete, erinnerte an die lächelnde Achtzehnjährige, die er auf dem Foto bei Ruth Skaugen gesehen hatte. Ihr Haar war grau, die Locken nicht mehr vorhanden. Ein großer Leberfleck hatte sich auf ihrer Stirn gebildet. Zwischen Nase und Mund verliefen tiefe Falten. Unter ihrem Kinn hing die Haut herab und ließ ihre Mundpartie noch schlaffer wirken, als sie ohnehin schon war. Sie war sechsundsiebzig, sah aber viel älter aus.

»Anna Skaugen?«, fragte Wisting.

Die Frau legte den Kopf etwas schräg, als ob sie schlecht hörte.

»Wer möchte das wissen?«

Wisting nannte seinen Namen.

»Ich komme von der Polizei«, erklärte er. »Ich habe einen Brief bei mir, der vermutlich an Sie gerichtet ist.«

»Einen Brief?«

»Ich muss es Ihnen erklären«, sagte Wisting. »Darf ich hereinkommen?«

Einen Moment lang sah sie ihn an. Schließlich schüttelte sie sich und trat einen Schritt zurück, als hätte allein die Kälte sie veranlasst, ihn hereinzubitten.

Wisting folgte ihr durch den Gang, vorbei an einer nach oben führenden Treppe und einem Telefontischchen, und trat dann durch eine halb geöffnete Tür, hinter der ein kleines Wohnzimmer mit dicken, zugezogenen Vorhängen lag. Es war dunkel und roch unangenehm. Ein Geruch von Staub, abgestandener Luft und Topfpflanzen in feuchter Erde.

Irgendwo im Haus wurde eine Tür geöffnet.

»Wer ist denn da?«, ertönte eine Männerstimme aus dem Obergeschoss.

Die alte Frau trat auf die Treppe im Gang zu.

»Ich bin es«, antwortete sie mit kräftiger Stimme. »Mein Enkel«, erklärte sie und drehte sich wieder zu Wisting um. »Er ist arbeitslos.«

Sie ging zu einer Sofagruppe und legte die Hand auf die Rückenlehne eines Sessels. Dort blieb sie stehen, bis Wisting Platz genommen hatte.

Er legte das Notizbuch auf den Tisch und wartete, bis auch sie sich hingesetzt hatte. Aus dem oberen Stockwerk war Musik zu hören. Harte Rhythmen.

»Ich fürchte, ich habe schlechte Nachrichten für Sie«, begann Wisting und berichtete, dass ein toter Mann in einer Scheune bei Tveidalen gefunden worden sei.

Die Frau hörte ihm aufmerksam zu.

»Diese Scheune ist seit Mitte der Fünfzigerjahre mehr oder weniger unbenutzt gewesen«, fuhr Wisting fort. »Der Mann, den wir dort gefunden haben, hat vermutlich schon lange dort gelegen, ohne dass es jemand gemerkt hat.«

Die Frau nickte, als hätte sie diese Nachricht schon erwartet.

»Im Inneren der Scheune haben wir auch einen Rucksack gefunden«, führte Wisting weiter aus. »Im Futter steht ein Name: Alfred Danielsen.«

Die alte Frau schnappte nach Luft und musste husten.

»Mein Vater«, sagte sie, nachdem der Hustenanfall vorbei war. »Alfred Danielsen war mein Vater.«

Wisting wollte fragen, ob sie vielleicht wusste, wie der Rucksack in der Scheune gelandet sein konnte, ließ es aber sein. Die Frage konnte noch warten.

»Im Rucksack steckte ein Brief«, fuhr er fort und zog den Umschlag aus seinem Notizbuch.

Anna Skaugen warf einen Blick darauf.

»Von Kai?«, fragte sie mit leicht zitternder Stimme.

Wisting verstand nicht, was sie meinte. Beim Einwohnermeldeamt hatte es geheißen, dass Anna Skaugen seit dem Tod ihres Mannes Kai am 1. Januar 1979 Witwe war. Er fragte sich, ob sie vielleicht senil war und ihr Gedächtnis sie im Stich ließ.

»Wir haben ihn nicht geöffnet«, sagte er ruhig und schob den vergilbten Umschlag über den Tisch.

Die alte Frau sah den Brief einen Moment lang an und hob ihn dann vom Tisch auf. Schnell ließ sie die Hände wieder in den Schoß fallen, anscheinend um das schwache Zittern zu verbergen.

»Ich könnte ein Messer holen«, bot Wisting an.

Wisting erhob sich und ging in die Küche. Der Abwasch stand zum Trocknen auf einem Geschirrtuch. Er nahm ein Buttermesser und kehrte zurück ins Wohnzimmer.

»Soll ich das vielleicht machen?«, fragte er und hielt ihr gleichzeitig das Messer hin.

Sie antwortete nicht, griff aber nach dem Messer und schlitzte den Umschlag vorsichtig auf. Als sie fertig war, nahm Wisting das Messer und setzte sich wieder. Eigentlich hätte er sie gern allein gelassen, damit sie in Ruhe den Brief lesen konnte, aber inzwischen handelte es sich um einen offiziellen Fall.

Sie hielt den Brief in den Händen, den Blick in die Ferne gerichtet. Wisting wollte sie nicht unter Druck setzen.

»Erzählen Sie mir doch von Kai«, bat er stattdessen, als ein paar Minuten vergangen waren.

Anna Skaugen räusperte sich.

»Er ist verschwunden«, sagte sie ohne nähere Erklärung.

Wisting blätterte in seinen Notizen.

»Er ist am 1. Januar 1979 gestorben«, sagte er behutsam.

Sie schüttelte den Kopf.

»Das Datum wurde bloß festgelegt, um die Sache zu Ende zu bringen. Zu diesem Zeitpunkt war er bereits zehn Jahre verschwunden. Er wurde nie gefunden, aber alle waren der Ansicht, er sei tot. Es musste dann auch in den Registern und überall im System vermerkt werden. *Vermutlich verstorben*, hieß es in den Papieren, die ich bekam. Und dann wurde ein Datum festgelegt.«

Wisting sah plötzlich ganz neue Möglichkeiten. Tatsächlich konnten die Zusammenhänge ganz anders sein, als er sich zunächst vorgestellt hatte.

Anna Skaugen zog schließlich zwei spröde aussehende Papierbögen aus dem Umschlag. Die Musik im Obergeschoss wurde aufgedreht, und in den Wasserrohren rauschte es plötzlich.

Wisting ließ sie in aller Ruhe lesen. Sie zwinkerte eine Träne weg, legte das erste Blatt hinter das zweite und las weiter.

»Danke«, sagte sie flüsternd, nachdem sie fertig war. »Der Brief ist von Kai.«

Wisting wartete auf die Fortsetzung.

»Was schreibt er denn?«, fragte er nach einer Weile.

»Der Brief ist von 1973«, sagte sie und konzentrierte sich wieder auf das erste Blatt. »Er hat ihn am 25. Juli 1973 geschrieben.« Sie schluckte und faltete die beiden Blätter wieder zusammen. »Er sagt, dass er nicht mehr will. Dass der Sommer sich dem Ende zuneigt und er die dunkle Jahreszeit nicht erleben will.« Anna Skaugen hielt den Brief umklammert, als wollte sie an ihrem Ehemann festhalten. »Kann ich den Brief behalten?«

»Ich muss ihn leider wieder mitnehmen, um ihn zu kopieren«, erklärte Wisting. »Sie bekommen ihn bald wieder zurück. Es ist ja Ihr Brief.«

»Wo haben Sie Kai gefunden?«, fragte sie.

Wisting wiederholte, was er über die Scheune berichtet hatte.

»Es sah so aus, als hätte er eine Weile dort gelebt«, fügte er hinzu.

»Er war in Oslo«, erklärte Anna Skaugen. »Da ist er gern hingefahren, hatte aber keinen Ort zum Wohnen. Er hat sich herumgetrieben und an solchen Orten übernachtet.«

»Haben Sie die Polizei eingeschaltet, als er verschwand?«

»Nicht sofort. Er war ja immer mal wieder für eine Zeit lang weg. Manchmal hab ich etwas von Leuten gehört, die ihn irgendwo gesehen hatten. Einmal im Sommer meinte jemand, er wäre ihm am Bahnhof hier in der Stadt begegnet. Das kann vielleicht in dem Jahr gewesen sein, 1973. Ich dachte, er würde nach Hause kommen, aber ich habe ihn nie wiedergesehen.«

Sie erzählte davon, wie schwierig das Leben mit ihrem Ehemann gewesen sei. Er habe zeitweilig unter Depressionen gelitten und sei immer öfter mit dem Gesetz in Konflikt geraten.

Ein paarmal habe er auch im Gefängnis gesessen. Das erste Mal 1927, als sie gerade ihr erstes Kind geboren hatte.

Wisting dachte an Ruth Skaugen und ihren Mann, die den Kontakt zu Anna und Kai abgebrochen hatten. Jetzt verstand er auch, wieso. Ruth Skaugen hatte im Gespräch nichts davon erwähnt, dass ihr Schwager verschwunden sei, sondern nur gesagt, er sei gestorben. Dann hatte sie sich mit Kaffeekanne und Fladenbrot beschäftigt und das Gespräch in eine andere Richtung gelenkt, ohne ins Detail zu gehen. Was Wisting jetzt wusste, hätte er auch schon am Vortag erfahren können, wenn er seine Fragen so gestellt hätte, wie es ein erfahrener Ermittler tun würde.

»Wie ist er gestorben?«, fragte Anna Skaugen plötzlich. »Wissen Sie das?«

Die Frage kam unerwartet für Wisting. Er war nicht darauf vorbereitet, die Einzelheiten des Todesfalls zu schildern.

»Wir haben eine Pistole gefunden«, sagte er sanft.

Die alte Frau schüttelte sich.

»Ach! Diese verdammte Pistole!«

Draußen im Gang klingelte das Telefon. Die Musik im ersten Stock wurde leiser gestellt, und Wisting hörte eilige Schritte auf der Treppe.

»Ich geh schon ran!«, rief der Enkel und schloss die Wohnzimmertür.

Geduldig warteten Wisting und Anna Skaugen auf das Ende des Telefonats. Die alte Frau spielte mit dem Brief herum. Der Enkel im Flur war anscheinend bemüht, leise zu sprechen. Sie konnten nicht verstehen, was er sagte, und nach etwa einer Minute waren seine Schritte erneut auf der Treppe zu hören.

»Wir haben in der Scheune noch etwas anderes gefunden«, fuhr Wisting fort. »Unter einer Plane stand ein alter Wagen. Er gehörte den Brüdern Marvin und Martinius Bergan, die in den Zwanzigerjahren in Oslo eine Transportfirma betrieben. Der

Wagen verschwand mitsamt dem Fahrer während eines Geldtransports im Jahr 1925.«

Anna Skaugen erhob sich erstaunlich leicht aus ihrem Sessel, trat auf eine Kommode am anderen Ende des Zimmers zu und blieb vor ein paar Familienfotos stehen, die an der Wand hingen.

»Wissen Sie etwas darüber?«, fragte Wisting nach einer Weile.

»Natürlich«, sagte sie und drehte sich um. »Der Mann, der verschwunden ist, war ja ein Verwandter von Ruth, die mit Kais Bruder verheiratet war. Er war ein paar Tage vor seinem Verschwinden noch mit seinem Wagen bei ihnen.«

»Sie waren da auch«, ergänzte Wisting.

»Das ist alles so lange her«, sagte die alte Frau und schüttelte den Kopf.

»Es geht um einen Kriminalfall«, erklärte Wisting und setzte damit den offiziellen Rahmen für die weitere Unterhaltung.

»Ich habe seinerzeit mit der Polizei gesprochen«, sagte sie. »Damals konnte ich mich besser erinnern als heute, aber es gab nichts zu erzählen. Ich wusste nichts. Und daran hat sich nichts geändert.«

Sie drehte sich wieder zur Wand, nahm ein Foto herunter und ging damit zum Tisch.

»Das ist Kai«, sagte sie und reichte Wisting das Bild.

Das Foto musste irgendwann vor dem Krieg gemacht worden sein. Kai war noch jung und trug einen Anzug mit Weste, ein weißes Hemd und eine Krawatte.

»Ich habe gestern mit Ruth gesprochen«, fuhr Wisting fort und legte das Bild auf den Tisch. »Ihrer Schwägerin.«

Anna Skaugen setzte sich wieder.

»Sie hat mir etwas anderes erzählt, als was sie damals gegenüber der Polizei ausgesagt hat. Marvin Bergan habe sehr wohl von der bevorstehenden Fahrt nach Kristiansand und dem Geldtransport berichtet. Aber sie und die anderen hätten der Polizei nichts davon erzählt, weil Marvins Auftrag geheim war und er gar nicht darüber hätte reden sollen. Stimmt das?«

»Das ist alles so lange her«, wiederholte Anna Skaugen.

»Wussten Sie, dass er Geld transportieren sollte?«, fragte Wisting.

»So war es wohl«, sagte sie und nickte. »Wir haben es der Polizei gegenüber nicht erwähnt, weil wir es ja eigentlich nicht hätten wissen dürfen.«

Wisting änderte seine Sitzposition.

»Wessen Vorschlag war es, diese Information zu verschweigen?«

Anna Skaugen schüttelte den Kopf.

»Es hat sich so ergeben. Wir haben es einfach nicht erwähnt.«

»Aber Sie müssen sich doch vorher irgendwie geeinigt haben. Nicht alle hatten doch zur selben Zeit den gleichen Gedanken. Irgendwer muss doch die Initiative übernommen haben?«

»Spielt das eine Rolle?«

Wisting schwieg. Er wollte ihr nicht ins Gesicht sagen, dass derjenige, der vorgeschlagen hatte, diese Information der Polizei gegenüber zu verschweigen, der Täter gewesen sein konnte, denn er hätte ja am ehesten davon profitiert. Stattdessen ließ er ihr Zeit zum Nachdenken.

»Es muss Ruth oder Dagfinn gewesen sein«, sagte sie schließlich. »Marvin war ja Ruths Vetter. Irgendwie wollten sie ihn wohl beschützen.«

»Wie haben Sie davon erfahren, dass Marvin und der Wagen mit dem Geld verschwunden waren?«, fragte Wisting.

»Kai hat es mir irgendwann erzählt. Er war bei Dagfinn gewesen, um den neuen Heuschober fertig zu bauen.«

»Kai war in jener Woche jeden Tag bei seinem Bruder, oder?«

Anna Skaugen nickte.

»Und was hat er in dieser Zeit sonst noch getrieben?«

»Nichts Besonderes … Jedenfalls nichts, woran ich mich erinnern kann. Wir haben ja damals noch nicht zusammengelebt, ich habe ihn also nicht jeden Tag gesehen.«

Wisting betrachtete das eingerahmte Foto von Kai Skaugen. Von allen, die an jenem Augusttag 1925 um den Gartentisch auf dem Brekkehof gesessen hatten, wirkte er am verdächtigsten. Er hatte damals sein Leben nicht im Griff gehabt und war auch später nicht damit zurechtgekommen. Falls er etwas mit den Geschehnissen zu tun gehabt hatte, müsste Anna Skaugen davon wissen oder zumindest geahnt haben, was ihr Mann getan hatte. Wisting blickte sie an. Er hatte nicht genug Erfahrung, um einschätzen zu können, ob ein Mensch log oder die Wahrheit sagte. Er wusste auch gar nicht, ob so etwas überhaupt möglich war, glaubte aber, ein kleines Zucken an ihrem rechten Auge entdeckt zu haben. Ein Nerv, der die Muskulatur unwillkürlich in Bewegung versetzte – vielleicht ein Hinweis darauf, dass sie etwas verbarg. Womöglich war das Zucken aber auch nur ihrem Alter geschuldet.

Wisting stellte noch weitere Fragen. Er wollte wissen, was Kai Skaugen am Tag des Überfalls getan hatte und wie seine finanzielle Situation gewesen war. Indirekt beschuldigte er ihn sogar des Überfalls, kam aber keinen Schritt weiter.

Plötzlich waren wieder Schritte auf der Treppe zu hören. Der Enkel steckte den Kopf zur Tür herein. Er hatte nasses Haar und trug eine schwarze Lederjacke. Sein Blick verharrte einen Augenblick auf Wisting und richtete sich dann auf die Großmutter.

»Ich bin dann mal weg«, sagte er.

Anna Skaugen nickte, und ihr Enkel ging.

Wisting erhob sich. Er kam nicht weiter.

»Haben Sie eigentlich mal Ragna Bergan kennengelernt?«, fragte er und schickte sich zum Gehen an.

»Wer ist das denn?«

»Ich habe vor dem Wochenende mit ihr gesprochen«, erklärte er. »Sie war mit Marvins Bruder verheiratet. Seit 1925 ergeht es ihr wie Ihnen. Sie hat auf eine Antwort gewartet.«

Der Blick der alten Frau veränderte sich. Wisting wusste nicht, ob er irgendetwas in ihr angestoßen hatte, das zu einer Fortsetzung der Unterhaltung führen könnte, doch ehe er weiter darüber nachdenken konnte, stand der Enkel wieder in der Tür.

»Wenn der Volvo Ihnen gehört, müssten Sie den Wagen bitte wegfahren. Er steht vor der Garage.«

»Oh, tut mir leid«, sagte Wisting.

Anna Skaugen erhob sich von ihrem Sessel. Wisting reichte ihr die Hand, bedankte sich für die Gastfreundschaft und ging auf die Tür zu. Dann drehte er sich wieder um.

»Der Brief«, sagte er. »Ich muss ihn leider mitnehmen. Sie bekommen ihn bald zurück.«

Erstaunt blickte sie auf den Umschlag, der auf dem Sessel lag.

»Natürlich«, erwiderte sie und reichte ihn Wisting.

Er bedankte sich abermals.

Der Enkel stand vor dem Haus und sah gerade die Post durch. Als Wisting aus dem Haus kam, legte er die Sendungen zurück in den Briefkasten und trat auf die Garage zu. Wisting setzte sich in den Wagen und fuhr ein Stück zur Seite. Er wartete, bis der Enkel weggefahren war, und öffnete dann den Umschlag, um den Brief zu lesen.

Es hatten zwei Papierbögen im Umschlag gelegen, davon war er überzeugt. Jetzt steckte nur noch einer darin. Der andere musste noch bei Anna Skaugen liegen. Der Brief, den er vor sich hatte, begann zwar mit *Liebe Anna* und war auch mit *Dein Kai* unterschrieben, aber ungeachtet dessen war Wisting sicher, dass sie zwei Blätter aus dem Umschlag genommen hatte.

Er legte den Brief zurück und befühlte den Umschlag. Er wirkte dünner und leichter, als er sich vor dem Öffnen angefühlt hatte.

Wisting stieg aus dem Wagen, ging zur Haustür und klingelte. Anna Skaugen erschien wieder an der Tür. Sie hatte sich eine wollene Strickjacke übergezogen.

»Ich glaube, das eine Blatt aus dem Briefumschlag liegt noch bei Ihnen«, sagte er.

Die alte Frau schüttelte den Kopf.

»Es war nur eins«, sagte sie.

»Ich bin mir aber ganz sicher, dass es zwei waren«, entgegnete Wisting. »Darf ich reinkommen und nachsehen? Vielleicht ist das andere auf den Boden gefallen.«

Sie trat beiseite und ließ ihn vorbei. Wisting hob das Sitzpolster des Sessels an, auf dem Anna Skaugen gesessen hatte, sah auch unter dem gerahmten Foto nach, fand das zweite Blatt aber nicht.

»Es war nur ein Blatt«, wiederholte sie.

Wisting musterte sie. An ihrem rechten Auge zuckte es wieder.

Jetzt war er völlig sicher. Sie log ihn an.

27

Ove Dokken war nicht zufrieden. Er saß hinter seinem Schreibtisch und hatte den Bericht von dem Treffen mit Anna Skaugen durchgelesen. Finn Haber hatte auf dem Sofa am Fenster Platz genommen, während Wisting sich auf den Besucherstuhl gesetzt hatte. Er war immer noch davon überzeugt, dass zwei Blätter in dem Umschlag gewesen waren, hatte jedoch beschlossen, dies nicht in seinem Bericht zu erwähnen. Stattdessen hatte er dem Leiter der Kriminalabteilung persönlich davon erzählt.

»Ich glaube, sie verbirgt irgendetwas«, sagte er.

»Glauben heißt nicht wissen«, brummte Dokken und nahm die Kopie des Briefs an Anna vom Schreibtisch. »Das hier hilft uns jedenfalls nicht weiter. Da steht nichts von Interesse. Nur, dass es ihm leidtut. Nicht mal, dass er sich umbringen will, hat er geschrieben. Nur, dass das Leben schwierig ist.«

»Sie hätte den Brief überhaupt nicht bekommen dürfen«, meinte Haber. »Wir brauchen eine gesicherte Identität. Kai Skaugen ist noch im Fingerabdruckregister verzeichnet, auch wenn er schon gestorben ist. Wir hätten die Abdrücke mit denen auf dem Brief vergleichen können.«

Ein Gedanke, der Wisting nicht mal im Ansatz gekommen war.

»Ist es jetzt zu spät?«, fragte er.

»Vielleicht noch nicht, aber streng genommen war es gar nicht nötig, an dem Umschlag herumzufingern.«

Der Kriminaltechniker beugte sich vor. »Hast du sie gefragt, ob sie irgendwas Handschriftliches von ihrem Mann hat?«, wollte er wissen. »Etwas mit seiner Unterschrift, sodass wir sie mit dem Brief hätte vergleichen können?«

»Nein.«

»Und die Uhr?«, fragte Dokken. »Hast du gefragt, ob sie die Armbanduhr wiedererkennen würde, die wir gefunden haben?«

Wisting schüttelte den Kopf. Daran hatte er ebenso wenig gedacht.

»Oder noch besser«, sagte Haber. »Hatte sie ein Bild von ihm – mit der Uhr?«

»Sie hat mir ein Foto gezeigt«, erwiderte Wisting.

»Hat er darauf die Uhr getragen?«

»So genau habe ich nicht hingesehen.«

»Und der Rucksack ihres Vaters?«, fuhr Dokken fort. »Konnte sie bestätigen, dass ihr Mann den benutzt hat? Hatte er ihn vielleicht nach dem Tod seines Schwiegervaters von ihm übernommen oder so etwas?«

»Darüber haben wir überhaupt nicht gesprochen.«

»Was ist mit der Pistole?«, fragte Dokken und blies den Rauch seiner Zigarette aus. »Wusste sie, ob ihr Mann eine Luger hatte?«

»Ich hatte den Eindruck«, erwiderte Wisting.

»Aber gefragt hast du sie nicht?«

»Ich kann sie anrufen und um weitere Informationen bitten«, schlug Wisting vor.

»Mach das«, gab Dokken zurück und schob den Bericht über den Tisch. »Rede noch mal mit ihr und schreib einen neuen Bericht.«

Wisting nahm den mangelhaften Bericht wieder an sich.

»Tut mir leid«, sagte er und stand auf.

»Es ist mein Fehler.« Dokken seufzte. »Ich hätte dich nicht allein zu ihr schicken dürfen. Du hättest einen erfahrenen

Ermittler dabeihaben müssen, dann hätte sie es vielleicht auch nicht geschafft, das zweite Blatt verschwinden zu lassen.«

Wisting wandte sich zum Gehen.

»Erkundige dich bitte, ob ihr Mann sich jemals den Arm gebrochen hat«, bat Haber. »Der linke Unterarm der Leiche zeigt einen hässlichen Bruch.«

Wisting setzte sich wieder an den freien Schreibtisch und versuchte zu entspannen. Das Ergebnis aus dem Gespräch mit Anna Skaugen war nicht gerade eine gute Ausgangsbasis für die Bewerbung als Kriminalermittler.

Er nahm einen Bleistift und notierte alle Zusatzfragen, die er noch stellen musste. Dann griff er zum Hörer und wählte die Nummer.

Anna Skaugens Enkel war am anderen Ende der Leitung.

»Hier ist Jens«, meldete er sich. »Jens Brun.«

Das klang forsch, allerdings war Wisting nicht klar, ob es eine bewusste Anspielung auf James Bond sein sollte oder ob es reiner Zufall war, dass er sich so vorstellte.

Wisting nannte seinen Namen, ließ jedoch unerwähnt, dass er von der Polizei war.

»Könnte ich bitte mit Anna Skaugen sprechen?«, bat er.

Es dauerte eine Weile, bis die alte Frau ans Telefon kam.

»Ich habe noch ein paar Fragen«, erklärte Wisting.

»Ja, bitte?«

»Wissen Sie, ob Ihr Mann sich jemals den Arm gebrochen hat?«

»Ja, das war Mitte der Sechzigerjahre. Er ist damals von einer Leiter gefallen. Weshalb fragen Sie?«

Wisting erklärte, es ginge um die Identifizierung des Toten aus der Scheune.

»War das der linke oder der rechte Arm? Erinnern Sie sich?«

Anna Skaugen musste nachdenken.

»Links«, meinte sie schließlich.

»Wir haben eine Uhr gefunden«, sagte Wisting. »Wissen Sie noch, was für eine Armbanduhr Ihr Mann benutzt hat?«

»Sie war hellbraun oder messingfarben«, erwiderte sie. »Irgendein japanisches Fabrikat, das er nicht aufziehen musste.«

»Also mit Batterie?«

»Nein, das war so eine moderne Uhr, die sich von selbst aufzog, wenn man den Arm bewegte.«

Wisting machte sich Notizen.

»Sie haben mir ein Foto gezeigt«, fuhr er fort. »Trägt er darauf diese Uhr?«

»Da muss ich nachsehen, Augenblick.«

Sie legte den Hörer weg. Wisting wartete. Seine Gedanken wanderten weiter. Ohne zu wissen, warum, notierte er den Namen *Brun* in seinem Notizbuch, ehe Anna Skaugen wieder an den Apparat kam.

»Das kann man leider nicht sehen«, sagte sie. »Nicht auf diesem Foto.«

Wisting ließ sich nicht ablenken und konzentrierte sich auf die weiteren Fragen. Als er sie abgehakt hatte, wechselte er das Thema.

»War das eben Ihr Enkel, der ans Telefon gegangen ist«, fragte er.

»Ja, wieso fragen Sie?«

»Sein Name ist Brun?«

»Meine Tochter ist eine verheiratete Brun«, erklärte Anna Skaugen. »Zu Hause ist es ihm nicht so gut ergangen, deshalb ist er vor ein paar Jahren zu mir gezogen. Aber bald wird er seine eigene Wohnung haben.«

Wisting blätterte zurück zu seinen Notizen über die Hütte, wo er vor Kurzem die Räuber des Nachttresors vermutet hatte.

»Ist Jens mit Vivian und Roger Brun verwandt?«

»Das sind seine Tante und sein Onkel«, erklärte Anna Skaugen. »Roger ist der Bruder seines Vaters.«

Um zu vermeiden, dass sie womöglich fragte, weshalb er sich für ihren Enkel interessierte, kam Wisting noch mal auf ihren Ehemann zurück.

»Da stand ein Paar Stiefel ganz nahe bei der Stelle, wo Ihr Mann gefunden wurde. Welche Schuhgröße hatte er?«

»Fünfundvierzig«, erwiderte sie, ohne zu zögern.

Wisting wollte das Gespräch abschließen, aber auch Anna Skaugen hatte noch Fragen. Sie hatte über die praktischen Dinge nachgedacht und erkundigte sich, was mit den menschlichen Überresten geschehen würde und was im Hinblick auf eine eventuelle Beerdigung unternommen werden müsste. Wisting wusste nicht auf alles eine Antwort, versprach aber, sich darum zu kümmern.

Nach dem Telefonat zog er die Kopie hervor, die er ganz hinten in sein Notizbuch gesteckt hatte. Es war eine Kopie des bei Simon Becker beschlagnahmten Zettels, worauf ein paar Namen mit Telefonnummern standen. Die Nummer von Anna Skaugen lautete 32082. Neben den Initialen *JB* fand er die Nummer wieder. Jens Brun.

Die Gedanken an das Skelett und den Geldtransport waren plötzlich wie weggeblasen. Er hatte eben eine Verbindungslinie zwischen dem Autodiebstahl und einem der möglichen Beteiligten am Einbruch in der Bank gefunden.

Er stand auf und ging mit allen Unterlagen zurück in Dokkens Büro. Noch wusste er nicht genau, wie er ihm die Entdeckung präsentieren sollte.

»Erinnerst du dich noch an die Hütte?«, fragte er.

Ove Dokken blickte auf.

»Welche Hütte?«

»Ich hatte eine Notiz geschrieben. Über eine Hütte in Tveidalen, wo die Täter nach dem Bankraub waren«, erklärte Wisting.

»Wir sind dem Hinweis nachgegangen«, sagte Dokken und nickte. »Das waren doch irgendwelche Tischler.«

»Keine richtigen Tischler«, berichtigte Wisting. »Der Neffe der Besitzer und ein Kumpel von ihm sollten eine Wandverkleidung austauschen. Ich habe eben entdeckt, dass dieser Neffe der Enkel von Anna und Kai Skaugen ist. Ich habe sogar mit ihm gesprochen, als ich bei ihr war.«

Der Abteilungsleiter lehnte sich zurück und wartete. Wisting zeigte ihm die Kopie der Telefonnummern, die man bei Simon Becker gefunden hatte, und deutete auf die Nummer von Jens Brun.

»Ich habe bei der letzten Nachtschicht ein wenig Zeit darauf verwendet«, erklärte er. »Ich hielt es für eine seltsame Idee, dass ein lokaler Autodieb eine Bande aus Oslo mit Autos versorgen sollte.«

Dokken wirkte skeptisch. Er warf einen Blick auf sein Zigarettenpäckchen, ließ es aber liegen.

»Du meinst also, dass Kai Skaugen 1925 den Geldtransport aus Kristiansand überfallen hat und dass sein Enkel jetzt hinter dem Raub des Nachttresors steckt?«

Wisting versuchte, noch mehr Argumente zu finden, und erwog, von den Münzen unter dem Sofa in der Hütte in Tveidalen zu erzählen. Doch dann hätte er zugeben müssen, dass er in das Gebäude eingedrungen war.

»Wirkt etwas weit hergeholt«, meinte Dokken und griff resigniert zu einer weiteren Zigarette.

»Wäre aber doch eine Untersuchung wert, oder?«

Ove Dokken zündete sich die Zigarette an und dachte nach.

»Wo willst du anfangen?«, fragte er.

»Bei dem Autodieb«, sagte Wisting. »Simon Becker.«

»Der sagt keinen Ton, aber du kannst es gern versuchen«,

schlug Dokken vor. »Der ist heute hier vernommen worden und wartet darauf, wieder ins Gefängnis zurückgebracht zu werden.«

»Sollte das nicht besser jemand machen, der auf Vernehmungen spezialisiert ist?«

Dokken blies den Rauch aus. »Die Experten haben das schon erfolglos versucht. Jetzt kannst du es probieren.«

»Aber ich habe ihn festgenommen«, wandte Wisting ein. »Außerdem habe ich noch nie jemanden vernommen. Jedenfalls nicht auf diese Weise.«

Dokken lächelte.

»Einmal ist immer das erste Mal.«

28

Wisting versuchte seine Unsicherheit so gut wie möglich zu verbergen, als er die Tür zum Vernehmungsraum hinter sich schloss. Gleichzeitig hatte er aber auch das Gefühl, die Unruhe und die Angst des dort wartenden Mannes zu spüren.

»So sieht man sich wieder«, sagte er und streckte die Hand aus.

Simon Becker ergriff sie, blieb aber sitzen.

»Ich bin derjenige, der Sie festgenommen hat«, erklärte Wisting und setzte sich.

Der Mann ihm gegenüber zuckte mit den Schultern. Wisting legte ein Blatt Papier in die Schreibmaschine ein. Er vermerkte die üblichen Formalitäten zu Zeit und Ort der Befragung. Dann wandte er sich an Simon Becker und beschloss, direkt zum Kern der Sache zu kommen.

»Woher kennen Sie Jens Brun?«

Bei der Frage zuckte Becker zusammen. Er war eindeutig überrascht.

»Wen?«, fragte er.

»Jens Brun«, wiederholte Wisting, ohne auf Einzelheiten einzugehen.

Simon Becker sprach den Namen noch einmal laut aus, als wollte er seine Antwort möglichst weit hinauszögern.

»In der Schule war er zwei Klassen über mir«, fiel ihm schließlich ein.

»Wann haben Sie zuletzt mit ihm gesprochen?«

»Ist schon lange her.«

»Was meinen Sie damit genau?«

»Ich erinnere mich nicht.«

»Ist eine Woche lange her?«

Becker änderte seine Sitzposition.

»Ein Monat?«, mutmaßte Wisting.

»So was in der Art«, meinte Becker.

Wisting schob eine Reihe von Fragen nach: »Worüber haben Sie gesprochen? Wo haben Sie sich getroffen? Waren Sie allein?«

Beckers Antworten wirkten konstruiert. Nachdem er sich Stichpunkte notiert hatte, drehte sich Wisting zur Schreibmaschine um und begann die Aussage herunterzutippen.

Als er das halbe Blatt vollgeschrieben hatte, wurde er von Becker unterbrochen.

»Ich kann Ihnen auch gern die Wahrheit sagen«, meinte er plötzlich.

Wisting drehte sich zu ihm hin und nickte. »Ja, bitte.«

»Ich habe ein paar Autos geklaut«, gestand Becker. »Ich bin es leid, in Untersuchungshaft zu sitzen. Da kann ich Ihnen genauso gut sagen, wie es ist.«

Eine Stunde später hatte Simon Becker fünf Autodiebstähle und sieben Autoeinbrüche gestanden. Wisting zweifelte nicht an Beckers Worten, hielt sie aber für ein Ablenkungsmanöver. Es war alles zu schnell passiert. Eine Reihe von Geständnissen, um nicht über Jens Brun reden zu müssen. Wisting hatte nicht vor lockerzulassen. Er zog eine Liste der bei Simon Becker beschlagnahmten Gegenstände hervor, legte sie vor ihn hin und unterstrich die Wörter Markenpullover, Sonnenbrille und Musikkassetten.

»All diese Dinge lagen in einem Wagen, der vor drei Wochen in der Nacht auf Montag gestohlen wurde«, sagte er.

Simon Becker schien zu begreifen, dass seine Taktik gescheitert war.

»Kann gut sein«, sagte er und setzte sich anders hin. »Ich kann mich nicht erinnern.«

»Ein schwarzer Ford Sierra«, schob Wisting nach.

Simon Becker schwieg.

»Vielleicht haben Sie ja in der Zeitung davon gelesen«, fuhr Wisting fort. »Der Wagen wurde beim Raub des Nachttresors benutzt. Wenn Sie nicht der Mitwirkung an diesem Verbrechen beschuldigt werden möchten, sollten Sie alles erzählen, was Sie über den Wagen wissen.«

Sein Gegenüber wirkte ratlos. Wisting glaubte schon, er werde keinen Ton mehr sagen, doch dann öffnete Becker den Mund.

»Ich weiß nichts über einen Raub«, sagte er. »Die meinten, sie brauchten ihn wegen der Ersatzteile. Ich habe nicht mal Geld dafür bekommen.«

»Wer sind die?«

»Jens Brun und sein Kumpel.«

Wisting wartete auf den zweiten Namen.

Becker überlegte eine ganze Weile. »Geir Tangen«, sagte er schließlich.

Genauso wie es Wisting gelungen war, sein Unsicherheitsgefühl zu überspielen, als er zu Becker in den Vernehmungsraum gegangen war, schaffte er es nun, sich ein triumphierendes Grinsen zu verkneifen, als er wieder das Büro des Abteilungsleiters betrat.

Ove Dokken nahm das Vernehmungsprotokoll und fing an zu lesen. Wisting warf einen Blick auf die Wanduhr, die halb sechs zeigte. Er war gespannt, ob Dokken den Fall bis zum nächsten Tag liegen lassen wollte oder ob sie jetzt noch daran weiterarbeiten würden.

Plötzlich fiel ihm ein, dass er Ingrid versprochen hatte, auf der Heimfahrt einzukaufen. Jetzt waren die Läden geschlossen. Er entschuldigte sich und ging zurück in das leere Büro.

Wisting konnte die Resignation in Ingrids Stimme hören, als sie sich am Telefon meldete.

»Tut mir leid«, sagt er. »Ich hatte heute furchtbar viel zu tun und bin nicht zum Einkaufen gekommen.«

»Du hast die Einkaufsliste vergessen«, entgegnete Ingrid.

»Kommen wir bis morgen zurecht?«

»Ich habe meine Mutter gebeten herzukommen«, sagte Ingrid. »Sie hat auf die Kinder aufgepasst, während ich mit ihrem Wagen zum Laden gefahren bin.«

»Du hast also schon eingekauft?«

»Denk nicht mehr daran.«

Er drückte abermals sein Bedauern aus und hätte ihr eigentlich gern von dem Durchbruch in den Ermittlungen zum Raubüberfall erzählt, entschied sich aber dagegen. Die weitere Unterhaltung war kurz und machte ihn mutlos. Schlechtes Gewissen überkam ihn. Ingrid war immer so geduldig und nur selten aufbrausend oder wütend, und das, obwohl sie erschöpft war, zu wenig Schlaf bekam und die Zwillinge ihr viel abverlangten. Er zwang sich, nicht weiter darüber nachzudenken, und ging zurück in Dokkens Büro.

Der Abteilungsleiter sah von dem Vernehmungsprotokoll auf.

»Wie hast du das hinbekommen?«, fragte er.

»Ich weiß nicht«, erwiderte Wisting wahrheitsgemäß. »Ich glaube, Simon Becker hat irgendwann verstanden, womit ihm am besten gedient wäre.«

Ove Dokken nickte und griff nach dem Telefonhörer.

»Dann rufen wir mal die Truppen zusammen«, sagte er.

29

Die Polizisten hatten sich in zwei Gruppen aufgeteilt. Alle trugen Zivilkleidung. Wisting saß auf dem Rücksitz des Wagens, der zur Festnahme von Jens Brun losgeschickt worden war. Die Reifen kamen auf der schneebedeckten Straße ein wenig ins Rutschen. In den Schaufenstern der Geschäfte glitzerte die Weihnachtsdekoration.

Wisting zeigte auf das Haus, in dem Jens Brun wohnte. Langsam fuhren sie daran vorbei. Auf dem Gehsteig führte ein Mann seinen Hund aus. Im Erdgeschoss war es dunkel, doch in den beiden Zimmern im Obergeschoss brannte Licht.

Der Fahrer fuhr einmal um den Block und stellte den Wagen in einiger Entfernung ab, wo das Licht der Straßenlaternen nicht hinreichte. Ein älterer Ermittler reichte Wisting den vom Dienststellenleiter unterschriebenen Haftbefehl.

»Das übernimmst du«, sagte er zu ihm. Dann schickte er einen Kollegen in die Nähe der Garage, von wo aus man auch einen guten Blick auf die Rückseite des Gebäudes hatte.

Wisting ging auf die Treppe zu. Sein Atem bildete kleine weiße Wölkchen. Aus dem Inneren des Hauses hörte er Musik.

Er klingelte einmal an, ohne dass eine Reaktion erfolgte. Dann drückte er noch einmal auf den Knopf. Die Musik wurde abgedreht, und auf der Treppe im Inneren ertönten Schritte.

Die Tür wurde geöffnet. Jens Brun trug ein schwarzes T-Shirt und enge Jeans.

Er erkannte Wisting sofort.

»Meine Großmutter ist nicht hier«, sagte er. »Sie ist mit den Kindern meiner Schwester bei einer Weihnachtsvorstellung und kommt heute nicht mehr zurück.«

»Wir sind hier, um Sie festzunehmen«, sagte Wisting und reichte ihm den mit Stempel und Siegel versehenen Haftbefehl. Erst in diesem Moment schien der Mann an der Tür zu begreifen, dass Wisting nicht allein gekommen war. Sein Blick flackerte ängstlich umher, wie bei einem gejagten Tier. Das Papier in seiner Hand zitterte.

Ohne Vorwarnung schlug Jens Brun ihm die Tür vor der Nase zu. Wisting hörte, dass sie verriegelt wurde. Er trat vor und rüttelte am Türgriff.

Einer der anderen Ermittler schob Wisting zur Seite und warf sich mit der Schulter gegen die Tür, doch ohne Erfolg. Der ältere Ermittler hielt sich am Geländer der Vortreppe fest und landete einen Tritt gleich unterhalb des Türschlosses. Die Tür sprang auf, Holzsplitter wirbelten umher.

Wisting folgte den anderen die Treppe hinauf. Oben angekommen, empfing sie ein kalter Luftzug. Ein Fenster stand offen, und von unten hörten sie den Ruf des Kollegen, der die Rückseite des Hauses unter Beobachtung hielt. Die anderen machten kehrt und rannten wieder hinunter, während Wisting ans Fenster trat und sich hinauslehnte. Jens Brun war hinuntergesprungen. Er rappelte sich gerade wieder auf und rannte auf den Zaun zum Nachbargrundstück zu. Der Polizist dort unten eilte ihm hinterher, die anderen Kollegen folgten.

Wisting rannte hinunter, dann auf die Straße und um den Block. Als er um die Straßenecke bog, sah er Jens Brun aus dem Hinterhof des Nachbarhauses herausstürmen. Er blickte sich um, hatte Wisting aber anscheinend nicht gesehen. Wisting spannte die Muskeln an und warf sich mit aller Kraft auf ihn, was dazu führte, dass beide stürzten. Wisting schlang die Arme um den anderen und versuchte, ihn festzuhalten, doch

Brun rammte ihm hart und rücksichtslos das Knie in den Bauch. Plötzlich erschienen die anderen Polizisten, packten Bruns Arme und rissen ihn weg. Einer der Ermittler löste ein Paar Handschellen vom Gürtel und fesselte die Arme des jungen Mannes hinter dem Rücken.

Ein Streifenwagen wurde herbeigerufen. Brun leistete keinen weiteren Widerstand. Er wurde in den Wagen gesetzt und weggefahren.

»Ich kenne seine Mutter«, sagte einer der Ermittler, während er dem Wagen nachblickte. »Da gab es so eine Betrugsgeschichte vor ein paar Jahren. Ich glaube, sie sitzt immer noch im Gefängnis.«

»Liegt wohl in der Familie«, kommentierte ein Kollege lakonisch.

»Die Mutter war fast schlimmer als der hier«, sagte der andere. »Die Frau hat uns angegriffen und hatte dabei nur einen Morgenrock an. Sie hat geschrien und gebrüllt.«

Wisting klopfte sich den Schnee ab und ging mit den anderen zurück vor das Haus.

Die fünf Ermittler teilten sich abermals in zwei Gruppen auf. Zwei von ihnen durchsuchten die Garage, während Wisting den anderen nach oben folgte. Die Wohnung war ganz typisch für einen jungen Mann. Plakate an den Wänden, Comichefte in den Regalen, Schallplatten in Holzkästen und Klamotten auf dem Fußboden.

»Wie viel Platz braucht man eigentlich für zwei Millionen?«, fragte einer der Ermittler und öffnete den Kleiderschrank.

»Kommt darauf an, wie groß die Scheine sind«, meinte der andere.

Ergebnislos arbeiteten sie sich durch den Raum und machten dann im Schlafzimmer weiter.

»Vielleicht hat er es unten bei seiner Oma versteckt?«, mutmaßte der erste Kollege.

»Ich kann ja runtergehen und schauen«, bot Wisting an.

Er stieg die Treppe hinunter und machte Licht in dem kleinen Wohnzimmer, wo er vormittags noch mit Anna Skaugen gesessen hatte. Auf dem Tisch stand eine leere Kaffeetasse. Das Bild ihres Mannes hing wieder an der Wand. Über sich hörte Wisting die schweren Schritte der Kollegen, die nach der Ausbeute vom Einbruch suchten. Wisting ging etwas anderes durch den Kopf. Ihn ließ der Gedanke nicht los, dass Anna Skaugen ein Blatt von dem Abschiedsbrief ihres Mannes unterschlagen hatte. Er versuchte, die Vorgänge gedanklich zu rekonstruieren. Als sie den Brief gelesen hatte, war sie aufgestanden, vor die Wand mit den Fotos getreten und hatte das Bild ihres Mannes abgenommen. Dann hatte sie sich wieder in den Sessel gesetzt. Nachdem sie abermals aufgestanden war, um ihn zur Tür zu begleiten, war der zweite Briefbogen verschwunden.

Wisting zog die oberste Schublade der Kommode auf, die unterhalb der Fotos stand. Sie ließ sich nur schwer öffnen und verursachte dabei einen schabenden Laut. Er durchsuchte sie und ging dann zur zweiten Schublade über. Um sie aufzuziehen, hätte Anna Skaugen sich hinunterbeugen müssen. Das hätte er mit Sicherheit bemerkt. Sicherheitshalber untersuchte er auch die restlichen Schubladen. Es lagen Vorhänge und Tischdecken darin, alte Illustrierte, ein Fotoalbum und Dekorationsgegenstände.

Oben auf der Kommode lag eine Tischdecke mit Weihnachtsmotiven. Wisting hob sie an und sah darunter nach, doch ohne Erfolg.

Er ging zu dem Sessel, in dem Anna Skaugen gesessen hatte. Am wahrscheinlichsten war, dass sie den Briefbogen in einen Schlitz zwischen Armlehne und Sitzkissen gestopft hatte. Falls ja, hatte sie ihn mittlerweile woanders versteckt, denn Wisting fand nichts.

Die Haustür wurde geöffnet. Wisting zuckte zusammen und dachte, dass Anna Skaugen nach Hause gekommen sei.

»Wir haben was!«, rief einer der Ermittler, die die Garage durchsucht hatten.

Die Kollegen kamen vom Obergeschoss heruntergestürmt. Wisting folgte ihnen zur Garage.

Das Geld war nicht sonderlich gut versteckt. Es war auf vier Plastiktüten in einem Pappkarton verteilt, der unter die Werkbank im hinteren Teil der Garage geschoben und anschließend mit einem alten Teppich und ein paar Motorteilen bedeckt worden war.

Einer der Kollegen klopfte Wisting auf die Schulter. Trotzdem konnte er nicht die gleiche Begeisterung wie die anderen aufbringen. Die Gewissheit, dass der Fall gelöst war, mochte in vielerlei Hinsicht befreiend sein. Doch sie bedeutete auch, dass etwas unwiderruflich vorbei war und nicht zurückkommen würde. Und abgesehen davon war dies hier gar nicht sein eigentlicher Fall. Der war immer noch ungelöst.

30

Die Temperatur war im Laufe der Nacht noch weiter gesunken. Auf dem Küchenfenster hatte sich Raureif gebildet. Ein paar Vögel mit roten Brustfedern hackten die Brotkrumen ab, die am Vogelbrett festgefroren waren.

Wisting frühstückte zusammen mit Ingrid. Er war rastlos und hätte gern gewusst, was gerade in der Ermittlungsabteilung passierte, aber mittlerweile war er wieder im Schichtdienst und sollte erst am Nachmittag bei der Arbeit sein.

»Dann sind wir uns also einig, dass wir uns in diesem Jahr nichts zu Weihnachten schenken?«, sagte Ingrid.

Wisting war in Gedanken versunken gewesen und hatte gar nicht mitbekommen, was sie davor gesagt hatte.

»Ich weiß, was ich dir schenken werde«, verriet er.

Ingrid fing an, den Tisch abzuräumen.

»Ich brauche nichts«, sagte sie. »Aber sobald ich wieder arbeite, brauchen wir zwei Autos. Insbesondere wenn du weiter im Schichtdienst bist.«

»Das war nur jetzt«, erwiderte Wisting. »Ab dem Frühjahr kann ich auch mit dem Fahrrad zur Arbeit fahren.«

»Ich finde, wir sollten trotzdem auf einen zweiten Wagen sparen«, meinte Ingrid.

Er musste ihr recht geben.

»Ich habe mir überlegt, dass ich mich auf eine Stelle als Ermittler bewerbe«, sagte er. »Die ist ab nächste Woche ausgeschrieben.«

Schon früher einmal hatten sie darüber gesprochen. Wisting musste seiner Frau gar nicht erklären, dass er die Zuschläge für Abend-, Nacht- und Wochenendschichten verlieren und unterm Strich sogar weniger verdienen würde.

Ingrid lächelte.

»Wenn es das ist, was du möchtest«, sagte sie.

»Ist ja gar nicht sicher, dass ich die Stelle auch bekomme«, beeilte er sich hinzuzufügen.

Er nahm seinen Teller mit zum Abwaschbecken und füllte es mit heißem Wasser.

Der Vormittag verging schnell. Wisting war draußen, fegte Schnee und sprach mit einem der Nachbarn. Gegen Mittag ging er hinein und sah nach den Zwillingen, während Ingrid Erledigungen machte. Als sie zurückkam, lief Wisting unruhig im Zimmer herum, bis sie ihn schließlich aufforderte, zur Polizeistation zu fahren.

Ove Dokken lehnte sich zurück, als er Wisting erblickte.

»Sehr gut«, sagte er und grinste breit. »Wirklich sehr gut.«

»Haben sie gestanden?«, fragte Wisting.

»Noch nicht, aber das ist auch gar nicht nötig. Wir haben die Verbindung zu dem Wagen, der bei dem Einbruch verwendet wurde, und wir haben das erbeutete Geld. Die Typen sitzen jetzt wirklich in der Scheiße.«

»Und was ist mit den anderen Fällen?«, fragte Wisting. »In Akershus und Buskerud? Und in Romerike?«

»Abgesehen davon, dass unsere Jungs die Idee von jemand anderem geklaut haben, scheint es hier keinen Zusammenhang zu geben.«

Der Abteilungsleiter wiederholte abermals, dass er mit der Aufklärung des Falls mehr als zufrieden sei. Wisting wandte ein, dass er streng genommen nur über Einzelheiten gestolpert sei, die sie am Ende hierhergeführt hätten.

Dokken zog sein Zigarettenpäckchen hervor und bot Wisting eine Zigarette an, ehe ihm einfiel, dass er gar nicht rauchte.

»Spuren sind immer vorhanden«, sagte er und betätigte sein Feuerzeug. »Es geht bloß darum, ein waches Auge zu haben, damit man sie auch entdeckt. Eine Ermittlung besteht immer aus vielen kleinen Teilchen. Du brauchst einen Kopf, mit dem du Zusammenhänge erkennen kannst, die anderen verborgen bleiben.«

Draußen auf dem Gang ging Finn Haber vorbei. Er trug einen dunkelblauen Overall, wie so oft bei der Arbeit. Er machte ein paar Schritte zurück und schaute zur Tür herein.

»Hast du einen Moment Zeit?«, fragte er und sah dabei Wisting an. »Ich habe da etwas im Keller, das du dir ansehen solltest.«

Dokken stand auf und griff nach seiner Jacke, die über dem Stuhlrücken hing.

»Ich komme auch mit«, sagte er.

Mit den beiden anderen ging Wisting nach unten.

Mitten in der engen Tiefgarage stand der alte Oldtimer aus der Scheune. Im scharfen Licht der Arbeitslampen wirkte er noch desolater, wenngleich es sich grundsätzlich um ein stilvolles Fahrzeug handelte. Aus einem Radio drang Weihnachtsmusik. Haber trat näher und schaltete es aus.

»Du hattest recht«, sagte er. »Ich habe fünf Einschusslöcher gefunden, aber nur drei Projektile.«

»Fünf?«, fragte Wisting. In der Dunkelheit der Scheune hatte er nur drei Löcher entdecken können.

Haber zeigte sie ihm. Die Projektile waren herausgelöst worden und lagen auf einem Metalltisch.

»Neun mal neunzehn Millimeter«, erklärte der Kriminaltechniker. »Die meistverwendete Pistolenmunition weltweit.«

»Hast du dir die Luger angesehen?«, wollte Wisting wissen.

»Ich habe Probeschüsse abgegeben«, erwiderte Haber und nickte. »Der Pistolenlauf hinterlässt ganz charakteristische Spuren auf dem Projektil.«

Wisting beugte sich vor und musterte die drei Kugeln auf dem Tisch.

»Alle drei haben die gleichen mechanischen Spuren«, erklärte Haber. »Bei dem Goldtransport wurde dieselbe Luger verwendet, mit der Kai Skaugen sich erschossen hat. Zusammen mit den anderen uns vorliegenden Informationen können wir mit einiger Sicherheit davon ausgehen, dass er damals den Raubüberfall begangen hat.«

»Wo ist das Skelett?«, fragte Wisting.

»Das ist gut verstaut«, sagte Haber. »Die Kripo will es von einem Professor für Anatomie und einem Archäologen untersuchen lassen.«

»Wissen wir, dass es Kai Skaugen ist?«

»Die Krankenakten bestätigen, dass er einen gebrochenen Arm hatte. Das ist der sicherste Anhaltspunkt«, erläuterte Haber. »Zusammen mit dem Brief, dem Rucksack seines Schwiegervaters sowie der Tatsache, dass er immer noch vermisst wird, werden die Knochen in einem Grab landen, auf dem sein Name steht.«

»Wer sollte es auch sonst sein?«

Wisting legte den Kopf schräg. Er hatte mit dem Gedanken gespielt, dass es sich um Marvin Bergan handeln könnte, aber diese Theorie war ein wenig zu abwegig, um sie mit den anderen zu teilen.

»Und was ist mit dem alten Fall?«, fragte er stattdessen.

»Der wird eingelagert«, sagte Dokken. »Wir wissen jetzt, was passiert ist, und niemand kann dafür bestraft werden. Wir wickeln eine Schnur drum herum und packen alles ins Archiv.«

»Aber noch gibt es offene Fragen«, wandte Wisting ein.

»Und wer soll die beantworten?«

»Ich glaube, dass Anna Skaugen weiß, was passiert ist«, sagte Wisting. »Ich glaube, sie weiß es seit vielen Jahren. Und was sie möglicherweise nicht wusste, steht in dem Teil von Kai Skaugens Abschiedsbrief, der verschwunden ist.«

Er fand es noch immer nicht falsch, ihr den Brief gegeben zu haben, aber es war ein Fehler gewesen, ihr zu vertrauen. Wenngleich Ove Dokken keine Schuld daran trug, dass der halbe Brief verschwunden war, wollte er vermutlich dennoch nicht an die Ereignisse erinnert werden.

»Du bekommst ohnehin keine Antwort von ihr«, sagte Dokken entschieden. »Und die andere Hälfte hat sie bestimmt schon längst verbrannt.«

Er zog eine Zigarette aus seinem Päckchen und steckte sie an.

»Lass es gut sein«, empfahl er. »Wir werden niemals alle Antworten bekommen. Ein paar ungeklärte Fragen wirst du immer mit dir herumschleppen müssen. Du musst einfach lernen, damit zu leben.«

Der Qualm seiner Zigarette sammelte sich unter der Garagendecke.

»Einige dieser Dinge werden dich immer bis in den Schlaf hinein verfolgen und nie loslassen«, fuhr er fort. »Aber daran musst du dich gewöhnen, wenn du als Ermittler arbeiten willst.«

Wisting sah ihn an.

»Da soll demnächst eine freie Stelle …«, versuchte es Wisting behutsam.

Dokken schüttelte den Kopf.

»Die Ausschreibung wurde zurückgezogen«, sagte er und blies den Qualm durch die Nase aus. »Ich habe mit dem Dienststellenleiter darüber gesprochen. Wir sind zu dem Schluss gekommen, dass wir dir die Stelle gern anbieten möchten.«

33 Jahre später

Wisting stand im Schatten unter einer Eiche. Die zehn Polizeistudenten hatten Feldanzug und Stiefel angelegt. Der Tag war schon weit fortgeschritten, die Sonne stand tief am diesigen Himmel.

Neben den Absolventen war eine gleich große Gruppe von Festangestellten der Polizeidienststelle angetreten. Einige hatten Spitzhacken dabei, andere Spaten. In Abständen von einem Meter hatten sie hinter der Ruine der alten Scheune in einer Reihe Aufstellung genommen. Die vergangenen Jahrzehnte hatten dafür gesorgt, dass die Reste des alten Gebäudes von Gras und anderen Pflanzen überwuchert waren. Der Wald lag still vor ihnen, vereinzelte Sonnenstrahlen durchdrangen das dichte Blattwerk.

Auch Line war da. Mit der Kamera über der Schulter wartete sie gespannt. Wisting las den verblichenen Text auf dem Briefbogen, den er am Vormittag erhalten hatte, noch einmal. Dreiunddreißig Jahre war er in einem Bilderrahmen versteckt gewesen und lieferte nun Erklärungen zu einem Geheimnis, das noch weiter zurücklag. Ein über neunzig Jahre altes Rätsel.

Anna Skaugen schrieb, dass ihr ganzes Leben aus Heimlichkeiten und Lügen bestanden habe, aber auch von einer lebenslangen Liebe zu ihrem Mann geprägt gewesen sei. Sie gestand zudem, dass sie Wisting in jenem schneereichen Winter 1983 angelogen und die letzten Worte ihres Mannes unterschlagen hatte.

Sie habe von der Tat ihres Verlobten im Jahr 1925 gewusst. Der Ausgang der Ereignisse sei allerdings nicht geplant gewesen. Die Pistole habe er nur als Drohmittel einsetzen wollen, doch Marvin Bergan habe nicht an der Straßensperre anhalten wollen, die Kai Skaugen errichtet hatte.

Die Einzelheiten habe er nie mit ihr besprochen, doch der Überfall und die Ermordung des Fahrers sei zu ihrem gemeinsamen Geheimnis geworden. Sie hatte ihn und seine Tat akzeptiert und ihn geheiratet. Aufgrund des Geldes hatten sie die Zukunft in einem rosigen Licht gesehen, doch schon bald waren dunkle Wolken aufgezogen. In regelmäßigen Abständen hatte er sich an dem versteckten Bargeld bedient. Nur so viel, dass bei seinem Bruder oder den anderen, die von dem Geldtransport gewusst hatten, kein Verdacht aufkeimen konnte, doch letztlich war alles außer Kontrolle geraten. Er hatte angefangen zu trinken und war auch anderweitig mit dem Gesetz in Konflikt geraten. Angst und Depressionen waren die Folge gewesen. Dann kam der Krieg, und es gab nichts mehr, wofür man das Geld hätte ausgeben können. Nach dem Krieg kam es zur einer Art Währungsreform. Bargeld wurde gegen Lebensmittelkarten getauscht, Wertpapiere und Bankvermögen wurden registriert, ehe neue Banknoten in Umlauf gebracht wurden. Das verbliebene Geld aus dem Überfall war wertlos geworden. Die zarte Hoffnung auf eine rosige Zukunft war zerstört.

Von der Straße waren zwei kurze Hupsignale zu hören. Alle drehten sich um. Ein auf Hochglanz polierter Oldtimer näherte sich. Jemand zeigte in die Richtung, und schon bald erhob sich ein Stimmengewirr aus der Gruppe von Beamten und Absolventen der Polizeihochschule.

Rupert Hansson war inzwischen fast achtzig. Er nahm seine Chauffeurmütze ab, streckte den Arm aus dem Fenster und grüßte freundlich. Die Reifen knarzten auf dem Untergrund.

Line hob die Kamera und schoss ein paar Bilder von ihm. Nachdem der Staub sich gelegt hatte, trat Wisting auf den Wagen zu und nahm Rupert in Empfang.

»Schön, dass du kommen konntest«, sagte er lächelnd. »Und dass du den Wagen mitgebracht hast.«

»Na, das hier wollte ich nun wirklich nicht verpassen«, versicherte der alte Mann, stieg aus dem Wagen und gesellte sich zu Line.

Wisting wandte sich an die anderen und wiederholte, wonach sie suchen sollten. Irgendwo im Wald, etwa hundert Meter entfernt, sollte ein runder Stein in der Größe eines Kanaldeckels liegen, mit einem kleineren Stein direkt daneben.

Dann gab er das Startsignal.

Zwei alte Männer folgten den Geschehnissen aus einiger Entfernung. Wisting trat auf die beiden zu.

»Ist es die mit dem Pferdeschwanz?«, fragte er den älteren der beiden.

Ove Dokken nahm die Zigarette aus dem Mund und lächelte. Er war sichtlich stolz auf seine Enkelin.

»Sie ist ein kluges Mädchen«, sagte er. »Sie wird noch eine richtig gute Polizistin.«

Finn Haber verscheuchte eine Fliege.

»Der Abschiedsbrief umfasste also ein weiteres Blatt Papier?«, fragte er.

Wisting reichte ihm das Blatt. In dem Brief, den Anna Skaugen vor dreiunddreißig Jahren versteckt hatte, hatte ihr Mann die Stelle beschrieben, wo die Ausbeute aus dem Überfall auf den Geldtransport versteckt lag. Das Geld sei vermutlich unbrauchbar und habe sich aufgelöst, schrieb er seiner Frau. Aber das Gold liege immer noch dort. Er selbst könne sie nicht versorgen, aber falls sie einmal in eine Situation kommen sollte, in der sie es brauchte, könne sie es sich holen.

Die Suchmannschaft bewegte sich in den Wald hinein. Wisting und die beiden pensionierten Polizeibeamten folgten ihr zusammen mit Line und Rupert Hansson. Das Geräusch von Insekten und brechenden Zweigen erfüllte die Luft.

»Achtzig Meter!«, rief jemand, der einen Entfernungsmesser dabeihatte.

Die anderen Polizisten bewegten sich langsam vorwärts. Sie hoben Äste vom Boden auf und suchten unter Büschen.

Line bewegte sich zum linken Flügel der Suchmannschaft, blieb dann stehen und schoss ein paar Fotos. Auch sie war ein Teil des alten Falls, dachte Wisting. Schon immer hatte sie gern fotografiert und war mit den Jahren ein richtiger Profi geworden. Jetzt war sie als freischaffende Journalistin tätig. Eine anstrengende und nicht ganz unproblematische Arbeit auf einem angespannten Markt, doch sie hatte gute Kontakte und wusste, wonach die Zeitungsredaktionen suchten. Davon abgesehen strahlte sie eine fast unbändige Arbeitslust aus und hatte viel Energie.

»Neunzig Meter!«

Ove Dokken wischte sich mit einem Taschentuch über den Nacken. Line richtete die Kamera auf Wisting und die drei älteren Männer.

Haber wandte sich um und blickte in Richtung der alten Scheune.

»Es müssen doch noch andere von der Sache gewusst haben«, sagte er. »Der Scheunenbesitzer zum Beispiel.«

»Er wurde für sein Schweigen bezahlt«, meinte Dokken.

Wisting nickte.

»Alle, die von dem Raub wussten, haben wegen des Eisenbahnerstreiks darüber geschwiegen«, rief er den anderen in Erinnerung. »Es stand auch nichts davon in den Zeitungen. Der Wagen blieb in der Scheune stehen, ohne dass irgendjemand zwei und zwei zusammengezählt hat.«

Ein großer Vogel stob erschrocken vom Waldboden auf und

flog in niedriger Höhe davon. Ein paar Mitglieder der Suchmannschaft mussten sich wegducken.

»Jetzt müssten sie eigentlich da sein«, sagte Haber und sah wieder zu den Resten der alten Scheune.

Die Mannschaft ging sehr konzentriert vor. Viele hatten sich Äste genommen und stocherten damit im Boden herum, um nach Steinen zu suchen, die unter der Erde verborgen liegen konnten.

Der Mann mit dem Entfernungsmesser trat auf Wisting zu.

»Hundertsieben Meter«, sagte er.

»Noch etwas weiter«, gab Wisting zurück.

Er blieb bei Haber und Dokken stehen, während die Suche fortgesetzt wurde.

»Der muss hier irgendwo sein«, meinte Dokken. »Niemand entfernt einen Stein aus dem Wald, es sei denn, man will einen Acker anlegen.«

Der Mann mit dem Messgerät drehte sich wieder zu Wisting um.

»Hundertzwanzig!«, rief er.

Wisting winkte ihn zu sich.

»Lass sie zwanzig Meter zurückgehen und sucht in der anderen Richtung«, bat er. »Ich fürchte, wir sind schon daran vorbeigelaufen. Hundert Meter sind ganz schön viel für den Transport einer Kiste mit Gold und Bargeld. Die Entfernung ist auch nicht so leicht einzuschätzen.«

Der Leiter der Suchmannschaft tat, worum er gebeten wurde.

Bei siebenundachtzig Metern meldete jemand einen Fund. Die Mannschaft drängte sich neugierig zusammen, machte aber für Wisting Platz.

Der flache Stein war moosgrün und unter einem Himbeerbusch so gut wie unsichtbar. Er musste es sein. Ein kleinerer Stein lag direkt daneben, genauso wie Kai Skaugen es beschrieben hatte. Eine mit Gras überwachsene Erhebung ließ zudem vermuten, dass jemand Erde weggeschaufelt und das Loch mit etwas anderem angefüllt hatte.

»Sollen wir den hochheben?«, fragte der Leiter der Suchmannschaft.

Wisting nickte.

Einer der Männer trat vor und griff nach der Kante des Steins. Ohne Probleme ließ er sich zur Seite kippen. Die Erde darunter war feucht und schwarz. Kleine Insekten schossen in alle Richtungen davon.

Ein Spaten kam zum Einsatz. Gleich beim ersten Versuch stieß er auf etwas Hartes. Wisting kniete sich hin und schaufelte die Erde mit den Händen zur Seite. Nach wenigen Zentimetern kam eine rostige Metallplatte zum Vorschein. An mehreren Stellen hatte der Zahn der Zeit kleine Löcher ins Material genagt, Erde und Rostpartikel waren durch die Platte gedrungen.

Kurz darauf war der Deckel gänzlich von Erde befreit. Der Metallkasten maß etwa achtzig mal sechzig Zentimeter und war mit einem Klappdeckel versehen. Doch anstatt den Deckel einfach aufzuklappen, begannen zwei Polizisten den Kasten auszugraben. Nach einiger Zeit konnten sie den Transportkasten aus dem Loch heben und auf eine Plane stellen.

Wisting ging in die Hocke. Er hatte Erde im Gesicht und an den Händen. Alle, die bei der Suchaktion mitgewirkt hatten, standen jetzt im Kreis um ihn herum.

Ursprünglich hatte an der Vorderseite des Metallkastens ein Vorhängeschloss gehangen. Nur kleine Reste des Riegels waren jetzt noch erkennbar, nachdem das Schloss vor langer Zeit aufgebrochen worden war.

Im Spalt zwischen Kasten und Deckel befanden sich Erde und Rost, die die weitere Arbeit erschwerten. Wisting rüttelte so lange am Deckel, bis er sich schließlich aufklappen ließ.

Er konnte das Klicken des Auslösers an Lines Kamera hören, ansonsten war es völlig still.

Der Kasten war noch zur Hälfte mit Banknoten angefüllt. Die dicken Bündel waren zum Teil von Erde bedeckt, die durch die Löcher im Deckel gerieselt war. Wisting nahm eines der Bündel heraus. Das Papier löste sich beinahe zwischen seinen Fingern auf, und er legte die Scheine schnell wieder zurück.

In einem abgetrennten Fach lagen mehrere in Filztuch verpackte Gegenstände. Wisting hob einen davon hoch, wog ihn in der Hand und entfernte das Tuch. Ein Goldbarren kam zum Vorschein.

Jemand fing an zu applaudieren. Gelächter und Hochrufe erklangen.

Eine Trage war bereitgestellt worden, um den Kasten aus dem Wald zu schaffen. Mithilfe der Plane wurde der Kasten auf die Trage gehievt, die von vier Männern angehoben wurde. Wisting blieb mit Ove Dokken und Finn Haber zurück und sah den Männern nach.

Maren Dokken trat zu ihnen und umarmte ihren Großvater. Dann richtete sie ihren Pferdeschwanz, öffnete eine Dose Snus und schob sich ein Beutelchen unter die fülligen Lippen.

»Irgendwas stimmt nicht«, sagte sie.

Wisting hob einen Spaten vom Boden auf.

»Woran denkst du?«, fragte ihr Großvater.

Sie deutete auf die kleine Erhebung neben der Vertiefung im Boden. »Wenn die Erde herausgeschaufelt wurde, um Platz für den Kasten zu schaffen, dann stimmt etwas nicht. Der Erdhügel ist mehr als doppelt so groß wie das Loch im Boden.«

»Dichte, feste Erde nimmt ein anderes Volumen an, wenn sie ausgegraben und anders verteilt wird«, wandte Haber ein.

»Dennoch«, entgegnete Maren Dokken. »Und außerdem müsste der Erdhügel doch viel mehr in sich zusammengesunken sein, wenn er 1925 entstanden ist.«

Wisting reichte ihr den Spaten. Sie sah ihn an.

»Liegt da noch mehr?«, fragte sie.

»Um das herauszufinden, gibt es nur eine Möglichkeit«, erwiderte Wisting.

Maren blickte ihren Großvater an, der nickte und lächelte.

Sie nahm den Spaten und fing an zu graben. Ein paar der anderen Studenten kamen ihr zu Hilfe. Baumwurzeln erstreckten sich in alle Richtungen und erschwerten die Arbeit.

»Stopp!«, rief Maren nach einer Weile. Sie legte den Spaten weg, beugte sich hinunter und fasste nach einem Stück Stoff, das aus der Erde herausragte. »Das ist eine Decke oder so was«, sagte sie und zerrte daran herum.

»Sollte nicht jemand anderes übernehmen?«, fragte einer der Studenten. »Vielleicht ein Kriminaltechniker?«

Wisting sah zu Finn Haber.

»Schon in Ordnung«, erwiderte er. »Mach einfach weiter.«

Es war keine Decke, die in der Erde lag, sondern ein schwarzer Mantel mit Gürtel und Knöpfen. Maren unterbrach die Arbeit erneut und klappte die Mantelaufschläge auseinander. Halb zerbröselte Knochenreste und braune Skeletttteile kamen zum Vorschein.

Sie drehte sich zu Wisting um.

»Marvin Bergan«, konstatierte er.

»Wusstest du das?«, fragte sie.

»Es war zumindest eine Möglichkeit«, erwiderte er.

Behutsam gruben die Polizeistudenten weiter. Die Reste einer Mütze mit Lederkrempe waren zu sehen. Darunter ließ sich ein abgerundeter Schädelknochen erkennen.

Wisting ließ die jungen Polizisten zu Ende arbeiten. Die erforderliche Ausrüstung wurde herbeigeschafft. Jeder einzelne Knochen wurde fotografiert und registriert, ehe er in einer Papiertüte landete. Dasselbe galt für die Kleidungsreste, die Knöpfe, die Teile eines Notizbuches und eine Uhr.

Ove Dokken und Finn Haber waren inzwischen nach Hause gefahren. Wisting wollte bis zum Ende bleiben.

Die jungen Studenten wurden immer aufgekratzter. Wisting beneidete sie um ihren Eifer und Tatendrang, doch nicht um die Aufgaben, die vor ihnen lagen. Seit seinen ersten Jahren bei der Polizei hatte sich viel verändert. Er hatte sich auf seine Arbeit gestürzt, weil er glaubte, zur Erschaffung einer besseren Welt beizutragen. Inzwischen war er der Meinung, in vielerlei Hinsicht gescheitert zu sein. Oder zumindest ziemlich naiv gewesen zu sein. Die Welt und die Kriminalität waren viel größer als er selbst. Von seiner Warte aus betrachtet hatten sich die Dinge in die falsche Richtung entwickelt. Kriminalität war heutzutage viel komplexer als zu Beginn seiner Karriere. Organisierte, grenzüberschreitende kriminelle Akteure, die ungeachtet von Nationalität oder kultureller Zugehörigkeit zusammenarbeiteten. Die Verbrechen waren schwerer, die Gewalt brutaler geworden. Fälle von Korruption nahmen zu, und eine Mischung aus legalen und illegalen Aktivitäten untergrub das Vertrauen und das Sicherheitsgefühl der Menschen immer mehr. Das Kräfteverhältnis zwischen der Polizei und der Bedrohung, die durch Kriminalität entstand, war auf negative Weise verschoben worden.

Wisting seufzte und überlegte, was er in den vergangenen drei Jahrzehnten hätte anders machen können, kam aber zu keinem Ergebnis. Außerdem wusste er, dass es keine einfache Antwort auf diese Frage gab.

Es wurde langsam dunkel. Jemand hatte ein Stromaggregat und einen Scheinwerfer aufgebaut. Maren Dokken schaltete ihn ein, richtete den Lichtstrahl auf das Loch im Boden und fuhr mit ihrer Arbeit fort.

1

Die drei Pappkartons standen auf dem Boden des Kleiderschranks. Wisting zog den größten heraus, der an einer Ecke eingerissen war, und trug ihn vorsichtig ins Wohnzimmer.

Die vier Deckelklappen des Kartons waren ineinandergesteckt. Wisting öffnete ihn und nahm den obersten Aktenordner heraus, der schwarz war und einen vergilbten Aufkleber auf dem Rücken trug: *Katharina Haugen*. Er legte ihn zur Seite und zog nacheinander drei rote Ordner mit den Aufschriften *Zeugen I*, *Zeugen II* und *Zeugen III* heraus. Gleich darunter entdeckte er den Ordner, nach dem er gesucht hatte. Er trug die Aufschrift *Kleivervei*.

Die Pappkartons enthielten alles, was im Fall Katharina Haugen dokumentiert worden war. Wisting hätte die Dokumente eigentlich nicht mit nach Hause nehmen dürfen, doch andererseits war niemandem damit gedient, wenn sie in einem verschlossenen Archivraum lagen. Auf dem Boden des Kleiderschranks hingegen erinnerten sie ihn jedes Mal an den Fall, wenn er ein frisches Hemd herausnahm.

Er fischte seine Lesebrille aus der Tasche und setzte sich mit dem Ordner auf dem Schoß in einen Sessel. Das letzte Mal hatte er vor einem Jahr einen Blick in die Akten geworfen.

Katharina Haugen hatte im Kleivervei gewohnt. Das schlichte Einfamilienhaus war aus verschiedenen Blickwinkeln fotografiert worden. Es war auf allen Seiten von Wald umgeben, und auf einem der Fotos glitzerte im Hintergrund ein See, der Kleivertjern. Das Haus lag auf einer kleinen Anhöhe, etwa hundert Meter von der Straße entfernt. Es war braun mit weißen Fensterrahmen und einer grünen Tür, die Blumenkästen vor den Fenstern waren leer.

Beim Durchblättern der Akte kam es Wisting so vor, als bewege er sich in einem Geisterhaus. Katharina Haugen war nicht mehr da, doch auf dem Fußboden des Windfangs standen ihre Schuhe. Graue Joggingschuhe, braune Stiefeletten und Holzschuhe neben den großen Sandalen und Arbeitsstiefeln ihres Mannes. An den Garderobenhaken hingen drei Jacken. Auf der Kommode im Gang lagen ein Kugelschreiber und eine Einkaufsliste, ein ungeöffneter Brief, eine Zeitung, einige Werbebroschüren und ein halb verwelkter Rosenstrauß. Drei Klebezettel hingen am Spiegel über der Kommode: einer mit einem Datum und einer Uhrzeit darauf, ein zweiter mit einem Namen und einer Telefonnummer und ein dritter, auf dem drei Großbuchstaben, vermutlich irgendwelche Initialen, und ein Geldbetrag verzeichnet waren. *AML 125 Kr.*

Katharinas Koffer lag geöffnet auf dem Bett. Er war gepackt und sah so aus, als hätte sie geplant, lange wegzubleiben: zehn Paar Socken, zehn Unterhosen, fünf BHs, zehn T-Shirts, fünf Hosen, fünf Pullover, fünf Blusen und Trainingszeug. Etwas an dem Inhalt war Wisting immer merkwürdig vorgekommen, ohne dass er es genauer hätte benennen können. Die Auswahl der Kleidung wirkte so unpersönlich, als wäre der Koffer eigentlich von jemand anderem gepackt worden, oder für jemand anderen.

Er blätterte weiter. Auf dem Wohnzimmertisch lagen fünf Bücher, die jemand aus dem Regal genommen hatte. Wisting hatte einige davon gelesen: *Mengele Zoo*, *Der Alchimist*, *Weiße Nigger*. Neben den Büchern lag ein Foto, auf dem Katharina Haugen zusammen mit ihrem Mann Martin zu sehen war. Sie umarmten sich und lächelten jemandem zu, vielleicht einem Passanten, den sie gebeten hatten, sie zu fotografieren. Das Foto war aus dem Rahmen genommen worden.

Die Aufnahmen aus der Küche waren besonders rätselhaft. Auf der Arbeitsplatte standen ein Teller mit einem Butterbrot und ein Glas Milch. Der Stuhl, auf dem Katharina Haugen immer gesessen hatte, war etwas vorgezogen, auf dem Tisch lagen ein Kugelschreiber und das, was mittlerweile als »Katharina-Code« bezeichnet wurde.

Wisting spähte angestrengt auf den Code. Eine Ansammlung von Zahlen, die über drei senkrechte Linien verteilt waren. Niemand hatte bisher herausfinden können, was das bedeutete.

Neben Spezialisten von der Polizei hatten unter anderem Kryptologen vom Militär die mysteriöse Mitteilung untersucht, ohne dass irgendjemand einer Lösung näher gekommen war. Der Code war sogar Experten im Ausland vorgelegt worden, doch auch sie konnten nichts anderes als eine sinnlose Zahlenkombination darin erkennen.

Wisting drehte und wendete die Kopie in den Händen, als hätte sich plötzlich etwas verändert, das ihn in die Lage versetzen würde zu begreifen, was dahintersteckte.

Jäh blickte er auf. Seine Tochter Line stand vor ihm. Er hatte nicht gehört, was sie gesagt hatte, ja er hatte nicht einmal gemerkt, dass sie ins Zimmer getreten war.

»Hm?«, murmelte er, nahm die Lesebrille ab und ließ sie an der Schnur um seinen Hals baumeln.

Line setzte sich aufs Sofa, nahm ihr Kind auf den Schoß und fing an, der Kleinen Jacke und Schuhe auszuziehen, während sie einen Blick auf den Pappkarton warf, den Wisting hervorgeholt hatte.

»Ich hatte ganz vergessen, dass morgen der 10. Oktober ist«, wiederholte sie.

Wisting legte den Ordner weg, streckte die Hände nach seiner Enkelin aus und hob sie zu sich herüber. Sie war wirklich kein Baby mehr. Das winzige, hilflose Geschöpf, das er vor vierzehn Monaten zum ersten Mal in den Armen gehalten hatte, war schon eine richtige kleine Persönlichkeit. Er drückte die Lippen auf ihre runde Wange und gab ihr einen dicken Schmatzer. Amalie krümmte sich vor Lachen und versuchte, mit ihren kleinen Händen seine Lesebrille zu packen. Wisting nahm die Brille ganz ab und legte sie weg.

»Glaubst du, da steht auf einmal was drin, das du bisher noch nicht gelesen hast?«, fragte Line und deutete mit dem Kopf auf den Aktenordner.

Sie wirkte erschöpft und leicht gereizt.

»Stimmt was nicht?«, fragte Wisting.

Line seufzte, griff in ihre Handtasche und zog schnell einen gelben Plastikstreifen hervor. Lippenstift, Kugelschreiber, eine Kaugummipackung und weitere Gegenstände folgten.

»Ich hab ein Strafmandat bekommen«, erklärte sie, warf den Plastikstreifen auf den Tisch und fing an, die anderen Sachen wieder in die Tasche zu stecken. »Siebenhundert Kronen.«

Wisting warf einen Blick darauf.

»Ordnungswidriges Parken gemäß Verkehrszeichen 372«, las er. »Was ist Verkehrszeichen 372?«

»Parken verboten.«

Wisting grinste, beugte sich vor und rieb seine Nase an der Wange seines Enkelkinds.

»Mama hat einen Strafzettel bekommen«, sagte er mit verstellter Stimme.

Line stand auf.

»Ich verstehe nicht, warum du dich immer noch mit diesen Unterlagen beschäftigst«, sagte sie und ging in die Küche. »Nach all den Jahren.«

»Willst du Widerspruch einlegen?«, fragte Wisting. »Gegen den Strafzettel?«

»Wozu sollte das gut sein?«, erwiderte Line. »Ich hab das Schild eben nicht gesehen. Nur um das Geld tut es mir leid.«

Sie kam mit einem Teelöffel zurück, nahm einen Becher

Joghurt aus der Wickeltasche und setzte Amalie wieder auf ihren Schoß.

»Hast du noch weitere Verwandte von ihr aufgetrieben?«, fragte Wisting.

Line riss den Deckel des Joghurtbechers ab.

»Ein paar Cousins und Cousinen vierten oder fünften Grades, in Bergen«, erwiderte sie und lächelte ihren Vater kurz an.

»Vierten oder fünften Grades? Wie geht das denn?«

»Wenn man dieselben Ururgroßeltern hat«, sagte Line und fing an, Amalie zu füttern.

»Und von welchem Ururgroßvater reden wir hier?«

»Arthur Thorsen«, erklärte Line. »Er war der Urgroßvater von Mama.«

»Nie von ihm gehört«, musste Wisting zugeben.

»1870 auf Askøy geboren«, entgegnete Line.

Wisting schüttelte den Kopf und griff nach dem Bericht, den er bis eben gelesen hatte.

»Und du findest, dass ich zu viel in alten Papieren herumstöbere?«, fragte er und grinste.

»Das, wonach du suchst, ist ja nicht da«, wandte Line ein. »Seit fünfundzwanzig Jahren beschäftigst du dich jetzt damit, aber die Antwort steht nicht da drin.«

»Vierundzwanzig«, entgegnete Wisting und stand auf. Ihm war bewusst, dass sich die Antwort wohl kaum in einem der Kartons im Kleiderschrank befand, war aber gleichzeitig davon überzeugt, dass mindestens eine der siebenhundertdreiundsechzig Personen, die in der Ermittlungsakte genannt wurden, genau wusste, was sich in jenem Oktober vor vierundzwanzig Jahren zugetragen hatte.

Er griff nach einem der roten Aktenordner und schlug ihn an einer zufälligen Stelle auf. Eine Zeugenaussage. Das Papier war dünn und die Schrift ausgeblichen. Wisting fing an einer Stelle mitten im Text an zu lesen und wusste, wie der Satz endete, bevor er fertig gelesen hatte. Es handelte sich um das schriftliche Protokoll einer Routinevernehmung. Es enthielt keine interessanten oder wesentlichen Details, doch jedes Mal, wenn er dieses oder ein beliebiges anderes Dokument aus der Ermittlungsakte las, überkam ihn die Vorstellung, dass er auf etwas stoßen würde, das er zuvor übersehen hatte, oder dass er den Inhalt plötzlich so deuten könnte, dass sich daraus ein ganz neuer Zusammenhang ergab.

»Und, fährst du?«, fragte Line und riss ihn aus seinen Gedanken.

Wisting schloss den Ordner und musste sich eingestehen, dass er seiner Tochter abermals nicht zugehört hatte.

»Fährst du wieder mit ihm in die Hütte?«

»Mit wem?«, fragte Wisting, obwohl er genau wusste, wen sie meinte.

»Mit ihm«, sagte Line leicht gereizt und deutete auf den Unterlagenstapel.

»Ich glaube nicht«, erwiderte er.

»Aber du fährst morgen zu ihm?«

Wisting nickte. So hatte es sich im Lauf der Jahre ergeben. Jedes Jahr am 10. Oktober besuchte er Martin Haugen.

»Tut mir leid«, sagte er und legte den Ordner weg.

Er wusste genau, wie eigenartig er sich benahm, wenn der Jahrestag näher rückte. Der alte Fall drang wieder ins Bewusstsein und schob alles andere beiseite.

»Was macht ihr heute Abend?«, fragte er und trat ans Fenster. Draußen war es dunkel. Ein paar Regentropfen klebten an der Scheibe.

Line gab Amalie einen letzten Löffel Joghurt.

»Ich wollte ins Fitnessstudio«, gab Line zur Antwort und stellte die Kleine auf den Boden. »Ich hatte gehofft, dass du auf sie aufpassen kannst. Sie fühlt sich in der Kinderbetreuung des Studios nicht besonders wohl.«

Die kleine Amalie stand schwankend auf dem Fußboden.

»Dann übernehme ich die Betreuung«, sagte Wisting lächelnd und klatschte in die Hände, um seine Enkelin zu sich zu locken.

Sie stapfte auf ihn zu und lachte, als Wisting sie auffing und hochhob.

»Vorsicht«, warnte Line. »Sie hat gerade gegessen.«

Wisting setzte Amalie wieder auf den Fußboden, ging ins Nebenzimmer und holte eine Kiste mit Spielzeug. Dann verteilte er den Inhalt auf dem Boden und setzte sich neben die Kleine.

Amalie nahm einen roten Holzwürfel in die Hand und sagte etwas, das Wisting jedoch nicht verstehen konnte.

»Vielen Dank fürs Aufpassen«, sagte Line und erhob sich. »Ich bin in zwei Stunden wieder da.«

Sie winkte den beiden zu, aber Amalie war viel zu beschäftigt, um überhaupt wahrzunehmen, dass ihre Mutter wegging.

Etwa zehn Minuten saßen Wisting und Amalie zusammen auf dem Fußboden. Allerdings fand es die Kleine nach einer Weile interessanter, für sich allein zu spielen.

Seine Kniegelenke knackten, als er sich erhob und zum Karton hinüberging. Dort zog er das Notizbuch heraus und ließ sich wieder in den Sessel fallen. Er blätterte vor und zurück, griff nach der Lesebrille auf dem Tisch und setzte sie auf.

Alle Informationen aus den Fällen, an denen er arbeitete, landeten in seinem dicken blauen Notizbuch. Zunächst Stichwörter zu den nackten Tatsachen, dann Einzelheiten, Zeugenaussagen, Dokumentationen und Laborberichte. Das Notizbuch war für ihn eine Art Archiv. Es enthielt Aufzeichnungen über jede einzelne Vernehmung, jeden gewonnenen Beweis und diente stets als Grundlage für die Planung der nächsten Schritte.

Er verstand nicht, weshalb Line so ablehnend darauf reagierte, dass er sich weiterhin mit dem alten Fall befasste. Normalerweise fand auch sie ungelöste Rätsel und offene Fragen interessant. Die gleiche Wissbegier, die ihn zum Ermittler hatte werden lassen, hatte sie zur Journalistin gemacht. Wenn sich der Weg, den sie beschritt, irgendwo teilte und sie sich für die eine Abzweigung entschied, wollte sie dennoch wissen, wohin sie die andere Richtung hätte führen können. Seit Amalies Geburt interessierte sie sich für Ahnenforschung. In erster Linie ging es dabei vermutlich darum, ihrer Tochter eine größere Familie zu verschaffen, da der Vater der Kleinen mehr oder weniger abgetaucht war. Doch es steckte ein viel tieferer Wissensdurst dahinter. Wisting verstand sehr gut, dass es ihr eine gewisse Befriedigung verschaffte, immer mehr familiäre Verbindungen ausfindig zu machen, um allmählich ein Gesamtbild zu erkennen. So etwas hatte durchaus Ähnlichkeit mit einer polizeilichen Ermittlung.

Die Suche nach Antworten war die Grundlage für Lines bisherige journalistische Tätigkeit. Dabei ging es ihr nicht nur um die Präsentation einer Nachricht. Sie wollte wissen, was dahinter verborgen lag. Eine Eigenschaft, die die Redaktion von *Verdens Gang* sehr zu schätzen wusste. Die Zeitung wollte Line gern behalten und hatte ihrem Antrag auf eine Verlängerung der Elternzeit zugestimmt, in der Hoffnung, dass sie danach in die Festanstellung zurückkehren würde.

Wisting hatte gar nicht den Wunsch, dass Line sich mit dem Fall Katharina Haugen beschäftigte, konnte aber auch nicht verstehen, weshalb sie so demonstrativ desinteressiert war. Das lag vielleicht daran, dass dieser Fall immer schon präsent gewesen war. Line war sechs Jahre alt gewesen, als Katharina Haugen verschwand. Seine Tochter kannte es, dass er in regelmäßigen Abständen die alten Unterlagen hervorkramte und sich darin vergrub. Oder es hatte damit zu tun, dass Line, wie so viele andere, die gängige Erklärung zu dem Fall akzeptiert hatte: dass Katharina Haugen in einer dunklen Oktobernacht vor vierundzwanzig Jahren beschlossen hatte, ihrem Leben ein Ende zu setzen.

Aber wo war dann ihre Leiche?

Eine andere Theorie besagte, dass Katharina Haugen einem Unfall zum Opfer gefallen war. Vielleicht hatte sie eine Wanderung unternommen und war dabei gestürzt. Aus dieser Vermutung ergaben sich aber statt Antworten nur umso mehr neue Fragen.

Neben der Tatsache, dass sie verschwunden war, gab es weitere Umstände, die Wisting Jahr für Jahr veranlassten, die Unterlagen wieder hervorzuholen. Wie etwa den mysteriösen Code auf dem Küchentisch, den Nachbarn, aus dem er nie richtig schlau geworden war, oder Katharina Haugens unbekannten Vater. Und dann waren da noch die Blumen. Vierzehn rote Rosen.

Amalie war aufgestanden. Sie war ganz in ihre eigene Welt versunken, hielt sich dabei an der Armlehne eines Sessels fest und biss in eine bunte Rassel.

Wisting lächelte sie an, öffnete dann einen der Ordner und zog das Protokoll einer Vernehmung hervor, die mit Mina Ruud durchgeführt worden war, einer der letzten Personen, die Katharina Haugen lebend gesehen hatten. Die beiden hatten gemeinsam im Chor gesungen und sich fünf Jahre gekannt. In den letzten Wochen vor ihrem Verschwinden war Katharina Haugen nicht zu den Proben gekommen. Am Telefon hatte sie der Freundin erklärt, sie sei nicht in Form und habe nicht genügend Energie. Zwei Tage vor Katharinas Verschwinden hatte Mina Ruud sie daher zu Hause besucht. Tatsächlich hatte Katharina erschöpft und blass ausgesehen. Mina hatte den Eindruck, dass ihr irgendetwas Sorgen bereite. Auf ihre direkte Nachfrage hatte Katharina das Ganze als Bagatelle abgetan und erklärt, sie nehme jetzt Vitamintabletten, in der Hoffnung, sie würden ihr helfen. Während der Vernehmung hatte Mina Ruud ausgesagt, dass sie im Laufe des letzten Jahres eine deutliche Veränderung an Katharina wahrgenommen habe. Für gewöhnlich sei sie nämlich ein Energiebündel gewesen, wie Mina Ruud sich ausdrückte. Immer gut gelaunt und sprudelnd vor Energie. Doch dann musste etwas passiert sein, das ihre Persönlichkeit verändert hatte. Sie sei zu Hause geblieben, nur noch selten ausgegangen und fast nie mehr mit Freunden zusammen gewesen. Katharina Haugen habe verschlossen und niedergeschlagen gewirkt.

In Mina Ruuds Aussage gab es einen Abschnitt, den Wisting besonders interessant fand. Ihr sei es so vorgekommen, als hätte Katharina ein dunkles Geheimnis mit sich herumgeschleppt, hatte sie geäußert. Etwas, von dem sie anscheinend niemandem erzählen konnte.

Einige ihrer Freunde und Arbeitskollegen hatten Katharina Haugen als depressiv beschrieben. Allgemein war man der Ansicht, dies liege daran, dass sie Heimweh nach ihrer Familie und ihren Bekannten in Österreich habe.

Unverhofft blieb Wisting an einem Satz hängen, der ihm bislang noch nicht aufgefallen war. Mina Ruud versuchte, sich an den genauen Zeitpunkt einer Unterhaltung mit Katharina zu erinnern. Die hatte ihr nämlich erzählt, dass sie zwei Tage zuvor einem Mann aus Österreich begegnet sei. Es habe sich um ein zufälliges Zusammentreffen in einem Café gehandelt. Er hatte gefragt, ob der andere Stuhl an ihrem Tisch noch frei sei, und da Katharina sein Akzent aufgefallen war, wollte sie wissen, ob er aus Österreich komme. Es sei wirklich schön gewesen, jemanden aus ihrem alten Heimatland zu treffen.

Die Ermittler hatten viel Zeit und Ressourcen darauf verwendet, diesen Mann zu finden. Deswegen war es auch so wichtig herauszufinden, wann diese Begegnung stattgefunden hatte. Soweit Mina Ruud sich erinnern konnte, war es ein Nachmittag Mitte August gewesen.

Zumindest hatte Wisting das gelesen, obwohl es so nicht im Protokoll stand.

Er las den Satz noch einmal: *Es war Nachmittag Mitte August.*

Da fehlte ein Wort. Bisher hatte er immer *Es war ein Nachmittag Mitte August* gelesen. Aber das Wort *ein* fehlte. So etwas kam häufiger vor. Mitunter passierte es ihm selbst. Nicht alle Wörter, die er im Kopf hatte, landeten auch auf dem Papier. Wenn man den Satz las, wurde dem Gehirn suggeriert, dass das fehlende Wort dastand, weil man streng genommen ja nicht ein Wort nach dem anderen las, sondern den Blick über den ganzen Satz gleiten ließ.

Dass das Wort fehlte, hatte weiter nichts zu bedeuten. Es veränderte nicht den Sinn der Aussage, brachte Wisting aber auf den Gedanken, dass es vielleicht andere Details in der umfassenden Ermittlungsakte gab, die er übersehen hatte.

Er legte das Protokoll zur Seite und stürzte sich mit neuer Energie auf den nächsten Aktenstapel. Wenn jemand spurlos verschwand, gab es vier Möglichkeiten: Selbstmord, Unfall, Flucht oder eine kriminelle Handlung. Die Polizei hatte alle vier Möglichkeiten untersucht und darüber hinaus die These aufgestellt, dass Katharina das Land verlassen habe, ohne jemandem Bescheid zu sagen, weil sie entweder in ihrer alten Heimat oder irgendwo sonst auf der Welt ein neues Leben beginnen wollte.

Wisting hatte niemals an die Möglichkeit geglaubt, dass Katharina Haugen aus freien Stücken weggegangen war. Obwohl es weder eine Leiche noch einen Tatort gab, hatte er den Fall immer als Mordfall betrachtet. Seine Schlussfolgerung basierte nicht etwa auf einem bestimmten Umstand, vielmehr hatte ihn die Summe der Umstände auf diesen Gedanken gebracht. Wie der Koffer auf dem Bett, die aus dem Regal gezogenen Bücher oder das Foto, das jemand aus dem Rahmen genommen hatte. Und natürlich der Code auf dem Küchentisch.

Abermals holte er die Kopie hervor und betrachtete sie eingehend. Drei leicht gebogene Striche teilten das Blatt und bildeten zwei Spalten. Darunter war ein horizontaler Strich gezogen worden. Der Rest bestand aus Zahlen. Die 362 war von einem Kreis umgeben und tauchte zweimal auf. Dasselbe galt für die Zahl 334. Die 18 gab es ebenfalls doppelt, allerdings war sie beide Male von einem Quadrat umgeben. Weitere Zahlen waren auf dem Papier verteilt: 206, 613, 148, 701, 404, 49. Was die kryptische Nachricht besonders interessant machte, war eine Markierung am Rand des Blattes, die einem Kreuz ähnelte. Die Linien waren mehrmals mit schwarzem Kugelschreiber nachgezogen worden, so fest, dass im Blatt fast ein Loch entstanden war.

Wie schon so oft zuvor blickte Wisting angestrengt auf das Kreuz und die Zahlen. Dieses Mal kam es ihm so vor, als rege sich etwas in seinem Unterbewusstsein. Als ob die Zahlen plötzlich einen Sinn ergeben könnten.

Er holte tief Luft und hielt den Atem an. Immer, wenn er die alten Unterlagen hervorholte, hoffte er darauf, einen solchen Moment zu erleben. Vielleicht hatte er im Laufe des vergangenen Jahres etwas gehört, gesehen oder wahrgenommen, das seinen Erfahrungshorizont erweiterte und ihn in die Lage versetzte, den Inhalt der Ermittlungsakte neu zu beurteilen. Genau an dieser Stelle befand er sich jetzt, kurz vor einer neuen Erkenntnis. Eine Aussage, ein Foto oder ein unbedeutendes Detail, das sich im Laufe der letzten zwölf Monate in sein Unterbewusstsein eingebrannt hatte, stand kurz vor dem Auftauchen an die Oberfläche.

Er las die Zahlen laut und versuchte, auf diese Weise seinem Gehirn auf die Sprünge zu helfen.

Die kleine Amalie äffte ihn nach. Sie versuchte, die gleichen Zahlen auszusprechen, und lachte angesichts ihres Misserfolgs.

Wisting sah zu seiner Enkelin hinüber. Sie war ganz blau

um den Mund. In der Hand hielt sie einen Kugelschreiber. Sie hatte ein Loch hineingebissen, und die Farbe tropfte an ihrer Hand hinunter.

Sie gluckste und lachte und schob den Kugelschreiber wieder in den Mund.

Wisting ließ die Papiere fallen, stürzte zu ihr und riss ihr den Schreiber aus der Hand.

Lippen, Zähne, Zunge und der gesamte untere Teil ihres Gesichts waren blau verfärbt. Er hob die Kleine hoch und eilte mit ihr ins Bad, drehte den Wasserhahn auf und hielt sie über das Waschbecken. Dann gab er Wasser in die hohle Hand, fuhr damit über ihr Gesicht und wiederholte das Ganze. Amalie fing an zu schreien. Wisting goss ihr noch mehr Wasser ins Gesicht, auch in den geöffneten Mund. Amalie hustete und keuchte. Blau gefärbtes Wasser tropfte ins Becken. Trotz ihrer lautstarken Proteste fuhr Wisting fort, seiner Enkelin den Mund auszuspülen, bis er sicher sein konnte, dass keine Tinte zurückgeblieben war. Schließlich setzte er sich mit Amalie auf den Toilettendeckel und versuchte, sie zu trösten.

»Alles wird gut«, sagte er und versuchte, seiner Stimme einen möglichst fröhlichen Klang zu verleihen.

Amalie beruhigte sich etwas. Wisting fischte sein Handy aus der Tasche und rief die Notaufnahme des Krankenhauses an. In wenigen Worten erklärte er, was passiert war.

Die Krankenschwester fragte nach dem Namen.

»Ingrid Amalie Wisting«, antwortete er und nannte ihr Geburtsdatum.

Er hörte das Geräusch einer Tastatur am anderen Ende der Leitung.

»Wie viel Tinte hat sie denn verschluckt?«, wollte die Krankenschwester wissen.

»Ich weiß nicht«, sagte Wisting und ging mit der Kleinen auf dem Arm ins Wohnzimmer. Der Kugelschreiber lag auf dem Boden und hatte einen blauen Fleck auf dem Teppich hinterlassen.

»Mehr als die Hälfte der Tinte ist noch übrig«, sagte er. »Das meiste klebt vermutlich an ihren Händen und der Kleidung.«

»Geringe Mengen Tinte sind normalerweise völlig ungefährlich«, beruhigte ihn die Krankenschwester. »Schlimmer wäre es, wenn sie ein Stückchen Plastik verschluckt hätte.«

Wisting untersuchte den Kugelschreiber. Das Ende war zerfranst.

»Und was kann dann passieren?«, fragte er.

»Es könnte im Hals stecken bleiben«, erklärte die Krankenschwester. »Aber anscheinend ist ja noch mal alles gut gegangen. Kann sein, dass sie etwas Bauchschmerzen bekommt, aber das regelt sich dann auf ganz natürliche Weise.«

Wisting bedankte sich, legte auf und brachte Amalie wieder ins Bad. Er befeuchtete einen Waschlappen und versuchte, der Kleinen das Gesicht und die Finger zu waschen. Die Farbe wurde zwar etwas schwächer, war aber immer noch zu sehen. Er nahm seine Zahnbürste, gab etwas Zahncreme darauf und machte sich daran, ihre kleinen, verfärbten Zähne zu putzen. Amalie protestierte und fing wieder an zu weinen. Er gab auf, trug sie zurück ins Wohnzimmer und sank mit seiner Enkelin auf dem Schoß in einen Sessel. Die plötzliche Angst, die er verspürt hatte, verwandelte sich in Gereiztheit. Er ärgerte sich über sich selbst.

Amalie weinte immer noch. Bestimmt war sie müde, und seine Unruhe hatte sich auf sie übertragen. Er stand auf, nahm Amalie auf den Arm und begann alles aufzusammeln und wieder in den Karton zu legen, was mit dem Fall Katharina Haugen zu tun hatte. Einer der Aktenordner war nicht richtig geschlossen, lose Blätter verteilten sich über Tisch und Fußboden. Er sammelte alles auf und stopfte es in den großen Karton, ohne sich darum zu kümmern, ob die Unterlagen zerknitterten oder in Unordnung gerieten. Er wollte nur alles aus dem Weg haben.

Dann nahm er Amalie auf den anderen Arm, drückte die Deckelklappen des großen Kartons wieder zusammen und schob ihn mit dem Fuß zur Wand hin. Schließlich setzte er sich mit der Kleinen auf den Boden und sah sie an. Ihre Kleider waren jetzt unbrauchbar. Wahrscheinlich wäre sie in Kürze ohnehin herausgewachsen, aber Wisting würde Line anbieten, den Schaden zu ersetzen.

Das Weinen hatte nachgelassen. Großvater und Enkelin waren eifrig damit beschäftigt, Holzklötze aufeinanderzustapeln, als Line zurückkam.

Sie lächelte beim Anblick der beiden, erstarrte aber, als sie die blaue Farbe am Mund und auf der Kleidung ihrer Tochter entdeckte.

»Was ist passiert?«, fragte sie und nahm Amalie auf den Arm.

»Sie hat einen Kugelschreiber erwischt«, sagte Wisting.

»Hast du nicht aufgepasst?«

»Sie war ziemlich schnell«, erklärte er.

»Aber du warst doch wohl bei ihr?«

»Selbstverständlich«, sagte er. »Aber plötzlich saß sie da und hatte das Gesicht voller Farbe. Ich glaube, es war dein Kugelschreiber. Der muss dir aus der Tasche gefallen sein, als du mir das Strafmandat gezeigt hast.«

Line feuchtete einen Daumen an und rieb damit über Amalies Kinn.

»Ich habe schon mit der Notaufnahme gesprochen«, fuhr Wisting fort. »In so geringen Mengen ist Tinte nicht gefährlich. Schwer wegzukriegen, aber nicht gefährlich.«

Line seufzte. »Ich bring sie nach Hause und steck sie in die Badewanne.«

Sie setzte sich auf einen Stuhl und zog ihre Tochter an.

Wisting suchte die Spielsachen auf dem Fußboden zusammen.

»Ich kann ihr gern neue Sachen kaufen«, sagte er. »Oder sie wenigstens bezahlen.«

Line schüttelte den Kopf.

»Denk nicht weiter daran«, sagte sie und stand auf. »Danke, dass du auf sie aufgepasst hast.«

»Tut mir leid«, sagte Wisting. »Ich bin vermutlich ein elender Babysitter.«

Line lächelte.

»Ist schon gut«, sagte sie und warf einen Blick auf den Karton mit den Falldokumenten.

»Vergiss nicht, dass Thomas am Wochenende nach Hause kommt«, sagte sie.

Thomas war ihr Zwillingsbruder. Er arbeitete als Helikopterpilot bei der Armee und kam nur zweimal im Jahr zu Besuch.

»Ich werde Pizza machen«, sagte Wisting mit einem Lächeln.

Das war etwas, das er schon getan hatte, als Line und Thomas noch Teenager waren. Jeden Freitag, wenn er nach Hause kam, hatte er einen Pizzateig zubereitet. Line und Thomas hatten ihm beim Belegen geholfen. Diese Tradition hatten sie fortgeführt, bis Thomas zum Militär gegangen war.

»Wir kommen«, sagte Line und drückte ihre Tochter an sich. »Möchtest du nicht Tschüss zu Opa sagen?«

Wisting nahm beide in den Arm und begleitete sie dann zur Tür. Er sah ihnen nach, als sie durch den Regen zu Lines Haus hinüberliefen, das etwas weiter unten an der Straße lag.

Ich habe gelogen, dachte er und wunderte sich darüber, wie leicht es ihm gefallen war zu sagen, er sei die ganze Zeit bei Amalie gewesen, anstatt zuzugeben, dass er sich in den Fall Katharina vertieft und seine Enkelin für einen Moment vergessen hatte. Aber nicht nur das. Er hatte außerdem seiner

Tochter einen Teil der Verantwortung zugeschoben, indem er sie darauf hinwies, dass der Kugelschreiber ihretwegen dort gelegen hatte.

Wisting schloss die Tür, trat ins Wohnzimmer und betrachtete den Pappkarton, den er zur Seite geschoben hatte.

Lügen waren Bestandteil von jeder Ermittlung. Alle logen. Nur selten ging es dabei um direkte Unwahrheiten, aber die meisten Menschen umgingen die Wahrheit auf irgendeine Weise. Sie äußerten sich zweideutig, verschwiegen Einzelheiten, übertrieben, schmückten Dinge aus, um sich interessant zu machen, oder hielten Informationen zurück, die sie in ein schlechtes Licht rücken könnten. Dazu kam, dass sich die Menschen häufig falsch erinnerten. Oft hatten sie Ereignisse anders im Gedächtnis, als sie tatsächlich geschehen waren. Doch anstatt zuzugeben, dass sie sich an etwas nicht erinnerten, füllten sie die Erinnerungslücken, indem sie die Ereignisse so ausschmückten, wie sie glaubten, dass sie sich abgespielt haben mussten. Um diese Unwahrheiten aufzudecken, war die Polizei von weiteren Informationen abhängig, mit denen die Aussagen überprüft werden konnten.

Wisting bückte sich und hob den Kugelschreiber auf, auf dem Amalie herumgekaut hatte. Unter den Zahnabdrücken war das Logo der Polizeigewerkschaft gerade noch zu sehen. Es war sein Kugelschreiber. Er überlegte, ob er es Line erzählen oder die Sache auf sich beruhen lassen sollte. Aufheben würde er den Kugelschreiber jedenfalls nicht. Er nahm ihn mit in die Küche und warf ihn in den Mülleimer. Dann ging er zurück ins Wohnzimmer, klappte den Kartondeckel wieder auseinander und nahm die Ordner heraus.

2

Feine, durchsichtige Wasserstrahlen fielen im Licht der Scheinwerfer schräg zu Boden, als Wisting rückwärts aus der Garage fuhr. Der Regen hatte im Laufe der Nacht zugenommen. Wisting war bis Mitternacht aufgeblieben und hatte versucht, den Faden wiederzufinden, den er einige Stunden zuvor beinahe schon gepackt hatte, doch der war nicht mehr da.

Er warf einen Blick über die Schulter und sah zum Haus hinüber, in dem seine Tochter wohnte. In der Küche brannte Licht. Amalie wachte immer gegen sechs Uhr auf. Einen Augenblick blieb er regungslos hinter dem Lenkrad sitzen und fragte sich, ob er bei Line anhalten und fragen sollte, wie es den beiden ging. Er hatte es nicht eilig. Sein Arbeitstag begann erst in einer Stunde. Aber anscheinend versuchte Line gerade, die Kleine wieder zum Einschlafen zu bringen. Dabei würde sein Besuch nur stören.

Der 10. Oktober vor vierundzwanzig Jahren war ein wolkenloser Tag mit schwachem Wind aus Südost gewesen, wie Wisting aus dem Bericht wusste. Im Laufe des Abends waren ein paar Wolken aufgezogen. Der Wind hatte sich zu einer leichten Brise entwickelt, und die Temperatur war auf etwa acht Grad abgefallen.

Wisting fuhr durch das Wohnviertel und bog nach links in den Larviksvei ab. Der Arbeitstag würde nicht sehr produktiv werden. Er würde sich kaum auf etwas anderes konzentrieren können, weder vor noch nach dem Treffen mit Martin Haugen.

Katharina war in der Vergangenheit schon einmal verschwunden. Damals hatte sie Katharina Bauer geheißen. Im Alter von einundzwanzig Jahren hatte sie sich auf ihr Motorrad gesetzt, hatte ihrer österreichischen Heimatstadt Perg den Rücken zugekehrt und war nie wieder zurückgekommen.

Sie war vor ihrer dysfunktionalen Familie geflohen, einem gewalttätigen und alkoholabhängigen Stiefvater und einer instabilen Mutter mit psychischen Problemen. Lange hatten Katharina und ihre Schwester zusammengehalten und sich um den jüngeren Bruder gekümmert, doch als der alt genug war, um auf sich selbst aufzupassen, hatte Katharina ihren Rucksack gepackt und sich auf den Weg gemacht.

Die Reise hatte sie nach Norwegen geführt. Irgendwo in dem Land lebte ihr Vater. Jedenfalls hatte ihre Mutter einmal erzählt, dass der Vater Norweger sei. Sie hatte nicht viel Hoffnung, ihn zu finden. Sie wusste nur, dass er Richardt hieß und eine Zeit lang Stammgast in dem Restaurant war, wo ihre Mutter im Sommer 1958 gearbeitet hatte. Irgendwann war er dann weitergefahren, und es war unklar, ob er überhaupt je erfahren hatte, dass er Vater geworden war.

Der unbekannte Vater war allerdings nicht der eigentliche Grund für ihre Reise nach Norwegen. Es ging in erster Linie darum, von zu Hause wegzukommen. Aber sie war auch neugierig auf dieses Land gewesen. Bevor sie aufbrach, hatte sie sich mit Geschichte und Geografie vertraut gemacht und die Sprache ein wenig gelernt.

Nach ihrer Ankunft in Norwegen hatte sie offenbar auch versucht, ihren Vater ausfindig zu machen. Unter den von ihr zurückgelassenen Dingen befand sich eine Adressenliste mit verschiedenen Männern, die Richardt hießen, auch in anderer Schreibweise, aber das Ganze wirkte wie ein Projekt, das sie schon lange vor ihrem Verschwinden aufgegeben hatte. Ein paar der Namen auf der Liste waren durchgestrichen, etwa drei

Viertel waren noch übrig. Die Polizei hatte sich mit all diesen Männern in Verbindung gesetzt. Die, deren Namen durchgestrichen waren, bestätigten, dass man sie kontaktiert hatte, dass sie aber offensichtlich nicht diejenigen waren, nach denen sie gesucht hatte.

Wisting stellte die Scheibenwischer auf eine höhere Geschwindigkeit ein. Als er sich dem Zentrum näherte, verdichtete sich der Verkehr. Das Regenwasser der letzten Tage hatte sich neue Wege gesucht, an mehreren Stellen war der Untergrund weggespült worden, und Teile der Straße waren abgerutscht, sodass der Verkehr umgeleitet werden musste.

In Österreich hatte Katharina eine Ausbildung zur Landschaftsplanerin und Feldvermesserin absolviert und war dann nach ihrem Umzug nach Norwegen für die lokale Straßenbaubehörde tätig geworden. Sie hatte ein Gefühl für Fremdsprachen, lernte schnell Norwegisch und machte eine Weiterbildung an der Technischen Fachhochschule. Nach einer Weile bekam sie dann eine feste Anstellung bei der staatlichen Straßenbaubehörde, wo sie an der Planung und am Bau von neuen Fernstraßen durch den südlichen Teil von Telemark arbeitete. Dabei war sie auch Martin Haugen begegnet. Er war dort Vorarbeiter und gehörte zu den Kollegen, die sich häufig im Planungsbüro aufhielten.

Der Verkehr rollte langsam weiter. Ein Fahrradfahrer in Regenmontur schlängelte sich an den Fahrzeugen vorbei.

Wisting wollte gegen zwölf zu Martin Haugen fahren. Sie hatten keine feste Verabredung, doch nach dem Verschwinden von Katharina war er jedes Jahr zur gleichen Zeit zu ihm gefahren und wusste, dass Martin Haugen ihn auch in diesem Jahr erwartete. Der Kaffee würde gekocht sein und der Fertigkuchen bereitstehen. Vermutlich ein Zitronenkuchen mit Glasur oder eine Himbeerbiskuitrolle. Erst würden sie ein wenig Small Talk machen, dann würden sie über Katharina sprechen.

Wisting war ihr einmal begegnet. Es war ihm gar nicht bewusst gewesen, erst fünf oder sechs Jahre nach ihrem Verschwinden hatte Martin Haugen ihn darauf aufmerksam gemacht. Es sei am Nationalfeiertag gewesen, hatte er erklärt und Wisting einen Zeitungsausschnitt gezeigt. Katharina und ihre Freundinnen aus dem Chor hatten während der Feiern im Wald Bøkeskogen gesungen. Es gab ein Bild von ihnen in der Zeitung, und im Hintergrund war Wisting zu sehen, der damals im Einsatz gewesen war.

Katharina hatte ihrem Mann das Foto gezeigt und erzählt, dass sie kurz vor dem Chorauftritt ein Schlüsselbund gefunden und dem Polizisten auf dem Bild übergeben habe.

Wisting hatte sich an das Vorkommnis nicht erinnern können und vermutete, dass Katharina ihn mit einem anderen Polizisten verwechselt hatte. Er hatte das Fundsachenprotokoll hervorgeholt, zurückgeblättert und zu seiner Überraschung einen von ihm notierten Vermerk gefunden, der besagte, dass ein Schlüsselbund von einer gewissen Katharina Haugen gefunden und abgegeben worden sei. Immer wenn er sich das Geschehene ins Gedächtnis zurückrufen wollte, konnte er sich vage daran erinnern, die eigentliche Begegnung mit Katharina war hingegen ausgelöscht. Auch Martin Haugen hatte es vergessen, bis er den Zeitungsausschnitt eines Tages beim Aufräumen in einer Schublade gefunden und Wisting darauf wiedererkannt hatte.

Hinter ihm hupte ein Wagen. Wisting wurde aus seinen Gedanken gerissen und füllte sogleich die Lücke zum Auto vor ihm, die entstanden war, als er nicht auf die Straße geachtet hatte.

In der Innenstadt war der Verkehr nicht ganz so schlimm, und Wisting erreichte das Präsidium frühzeitig genug, um Kaffee zu kochen, damit der schon bereitstand, wenn die anderen aus der Abteilung zur Arbeit kämen.

In der vergangenen Nacht und am Abend zuvor waren keine größeren Polizeieinsätze nötig gewesen, wie das Einsatzprotokoll zeigte. Wisting verteilte die wichtigsten Fälle und legte alles andere vorerst beiseite. Um zehn Uhr würde eine Haushaltssitzung stattfinden, und mit einem der Polizeijuristen musste er die Rückstände überprüfen. Außerdem sollte er sich zu einer Konsequenzanalyse äußern, die sich damit beschäftigte, was mit der Fahndungsabteilung passieren würde, wenn der Polizeidistrikt mit dem des benachbarten Regierungsbezirks zusammengelegt würde. Das allerdings konnte er auch nach dem Treffen mit Martin Haugen erledigen.

Er lehnte sich auf seinem Bürostuhl zurück und verschränkte die Hände hinter dem Kopf. Dann beugte er sich vor und öffnete die unterste Schublade. Er zog eine Kopie des Zeitungsfotos vom Nationalfeiertag heraus, die er gemacht hatte, und betrachtete sie.

Das Foto war schwarz-weiß. Katharina Haugen trug ein helles Sommerkleid und stand mit ihren festlich gekleideten Freundinnen zwischen den Bäumen. Ihre Haare waren lang und, wie Wisting wusste, rotblond. Sie hatte blaue Augen, doch auf dem Foto lag etwas Düsteres in ihrem Blick, das trotz ihres breiten Lächelns nicht zu übersehen war. Die Lippen wirken weich, dachte Wisting beim Betrachten des Fotos. Weicher als die Augen.

Er glaubte nicht, dass sie noch lebte, fragte sich aber dennoch, wie sie wohl heute aussehen würde. Er selbst hatte sich merklich verändert. Auf dem Foto war er Ende zwanzig und schlank. Seine Haare, die unter der Uniformmütze hervorlugten, waren schwarz, und er hielt den Rücken kerzengerade durchgedrückt.

Für Wisting hatte der Fall Katharina Haugen erst am Mittwoch, dem 11. Oktober, angefangen, als ihr Mann sie als vermisst meldete. Zu zweit waren die Ermittler in den Kleivervei gefahren und hatten die ersten Untersuchungen vorgenommen. Wisting und Eivind Larsen. Wisting hatte sich mit Martin Haugen ins Wohnzimmer gesetzt, während Eivind Larsen durch das Haus gegangen war und nach einem Hinweis auf Katharinas Verbleib gesucht hatte. Doch nichts im Haus und auch nichts in dem Gespräch hatte die beiden einer Lösung näher gebracht.

Wisting stand auf, trat ans Fenster und spürte plötzlich ein eigenartiges und dennoch vertrautes Gefühl im Körper. Eine Rastlosigkeit, die Folge von etwas Unerledigtem war.

Der Verdacht, dass Martin Haugen etwas mit dem Verschwinden seiner Frau zu tun haben könnte, war schnell fallen gelassen worden. Zu jenem Zeitpunkt arbeitete er auf einer Baustelle in Trøndelag und wohnte in einer Barackensiedlung in Malvik. Das lag mehr als acht Autostunden von zu Hause entfernt.

Wenn jemand verschwand, wurde immer zuerst der Ehepartner verdächtigt. Die zeitliche Abfolge der Geschehnisse lieferte den Ermittlern allerdings keinen Anhaltspunkt dafür, dass Martin Haugen dahintersteckte. Am Abend des 9. Oktober hatte er gegen zehn Uhr abends mit Katharina telefoniert. Die Telefongesellschaft hatte bestätigt, dass um 22:06 Uhr vom öffentlichen Fernsprecher in der Küchenbaracke ein Anruf zum Anschluss von Katharina und Martin Haugen im Kleivervei in Larvik erfolgt war. Das Gespräch hatte acht Minuten und siebzehn Sekunden gedauert. Am nächsten Morgen um 7:00 Uhr saß Martin Haugen wieder an den Hebeln seines Baggers. Es gab ein offenes Zeitfenster von neun Stunden, für die Fahrt nach Larvik und wieder zurück hätte er allerdings sechzehn Stunden benötigt.

Nach seiner Schicht hatte er versucht zu Hause anzurufen, aber ohne Erfolg. Mehrere Arbeitskollegen hatten ihn beobachtet, wie er im Laufe des Abends versuchte, Katharina zu erreichen, und sie hatten ausgesagt, dass er besorgt gewirkt habe. Er hatte Freunde und Bekannte angerufen, aber niemand hatte sie gesehen. Spät am Abend hatte er den nächsten Nachbarn überreden können, zu Hause vorbeizufahren und nachzusehen. Doch nichts deutete darauf hin, dass sie sich im Haus aufhielt. Der Nachbar war einmal um das ganze Haus herumgegangen und hatte in alle Fenster geschaut. Abgesehen von etwas, das wie ein handgeschriebener Zettel auf dem Küchentisch aussah, hatte er weiter nichts entdeckt.

Kurz vor Mitternacht hatte sich Martin Haugen in seinen Wagen gesetzt und war nach Hause gefahren. Um 8:47 Uhr am 11. Oktober rief er die Polizei und meldete seine Frau als vermisst.

Tatsächlich wussten die Ermittler heute nicht viel mehr als damals. Ziemlich genau wussten sie, was *nicht* geschehen war, was Katharina Haugen *nicht* getan hatte und wo sie sich *nicht* aufhielt, aber sie konnten nichts darüber sagen, weshalb, wie oder wohin sie verschwunden war.

3

Um Viertel vor zwölf verließ Wisting das Büro. Er setzte sich in den Wagen und fuhr in Richtung Kleivervei. Der Regen hatte fast aufgehört, und der Himmel klarte auf.

Das Verhältnis zwischen ihm und Martin Haugen hatte sich im Laufe der vergangenen Jahre verändert. War ihr Kontakt zu Beginn rein professioneller Natur gewesen, hatte ihre Beziehung mittlerweile einen fast privaten Charakter. Sie konnten zusammen Scherze machen und lachen und auch über ganz andere Dinge als das Verschwinden von Katharina reden. Vor einigen Jahren hatte Martin Haugen einen kleinen Bagger gemietet und Wisting dabei geholfen, ein paar Baumstümpfe im Garten loszuwerden. Regelmäßig kaufte Wisting ihm im Herbst einige Säcke Feuerholz ab, und kurz vor Weihnachten brachte Haugen ihm stets einen Weihnachtsbaum aus dem Wald hinter dem Haus. Sie waren gemeinsam auf Angel- und Wandertour gegangen, und Haugen war auch zu Ingrids Begräbnis gekommen. Dennoch war es keine echte Freundschaft. Das konnte es auch niemals sein. Die Beziehung zwischen ihnen war aus tragischen Umständen erwachsen, und noch immer gab es etwas, das Wisting zu einer gewissen Distanz veranlasste. Sie waren gleich alt, und manchmal dachte Wisting, dass Martin Haugen unter anderen Umständen einer seiner wenigen, aber guten Freunde hätte werden können.

Zwei Jahre nach Ingrids Tod hatte Wisting eine neue Beziehung begonnen. Die war inzwischen vorbei, doch solange sie angedauert hatte, war sie echt und liebevoll gewesen, und Wisting hätte sie gern weitergeführt. Martin Haugen hatte nie eine neue Beziehung angefangen. Allerdings war er vor der Beziehung mit Katharina schon einmal verheiratet gewesen. Es war eine kurze Ehe mit einer acht Jahre älteren Frau gewesen. Eine der Mappen in der Ermittlungsakte trug ihren Namen: Inger Lise Ness. In den Wochen nach Katharinas Verschwinden war diese Mappe schnell dicker geworden, aber auch darin befand sich nichts, was der Polizei irgendwelche Hinweise hätte liefern können.

Die Scheibenwischer schabten über die Frontscheibe. Wisting schaltete sie ab.

Die Bebauung wurde spärlicher, je mehr er sich Kleiver näherte. Die Straße wurde schmaler und war weniger gut in Schuss. Er kam an einer Gärtnerei und an einem kleinen

Bauernhof vorbei. Auf der linken Seite lag die ehemalige Autowerkstatt. Einige der Wracks vor dem Gebäude hatten vor einem Jahr auch schon dort gestanden.

Wisting drosselte das Tempo, als er sich der Kreuzung mit dem Abzweig näherte, wo sich der Briefkasten befand. Jemand hatte seit seinem letzten Besuch ein Schild am Straßenrand aufgestellt. *Einfahrt verboten, Durchfahrt nur für Anlieger.*

Wisting fuhr daran vorbei und warf im Spiegel einen Blick auf das rote Haus auf der anderen Straßenseite. Dort wohnte Steinar Vassvik. Wisting sprach den Namen laut aus: »Steinar Vassvik«. Der Mann hatte in gewisser Weise als verdächtig gegolten. Es gab zwar keinen konkreten Verdacht, aber er war der nächste Nachbar, hatte Katharina Haugen als Letzter gesehen und besaß kein Alibi. Außerdem war er früher einmal wegen Körperverletzung verurteilt worden.

Der Schotterweg führte in den Wald hinein. Nach etwa hundert Metern tauchte Martin Haugens Haus auf, das seit Wistings letztem Besuch offenbar einen neuen Anstrich bekommen hatte. Die Bäume in unmittelbarer Nähe des Hauses waren entfernt worden, wodurch das Grundstück offener und heller wirkte.

Der Regen hatte eine große Pfütze auf dem Hofplatz gebildet. Wisting fuhr den Wagen etwas an die Seite, damit er beim Aussteigen keine nassen Füße bekam.

Die Katze erhob sich von der Türmatte, streckte den Rücken durch und kam zu ihm.

Für gewöhnlich musste Wisting gar nicht erst klingeln. Sobald Martin Haugen einen Wagen vorfahren hörte, trat er ans Fenster. Wisting sah zum Haus hinüber, ließ die Katze um seine Beine streichen und wartete darauf, dass Martin in der Tür erscheinen würde.

Nichts passierte.

Wisting ging die Vortreppe hinauf und klingelte. Die Katze

folgte ihm. Der Klingelton aus dem Inneren des Hauses war zu hören, sonst nichts.

In dem winzigen Spalt zwischen Rahmen und Tür konnte er sehen, dass die Tür abgeschlossen war. Er klingelte abermals, beugte sich hinunter und streichelte die Katze. Ihr Fell war nass.

Wisting drehte sich um. Haugens Wagen stand nicht auf dem Hofplatz. Das musste nichts bedeuten. Er stellte den Wagen oft in die Garage, die direkt an das Haus angebaut war. Das Tor war geschlossen, die Garage hatte keine Fenster.

Wisting ging weiter zum Küchenfenster und stellte sich auf die Zehenspitzen. Drinnen war es aufgeräumt, abgesehen von einem Schreibblock und einem Kugelschreiber auf dem Tisch.

»Hallo!«, rief er und klopfte ans Fenster.

Auf dem Notizblock stand etwas, doch von seinem Standort aus konnte Wisting nicht sehen, was es war.

Der Block lag ungefähr da, wo vor vierundzwanzig Jahren der eigenartige Code gelegen hatte. Sehr wahrscheinlich hatte Katharina Haugen die Zahlen aufgeschrieben, denn auf dem Papier waren ihre Fingerabdrücke gefunden worden.

Das Blatt war auch von Schriftsachverständigen untersucht worden. Dass es sich um Katharinas Handschrift handelte, konnte allerdings nicht mit Sicherheit festgestellt werden. Die Sachverständigen hatten Schriftproben von Briefen und anderen Schreiben, die mit Sicherheit von ihr stammten, mit dem Zettel verglichen. Die Zahlen auf dem Papier waren geringfügig eckiger als auf den Vergleichsproben. Die Schlussfolgerung lautete, dass man nicht mit letzter Sicherheit sagen konnte, ob sie den Zettel geschrieben hatte.

Die chemischen Analysen hatten gezeigt, dass die Tintenmasse in einem der Kugelschreiber auf der Arbeitsplatte dieselben Bestandteile aufwies wie die Tinte auf dem Papierbogen. Der Kugelschreiber war ein Werbegeschenk der staatlichen

Straßenbaubehörde gewesen, vermutlich hatte Katharina ihn von der Arbeit mit nach Hause genommen. Er stammte aus einer Fabrik in Deutschland, die jährlich neunzehn Millionen Kugelschreiber herstellte. Rein theoretisch konnte also auch ein anderer Kugelschreiber als der gefundene verwendet worden sein.

Irgendwo im Wald hinter ihm schrie eine einsame Elster. Ansonsten war es still.

Wisting lief über den feuchten Rasen, ging um das Haus herum und betrat die Veranda auf der Rückseite. Die Katze folgte ihm.

Die Gartenmöbel standen noch draußen. Verwelkte Blätter hatten sich zu feuchten Haufen verklebt. Ein Spaten mit etwas Erde lehnte an der Hauswand. Daneben stand ein Paar Gummistiefel mit getrockneten Lehmklumpen daran.

Wisting trat ans Fenster und spähte hinein. Das Wohnzimmer hatte sich anscheinend nicht verändert. Spärlich, aber dennoch ausreichend eingerichtet. Das Inventar stammte zu großen Teilen noch aus der Zeit, in der Katharina hier gewohnt hatte. Möbel aus Kiefernholz und bunte Öldrucke an den Wänden. Das dunkle Ledersofa war neu. Auf dem Tisch davor stand ein halb fertiger Modellbausatz, aus dem offenbar ein Lastwagen werden sollte. Modellbau war Martin Haugens Hobby. In den Regalen, in denen sich früher die Bücher seiner Frau befunden hatten, standen mehrere fertige Modelle.

Die Katze maunzte und kratzte an der Verandatür. Auf der Innenseite konnte Wisting die Decke sehen, auf der sie für gewöhnlich lag.

Sie muss schon ziemlich alt sein, dachte Wisting. Martin Haugen hatte einmal erzählt, wie die Katze an einem Sommerabend aus dem Wald gekommen und auf die Veranda gesprungen war. Das war fünf oder sechs Jahre her, und schon damals war sie kein Jungtier mehr gewesen.

Wisting drehte sich zum Wald, der jetzt noch dichter war als vor vierundzwanzig Jahren. Er konnte den See gerade noch zwischen den Fichten in der Ferne ausmachen.

Zweimal hatten sie den Wald nach Katharina durchsucht. Erst mit Hunden, dann mit Freiwilligen, die mit einer Armlänge Abstand nebeneinander gehend den Wald durchkämmt hatten. Der See war durchpflügt und von Tauchern abgesucht worden. Sie wurde nicht gefunden.

Der Schrei einer Elster durchbrach abermals die Stille. Es musste derselbe Vogel sein wie vorhin. Er erhob sich von einem Baum in der Nähe, hing für einen Augenblick schwebend in der Luft und flog dann krächzend und flatternd davon.

Wisting zog seine Jacke enger um den Hals und ging zurück zum Wagen. Er war ein wenig überrascht, dass Martin Haugen nicht zu Hause war. Sie hatten zwar nichts verabredet, aber er hatte doch damit gerechnet, dass er hier sein würde, so wie im Vorjahr und in allen Jahren davor auch.

Bevor er sich in den Wagen setzte, warf er noch einen Blick auf das Haus. Vielleicht war Martin Haugen ja gerade unterwegs, um Kuchen zu kaufen oder um etwas anderes zu erledigen, aber Wisting zweifelte daran. Etwas stimmte nicht mit der Katze. Sie hatte sich wieder auf die Matte vor der Tür gelegt, aber ihr Fell war durchnässt. Als sei sie die ganze Nacht draußen im Regen gewesen.

4

Der Wagen holperte über den unebenen, von Löchern übersäten Schotterweg. Am Briefkastenstativ hielt Wisting an, stieg aus und ging hinüber zu dem Kasten, auf dem Martin Haugens

Name stand. In der Ermittlungsakte gab es eine Aufnahme des Briefkastens, die zeigte, dass sich darin die Zeitungen vom 10. und 11. Oktober sowie eine Stromrechnung befunden hatten. Die Zeitung vom 9. Oktober hatte, wie ein anderes Foto bewies, auf der Kommode im Flur des Hauses gelegen.

Irgendwann musste Martin Haugen das Namensschild am Briefkasten ausgewechselt haben. Jetzt stand jedenfalls nur noch sein Name darauf.

Wisting hob den Deckel und spähte in den Kasten. Er war leer. Das musste nichts bedeuten. Martin Haugen hatte keine Zeitung mehr abonniert. Anscheinend war es auch noch zu früh für den Postboten, und Haugen wohnte so weit abseits, dass wohl nur die wenigsten Reklameboten den Umweg zu ihm in Kauf nahmen.

Ein Mann mit Hund kam ein Stück entfernt auf einem Pfad aus dem Wald heraus. Er rief den Hund zu sich und befestigte die Leine am Halsband.

Wisting setzte sich wieder in den Wagen und sah zu dem Einfahrt-verboten-Schild hinüber. Eine Kette war daran befestigt, mit der der Weg abgesperrt werden konnte. Vielleicht fühlte sich Martin ja von Wanderern gestört, die auf der Suche nach einem Parkplatz auf seinem Hof landeten. Das Schild hatte er vermutlich von seinem Arbeitsplatz mitgenommen. Nach Katharinas Verschwinden hatte er eine Anstellung in der Betriebs- und Instandhaltungsabteilung der staatlichen Straßenbaubehörde bekommen. Die Arbeit hatte sich im Laufe der Jahre sehr verändert. In der ersten Zeit hatte er sich mit Grünpflege, Schneebeseitigung und der Entsorgung von überfahrenen Wildtieren beschäftigt. Nach einiger Zeit waren diese praktischen Aufgaben an verschiedene private Firmen delegiert worden, und Martin Haugens Tätigkeit war verantwortungsvoller geworden, was ihm erlaubte, seinen Arbeitsalltag selbst zu gestalten. Für gewöhnlich nahm er sich am 10. Oktober frei, aber offenbar war das in diesem Jahr nicht möglich gewesen.

Wisting hatte seine Nummer auf dem Handy gespeichert. Für einen Augenblick erwog er, ihn anzurufen oder eine SMS zu schicken, verwarf den Gedanken aber wieder. Das könnte aufdringlich wirken. Besser wäre es, wenn er nach der Arbeit noch einmal vorbeikäme.

Zum Zeitpunkt von Katharinas Verschwinden waren Handys noch nicht so verbreitet gewesen. Damals hatte es kaum Internet und keine sozialen Medien gegeben. Es existierten keinerlei elektronische Spuren, die darauf hindeuten konnten, wo sie sich befand oder was sich zugetragen hatte.

Wisting ließ den Motor an, warf dabei einen Blick auf das Haus gegenüber und glaubte, Steinar Vassvik am Fenster zu erkennen. Es war nicht einfach gewesen, dem Mann eine vernünftige Erklärung zu entlocken. Er gehörte zu dem Menschentyp, der andere nicht an sich heranließ, auf Fragen nur einsilbig antwortete und niemals die Initiative für ein neues Gesprächsthema ergriff. Wenn Wisting mit ihm sprach, drehte sich der Mann gern weg und sah in eine andere Richtung. Seine Antworten waren stets ausweichend, und nach jeder Unterhaltung hatte Wisting den Eindruck, dass Vassvik etwas verbarg.

Steinar Vassvik hatte Martin Haugens Erklärung bestätigt und berichtet, dass dieser ihn am Nachmittag des 10. Oktober angerufen und gebeten hatte, zum Haus hinüberzugehen und nach Katharina zu sehen. Das hatte er getan. Als Haugen ihn nach einer halben Stunde erneut anrief, meldete Steinar Vassvik ihm, dass Katharina nicht da sei, ihm aber offenbar eine Nachricht auf dem Küchentisch hinterlassen habe. Es war die Nachricht, die fortan Katharina-Code genannt wurde.

Anstatt Martin Haugen anzurufen, gab Wisting die Nummer von Line in sein Handy ein.

Ihre Stimme klang tonlos, als sie ranging.

»Wie geht es denn Amalie?«, wollte er wissen.

»Sie ist heute etwas unruhig«, erwiderte Line. »Quengelt viel.«

»Ist ihr übel geworden?«

»Nein, ach, ich weiß nicht. Ich muss sie einfach im Auge behalten.«

»Hast du die blaue Farbe wegbekommen?«

»Nicht alles.«

Wisting räusperte sich, um die aufkommende Stille zu überbrücken.

»Braucht ihr was?«, fragte er. »Soll ich euch etwas aus dem Laden mitbringen?«

»Wir kommen schon zurecht«, versicherte seine Tochter.

Wisting wich etwas zur Seite aus, als ihm auf der schmalen Straße ein Fahrzeug entgegenkam. Er entschuldigte sich abermals bei Line, sagte, dass es ihm leidtue, und beendete dann das Gespräch.

Fünf Minuten nach eins war er zurück im Polizeipräsidium. Nils Hammer kam ihm auf dem Gang entgegen. Wenn Wisting außer Haus war, fungierte Hammer als sein fester Stellvertreter.

»Ich habe für morgen eine Besprechung vereinbart«, sagte er.

»Was denn für eine Besprechung?«

»Da kommt jemand von der Kripo.«

Wisting runzelte die Stirn.

»Wer denn?«

»Ich kenne ihn nicht«, gab Hammer zurück. »Er heißt Adrian Stiller.«

Wisting schüttelte den Kopf. Auch ihm war der Name unbekannt.

»Was will er denn?«

»Es geht um einen alten Fall. Er will sich mal in unserem Archiv umschauen. Wenn er kommt, wird er das genauer erklären. Ich hab mit ihm neun Uhr vereinbart.«

Wisting wiederholte den Namen für sich selbst, ging in sein Büro und notierte sich den Termin. Es geschah verhältnismäßig oft, dass die Kripo oder die Abteilung für Wirtschaftskriminalität in Fällen ermittelten, die die Grenzen des eigenen Polizeidistrikts überschritten.

Die Rastlosigkeit war plötzlich wieder da. Wisting erhob sich, ging in den Besprechungsraum, wo die Kaffeemaschine stand, und schenkte sich eine Tasse ein. Auf leeren Magen schmeckte der Kaffee nicht besonders gut, aber er nahm die Tasse trotzdem mit in sein Büro. Dann zog er sein Handy heraus und rief Martin Haugen an. Es ist einfacher, aus dem Büro anzurufen, als vor seinem Haus zu stehen, dachte er, während er dem Signalton in der Leitung lauschte. Jetzt konnte er ihn einfach fragen, ob es ihm passte, wenn er vorbeikam.

Nach zehn Klingeltönen wurde der Anruf zu einem Anrufbeantworter weitergeleitet. Ohne eine Nachricht zu hinterlassen, legte Wisting auf.

Dann nahm er sich die Konsequenzanalyse zur neuen Polizeireform vor. Immer weniger, aber dafür größere Polizeidistrikte sollten dafür sorgen, dass die Polizei mit erhöhten Kapazitäten und verstärkter Kompetenz die Kernaufgaben überall im Land effizient lösen konnte. Für Wisting bedeutete dies, dass der Distrikt, in dem er arbeitete, im Westen mit Telemark und im Norden mit Buskerud zusammengelegt würde. Er sah durchaus die Vorteile einer größeren Fahndungsabteilung, spürte aber auch, dass es ihm an Veränderungswillen mangelte. Er war nur wenige Jahre vom Pensionsalter entfernt und wollte die Zeit lieber für die Aufklärung konkreter Fälle verwenden, als sich auf eine Zukunft vorzubereiten, die ihn ohnehin kaum noch betreffen würde.

Er versuchte, die Pläne und Visionen der Reform auf ein praktisches Niveau herunterzubrechen und sich vorzustellen, was die Änderungen für den Arbeitsalltag bedeuten könnten. Ein paarmal wurde er von Anrufen unterbrochen. Es handelte sich um Anfragen zu laufenden Ermittlungen, die er zum Teil beantworten konnte oder zwecks Klärung an einen anderen Kollegen weiterleiten musste. Seine Abteilung war gerade groß genug, um die erforderliche Übersicht behalten zu können.

Kurz vor halb vier begann es wieder zu regnen. Ein anhaltender Regen, der gegen die Fensterscheiben schlug. Wisting blieb noch eine halbe Stunde, schaltete dann seinen Computer aus und verließ das Büro.

Auf dem Weg zurück nach Kleiver geriet er hinter einen Schulbus. Der verkörperte in dieser Gegend die einzige Form von öffentlichem Nahverkehr. Er fuhr zweimal morgens und zweimal nachmittags und hielt dort, wo die Schulkinder wohnten, oder wenn jemand am Straßenrand stand und signalisierte, dass er mitfahren wollte. Am 10. Oktober vor vierundzwanzig Jahren hatte vormittags und nachmittags derselbe Fahrer am Steuer gesessen. Und er war davon überzeugt, dass Katharina Haugen nicht mitgefahren war.

Der Bus vor Wisting fuhr an den Straßenrand und hielt an. Die Straße war zu schmal, um vorbeifahren zu können. Er wartete, bis der Bus eine schwarze Abgaswolke ausstieß und weiterfuhr.

Zwei Jungen mit Schulranzen überquerten vor Wisting die Straße.

Katharina Haugen hatte einen silberfarbenen Golf und eine Kawasaki Z650 gefahren. Sie war am liebsten mit dem Motorrad unterwegs, aber beide Fahrzeuge hatten zum Zeitpunkt ihres Verschwindens in der Garage gestanden.

Nachdem man den Radius der Suchaktion nach und nach

ausgeweitet hatte, war irgendwann klar geworden, dass irgendjemand sie entführt haben musste.

Wisting fuhr langsamer und bog am Abzweig zu Haugens Haus ab. Das Regenwasser hatte große Pfützen im Schotter hinterlassen. Wisting fuhr holpernd durch die Schlaglöcher und blieb dann auf dem Hofplatz vor dem Haus stehen.

Kein anderer Wagen war zu sehen.

Er parkte sein Auto an derselben Stelle wie zuvor. Die Katze kam auf ihn zugerannt, als er aus dem Wagen stieg. Sie wirkte noch etwas zerzauster als vor ein paar Stunden. Wisting folgte ihr bis unter den schmalen Dachvorsprung über der Tür, der Schutz vor dem Regen bot. Er klingelte, erwartete aber nicht, dass Martin Haugen die Tür öffnen würde. Er war nicht zu Hause.

Wisting zog sein Handy aus der Tasche und rief ihn abermals an. Auch bei diesem Versuch wurde er mit einem Anrufbeantworter verbunden.

Die Katze rieb sich an seinen Beinen. Wisting spürte plötzlich eine Unruhe tief im Bauch. Die Erfahrung hatte ihn gelehrt, immer von der schlimmsten Annahme auszugehen, dennoch versuchte er, Erklärungen dafür zu finden, dass Martin Haugen nicht anzutreffen war. Eine berufliche Fortbildung, Überstunden, eine andere Verabredung. Womöglich hatte er eine Frau kennengelernt und war nach der Arbeit zu ihr gefahren.

Wisting trat in den Regen und umrundete die Hausecke. Vom Waldrand schlug ihm ein süßlicher Geruch nach feuchter Erde entgegen. Wo der Rasen endete und die Wildnis begann, führte ein Pfad in den Wald hinein. Den hatte es immer schon gegeben. Auch dort hatte die Polizei nach Katharina gesucht. Im Laufe der Jahre war er dann immer mehr zugewachsen. Jetzt sah es aus, als hätte jemand den Pfad wieder passierbar gemacht.

Die Katze blieb stehen und spähte in die Waldöffnung, während Wisting sich erneut unter das Verandadach stellte. Er sah durchs Fenster hinein, aber nichts hatte sich seit seinem Besuch vor ein paar Stunden verändert.

Gerade als er die Veranda verlassen wollte, entdeckte er etwas hinter der Gardine. Es war eine Webcam. Ein schlichtes Modell, das nur ein paar Hundert Kronen kostete. Die Kameralinse war auf den Garten hinter dem Haus gerichtet. Falls also jemand hinter der Kamera stand und zuschaute, würde Wistings Gesicht jetzt den ganzen Bildschirm ausfüllen.

Als er einen Schritt zurücktrat, stieß er gegen den Gartentisch. In letzter Zeit wurden bei der Polizei immer häufiger Anzeigen wegen Einbruchs oder Sachbeschädigung zusammen mit entsprechenden Videoaufnahmen eingereicht. Die kleinen Kameras waren von guter Qualität, und die Technologie machte es möglich, irgendwo auf der Welt vor einem Bildschirm zu sitzen und die Geschehnisse vor der Kamera über das Internet zu verfolgen. Vor vierundzwanzig Jahren hatte man bei den Ermittlungen die Videoaufnahmen von Tankstellen und anderen Orten mit Überwachungskameras herangezogen. Die Aufnahmen waren grobkörnig, und es war schwierig, jemanden darauf wiederzuerkennen. Die Bänder wurden immer noch zusammen mit den Falldokumenten aufbewahrt. Wisting wusste allerdings nicht, ob die Polizei heute noch über entsprechende Abspielgeräte verfügte.

Er ging zum nächsten Fenster. Dahinter lag ein Zimmer, das als Gästeraum eingerichtet war und, wie Wisting wusste, einmal als Kinderzimmer hätte dienen sollen. Nun lagerten Pappkartons darin. Ein paar Stühle lagen mit den Beinen nach oben auf einem Tisch, und über dem Lenker eines Heimtrainers hingen Kleidungsstücke. Auf einem Schreibtisch stand ein Computer mit Bildschirm, Tastatur und drahtloser Maus. In einigen Regalfächern an der Wand waren Modellautos ausgestellt.

Das Zimmer nebenan war das Schlafzimmer. In dem großen Bett gab es nur eine Bettdecke. Die war zur Seite geschlagen, das Kissen war zerknautscht. Abgesehen davon, dass ein Mensch allein hier schlief, gab es nichts Bemerkenswertes.

Wisting ging weiter um das Haus herum und entdeckte noch eine Webcam, die hinter dem Badezimmerfenster an der Wand angebracht war und die Umgebung vor dem Eingangsbereich abdeckte.

Der Regen wurde stärker. Wisting glaubte, es in der Ferne donnern zu hören, und versuchte sich zu erinnern, ob er etwas Entsprechendes in der Wettervorhersage gehört hatte.

Die Katze kletterte wieder die Treppe hinauf. Wisting ging zum Schuppen auf der anderen Seite des Hofplatzes. Es war ein einfacher Geräteschuppen mit Platz für Schneefräse, Rasenmäher und ein paar Klafter Holz.

Das Regenwasser strömte vom Wellblechdach herunter. Wisting rüttelte an der Tür. Sie war verschlossen. Er blickte durch ein Seitenfenster, erspähte eine Axt auf einem Hackklotz, konnte aber nicht in die dunklen Ecken schauen.

Die Frontscheibe beschlug, als er sich in den Wagen setzte und den Motor startete. Er schaltete die Heizung ein und fuhr zurück in Richtung Straße.

Auf der anderen Seite der Kreuzung stand das Garagentor offen. Steinar Vassvik hockte mit einem Schraubenzieher neben einem großen Motorrad und sah zu ihm herüber.

Wisting fuhr quer über die Straße, stieg aus dem Wagen, ließ den Motor aber laufen. Schnell lief er zur Garage hoch, um sich vor dem Regen zu schützen.

Steinar Vassvik begrüßte ihn mit einem Kopfnicken. Eine kräftige Arbeitslampe an der Decke erhellte die Züge seines groben Gesichts. Irgendwann nach der letzten Begegnung mit Wisting hatte er sich einen Schnitt unter dem linken Auge zugezogen, der mittlerweile eine rote Narbe war.

»Ich war oben bei Martin Haugen«, sagte Wisting. »Er ist nicht zu Hause.«

Steinar Vassvik legte den Schraubenzieher beiseite und griff nach einem Öllappen auf der Werkbank.

»Haben Sie ihn heute schon gesehen?«, fragte Wisting.

Vassvik schüttelte den Kopf und wischte sich die Hände an dem Lappen ab. Wisting warf einen Blick hinter sich auf das Einfahrt-verboten-Schild.

»Haben Sie hier irgendjemand anderen gesehen?«, fragte er.

»Passiert nur selten, dass mal jemand hier aufkreuzt«, erwiderte Vassvik.

»Wann haben Sie Martin Haugen zum letzten Mal gesehen?«

Der andere zuckte mit den Schultern.

»Er fährt immer um halb acht morgens los.«

»Heute auch?«

»Ist mir nicht aufgefallen.«

»Wann kommt er normalerweise zurück?«

Vassvik sah auf die Uhr. Wisting tat das Gleiche. Es war zwanzig vor fünf.

»Vor vier«, sagte Vassvik.

Wisting nickte.

»Okay«, sagte er und drehte sich wieder zum Wagen. »Besten Dank.«

Vassvik ging ihm nach.

»Ist was passiert?«, fragte er.

Wisting schüttelte den Kopf.

»Ich hatte bloß damit gerechnet, dass er heute zu Hause ist.«

Steinar Vassvik nickte.

»Verstehe«, sagte er. »Vielleicht ist er ja in der Hütte.«

»Vielleicht«, gab Wisting zurück.

Er wartete einen Moment ab, ob Vassvik noch etwas sagen wollte. Dann bedankte er sich erneut, lief schnell zu seinem Wagen und setzte sich hinein.